KB003193

웃음꽃밭

집필 59년 이삭 수필집

웃음꽃빛

차원재 지음

맑은샘

'웃음꽃빛' 변명(辨明)

　마흔한 꼭지의 글이 정원(庭園)이라면 한 꼭지 '웃음꽃'은 정원 가운데 정성껏 다듬어 세우고 싶었던 선돌(立石)이다. 선돌(立石)은 선사시대의 큰 돌 기념물(巨石記念物)에서 비롯되었다. 경계와 기념 이라는 상징적인 의미를 가지고 있다.

　내가 챙기는 글은 일생을 힘들게 살아온 아내의 수고와 고마움 을 되새기고, 여생을 편안히 웃고 살기를 기원하는 표석이다. 글을 간결하게 다듬으려던 생각이 앞섰는데 실상은 징검다리를 대충 밟 고 건너 뛰어간 꼴이 아닌지 의심스럽다.

　책을 엮으면 도깨비처럼 따라다니는 부실은 얄밉지만 웃어버리 고 넘길 수밖에 없는 역부족 현상이다.

2018년 7월

차원재

목차

1장

솔바람 소리

솔바람 소리

나는 생활 주변에서 늘 솔바람 소리를 가까이하고 살았다. 철없던 시절에는 그 소리를 모르고 지나쳤는데 이제 서정의 눈을 뜬 셈이라고 할까? 지금은 솔바람 소리를 들으면 서서 완상(玩賞)하기에 이르렀다. 10여 년 전, 이사를 하고부터는 일부러 솔바람을 찾아다닌다. 자칭 정서적인 집중수련 행동이며 퇴색한 정감을 윤색하려는 작업이라고 미화해 본다.

세상에는 나처럼 솔바람 소리에 귀를 기울인 사람들이 있었다.

두보는 '소나무에서 피리 소리가 난다'고 했다. 그건 분명히 솔바람 소리다.

웃음꽃빛

이현재는 '노송(老松)'에서 '얼마나 울었을까? / 모진 바람'이라고 노래했는데 슬픈 서정이다.

하이네는 그의 시 '소나무는 쓸쓸히'에서 '–말도 없이 쓸쓸히 슬퍼하고 있다'라고 썼다. 그의 노후 작품일 거라고 짐작한다.

아폴리네가 '초록빛 짧은 머리카락을 지닌 소나무'라고 노래한 건 외형의 환상적인 표현이다.

극히 드문 건데 솔바람을 직접 묘사한 나도향의 문장이 눈에 띄었다. 바람의 값어치까지를 착상한 눈높이가 비범하다.

> '소나무에는 바람이 있어야 그 소나무의 값을 나타내는 것이다. 서늘한 바람이 쏴하고 지나가면 마디마디 가지가지가 휘늘어져서 춤을 추는 것은 마치 칡물 장삼의 긴 소매를 이리 툭 치고 저리 툭 치며 신이 나게 춤을 추는 노승과 같아 몸에 넘치는 흥을 느끼게 하는 것이다.'

우리 동양화에는 소나무 묘사가 수없이 등장하지만, 솔바람까지 그린 화가는 아직 없어서 안타깝다. 어딘지 한쪽이 모자라는 절름발이다. 하늘 닿게 서 있는 낙락장송은 고고한 선비처럼 체신을 지키려고 바람을 타더라도 신중하게 흔들리고 솔바람 소리도 품위가 실려 있다. 그 운치는 마치 달밤에 은은하게 울려 퍼지는 이생강의 곰삭은 대금 가락 한 토막 같다. 또는 미샤 마이스키가 첼로의 높은 가락을 뽑을 때 활을 쭈욱 끌어당기면 무르익어 쏟아지는 음색과 닮았다고 상정해 본다.

　나는 '소학생' 시절, 광복이 되면서 함경도에서 북한을 차지하고 진주하는 소련 군대 로스케를 만났다. 그들은 길에서 행인의 손목시계를 약탈하거나 가택 침입을 해서 강도짓도 일삼았다. 우리 가족이 월남하는데 북쪽 경비병 로스케가 도강(渡江)하는 피난민을 발견하면 따발총을 무차별 난사했다. 그런 사선을 뚫고 임진강을 도강해서 남쪽으로 간 게 목포 용해동 275번지였다. 되새겨 보면 5, 60살쯤 되어 보이는 큰 소나무가 우리 집 울타리서부터 꽉 찬 솔밭이었다. 그런데도 솔바람을 모르고 살았다. 아까운 소나무는 난장판처럼 무질서한 사회 속에서 감시가 없어 도벌꾼들이 밤마다 무자비하게 도끼로 찍어서 쓰러트리면 쿵쿵 산이 무너지는 비명을 폭발했다. 땔감용으로 도벌전쟁이 벌어졌는데 사람들의 발악은 놀랍고 무서웠다. 솔밭은 순식간에 민둥산이 되었다.
　마을 아이들은 숨바꼭질도 하고 놀던 솔밭을 잃어버리고 뒤쪽 비녀산을 오르내리면서 놀았다. 바위가 억세고 길이 없어서 거기까지는 도벌꾼들이 손을 대지 못했다. 그런 것도 취미였던지 동무들이 없으면 나는 더러 혼자 산에 올라가서 마당바위에 앉아 있었다. 특히 초겨울, 산은 숨소리도 들릴 듯 고요한데 지나가던 솔바람

　　　　　　　　　　　　　　　　　　　　웃음꽃빛

소리가 조금씩 귓속으로 스며들었을 거다. 무의미하고 무감각하게 들리는 그 바람이 점점 밀착되어 잠재의식으로 여태까지 희미하게 가슴 한구석에 숨어 있었던가 보다. 어려서 그 추억은 어딘지 모를 서글픈 감정의 싹으로 노령에 이르러서 환원이 되는 듯하다.

사범학교를 다니는데 등굣길 옆에는 노송 가로수가 줄줄이 서 있었다. 키가 큰 나무 꼭대기에서는 늘 솔바람이 일었을 텐데 그 소리는 겨울이라야 들렸다. 추워지면 솔잎 떠는 소리는 금속성으로 변장을 하고 어딘지 모를 슬픈 가락이 우는 것처럼 들렸다. 그것은 추워서 호주머니에 손을 밀어 넣게 만드는 찬바람의 채찍이었다.

명색이 사범학교인데도 가난한 시대, 혼란기의 학교에는 낡은 오르간이 석 대뿐이었다. '다 썩어도 준치'라는 속설처럼 상표는 YAMAHA인데 낡아서 쓸 수 없었다. 음악교사 김장섭 선생은 성악가인데 1주일에 한 시간뿐인 수업을 자기 전공인 노래만 가르쳤다. '싼타루치아', '아 목동아', '희망의 나라로', 자작곡 '병든 장미' 따위를 배웠다. 우리들에게 필요한 오르간 연주법, 초등 음악수업 지도 기술은 거들떠보지도 않았다. 겨우 단음으로 애국가라도 치려면 새벽에 쫓아가서 혼자 더듬더듬 연습하는 것이 고작이었다. 남보다 먼저 달려가는 새벽 등굣길은 거목 소나무 가로수 아래를 지나가면서도 소나무의 운치는 아랑곳없고 무감각해서 아무것도 모르고 살았다.

졸업 후 교원생활 두 번째 전보발령을 받은 근무지가 바로 그 소나무 숲길에 닿아 있었다. 나는 여러 번을 소나무가 내려다보는 밀접한 간격의 교실이 배정되었다. 초겨울, 해가 짧은 오후 석양이 닿고 하늬바람이 불면 솔잎낙엽과 바람 소리는 휘파람을 불면서 교실로 몰려왔다. 낡아서 기우뚱한 몰골로 불안하게 서 있는 텅 빈 교실은 마치 비엔나 궁전 오페라 극장의 반향처럼 공명이 되어 바람 소리의 극락이 되었을 텐데 아무것도 모르고 도깨비가 나올지 모른다면서 가슴을 조이고 살았다. 늘 으스스하다는 기분에 젖어 있었다. 그게 얼마나 운치 있는 건데 낡아서 쓰러질 듯 삐딱하고 음산한 풍경이 심란해서 여운은 고사하고 그냥 묻혀있었다. 하이델베르크 대학 뒤편에 있는 '철학자의 길'보다도 더 운치 있는 것을 까맣게 모르고 살았다. 그 길은 아무리 봐도 운치를 찾을 수 없었다. 교실에서는 어쩌다가 시상(詩想)이 떠오르면 엎드려서 시를 쓴다고 몸살을 했는데 그게 습작의 태동이며 효시였다. 1950년 대 초반이므로 정말 오래된 추억이다.

석양이 긴 나래를 펴면
내 곁에는 비단자락이 커튼을 드리운다.

그런 묘사를 했던 것은 다행이다. 제목을 '황혼부(黃昏賦)라고 썼다.

나는 입대를 하면서 단기복무라는 특혜의 딱지가 붙어서 배치된 곳이 추운 12월, 최전방 강원도 대성산 아래 민간인 출입금지구역이었다. 흙집 막사에서 자고 나오면 인민군 사격훈련 포성이 징그럽게 코앞에 떨어졌다. 겨울이면 무섭게 적설이 되고 천지가 얼어붙어 사람이 살 수 없는 데라고 떨면서 겨울을 보냈다. 그때는 그런 일들이 군대의 일상이어서 취사용 화목을 구하려는 사역병으로 산에 갔다. 당장 불이 잘 붙은 싸리나무를 베고 나서 쉬게 되면 솔잎이 떨어져서 쿠션처럼 두텁게 쌓인 데를 찾아서 벌렁 드러누웠다.

무공해 지역의 청정한 솔바람으로 얼굴을 덮으면 눈은 끝없이 푸른 하늘에 닿았다. 벅찬 군 복무가 그런 낭만파 그림을 닮은 솔바람으로 장식이 되었지만, 그때는 군대가 싫다는 고통 때문에 쓸쓸한 가락으로밖에 느끼지 못했다. 별을 좋아한다는 시인의 말 따위는 너무 멀리 떨어져서 존재가 마치 허상 또는 거짓말 같았다.

내가 맛본 솔바람은 코끝에 닿아있으니 실감이 나는 현품인데도 좋은 그것을 맛볼 줄 몰랐다. 겨울 혹한이 심하고 시설이 없어서 목욕은 꿈도 꿀 수 없었고 발을 씻은 기억도 없었다. 더 급한 것은 부대장이 밤에 1종(식량과 부식)을 훔쳐다가 술을 마시는 바람에 특히 아침 배식 시간이면 취사병이 주걱으로 1인분 밥을 푸는데 5번 이상 털어서 담는다고 했다. 사병 주제이다 보니 배가 고파서 솔바람 따위의 운치를 느낄 여지가 없었다.

쥐구멍에도 햇볕들 날이 있다는 속담처럼 다행히 부대 대장의 배려로 나는 도로 순찰병이라는 특과를 땄다. 한겨울인데 대성산 중턱 초소에 가서 혼자 박혀 있다가 안전운전을 돕는 근무였다. 근무라는 게 말뿐이었다. 하루 종일 지나다니는 군용트럭 대여섯 대를 보고 눈 쌓인 고갯길을 천천히 안전 운전하라는 경고성 수신호를 보내는 게 고작이었다. 나머지 시간은 강원도 깊은 산 속에 혼자 꽂혔으니 말뚝처럼 서 있는 것이 일과였다. 초소 곁으로 심심한 꿩과 산토끼가 다가와서 기웃거렸다. 해코지를 하는 사람을 만난 적이 없는 동물들은 사람을 기피하거나 무서워하는 기색이 없었다. 천적이 없다는 것은 그들에게 극락이었다. 수목은 잡목이 주종을 이루었다. 점점이 박힌 소나무는 상록의 푸른빛과 더불어 솔바람이 일었을 텐데 내 눈에는 다가오지 않았다. 금강산도 식후경이라는 말이 알맞았다.

오상고절(傲霜孤節)이라는 표현을 빌어다가 써야 알맞을 듯한 추사의 명작 세한도 가운데 홀로 서 있는 소나무는 고독해 보이고 비참했을 거라는 선입견 탓인지 마치 울고 난 아이의 뒷모습 같다. 사람들이 보는 관점에 따라 비록 소나무 한 그루라고 해도 인상이 구구할 줄 안다. 세한도의 소나무는 누가 어떻게 미화하더라도 나는 무거운 외로움에 묻혔다고 되새겨본다.

지금 주거지 태전동에 와서 살면서 생활 속에 갇혀 말 못하게 답답하면 나름대로 지우는 듯 써먹는 처방의 지우개가 있다. 집을 훌쩍 뛰쳐나가서 길을 걷는다. 여유 있게 걸어도 20분 코스다. 마을 뒤쪽에 무명산이 있는데 산이라기보다는 뒷동산 수준이다. 농장 뒷길을 걸어가면 공해물질을 다루는 불법공장이 박혀 있어서 그 뒤쪽 산은 눈에 띄지 않았다. 사람들은 숨어 있는 오솔길을 못 보고 접근하지 않았다. 으슥한 길을 들어가면 시골 황톳길이 나타나고 수령이 4, 50년쯤 되어 보이는 잣나무와 소나무 숲이 간벌을 하지 않아서 콩나물시루처럼 박혀있었다. 머리가 식고 가슴이 풀리는 듯 수향(樹香) 피톤치드가 빽빽하게 쏟아진다. 길가에서는 간혹 산꿩이 푸드득 날아가고 고라니도 심심찮게 출몰했다. 정말 한적한 산길을 혼자 걸으면 무디어진 머리를 풀어주는 무념무상의 경지에 다다른다. 이제 되새겨 보면 그게 참선의 기회 같기도 했다.

　잣나무 세 그루가 서 있는 곳은 늘 나의 정류장이며 터닝 포인트가 되는 장소였다. 거기서 체조도 하고 단전호흡도 하는데, 어느 늦가을 아침, 그만 나도 모르게 정신을 잃고 땅바닥에 쓰러져버렸다. 주변에는 아무도 없었다. 한참 뒤 겨우 깨어났는데 온몸이 싸늘했다. 처음 당한 일이어서 삼성의료원에 가 보았다. 의사는 시끌벅적한 검사를 하더니 진단을 내렸다. '기립성 빈혈'이라고 했다. 그건 곧 잊어버리고 다시 길을 걸었다. 너무 단거리여서 50분을 채우려고 되돌아서 두세 번 걷거나 산 중턱 묘지까지 걸었다. 심호흡을 해서 폐부와 머릿속에 맑은 바람을 불어넣고 심신이 맑아지면서 천천히 걸어온다. 더 좋은 것은 무아지경을 이룰 수 있는 여건인데 분위기를 깨뜨리거나 방해가 되는 사람을 아무도 만나지 않는다는 것이 금상첨화였다.

이제 우리들의 주변은 자동차 소음과 미세 먼지와 쓰레기가 진을 치고 있다. 그런 세상을 탈피하려고 혼자 즐기던 한적한 길을 어느새 빼앗기고 말았다. 몇 해 전부터 시의원이라는 사람과 일당이 땅을 사가지고 무슨 요술을 하는 듯 집을 짓고 동력선을 끌어다 놓았다. 그 바람에 화물차와 승용차가 비비 왕래하면서 시끌벅적한 도로로 돌변했다. 약삭빠르게 개발 기회를 노리고 한몫 잡겠다는 은밀한 투기 목적처럼 보였다. 솔바람을 빼앗긴 건 너무 억울하다. 숲을 지구의 허파라고 받들면서 생활인들은 정신적 여백으로 의지하던 공간에 그만 먹칠을 해버렸다. 솔바람과 소나무의 운치를 잃어버리는 것은 비극이다.

오후(午後)

　나는 난생처음 맛보는 듯 한적한 시간을 누리게 되었다. 3월 중순인데도 산골에는 여기저기 눈이 쌓여있다. 강릉에서 점심을 먹고 도착한 곳은 평창의 리조트였다. 딸이 주선해서 따라나선 길이었다.

　객실에 들어섰다. 해외여행을 숱하게 해 보았기 때문에 사냥개처럼 냄새를 맡아 보고는 내 취향에 알맞게 조용하고 아늑하다면서 적합판정을 내렸다. 두 겹의 커튼을 걷고 페어글라스 유리창을 열어젖혔다. 스키와 썰매를 타는 겨우 서너 사람들의 동작이 눈에 들어왔다. 그들의 위쪽에서 넉 줄의 텅 빈 리프트가 손님이 없어 건달처럼 오르내린다. 전력이 모자라는 때인데 그런 공회전은 아깝게 보였다.

널따란 객실을 시원하게 꾸며 놓았다. 물론 서양식 건물이므로 다시 닫아본 창은 시스템 방식이어선지 아쉽게도 산촌의 그 맑은 바람 한 가닥, 산속에 으레 있는 산새 소리 한 음절이 끼어들 여지가 없었다. 외부와 완전히 차단한 그야말로 밀폐된 공간을 만들어 놓았다. 폐소공포증(閉所恐怖症)을 앓는다면 당장 병이 재발할 수 있는 분위기였다. 스키 성수기가 지나면서 리조트는 폐허의 도시처럼 텅 비어있었다. 계절이 지난 뒤 간신히 매달린 마지막 잎새를 연상할 만큼 스키장에 스키어는 두셋 정도였다. 넓은 건물에는 우리 일행인 네 식구가 전부인 줄 알았는데, 또 한 가족이 들어 있단다. 그래도 인적은 찾아볼 수 없었다. 한 개의 동(棟)을 통째로 차지한 분위기여서 쓸쓸할 법한데 나는 그 반대의 입장이었다.

"와! 이건 극락이다. 내가 가본 적도 없고, 갈 수도 없는 극락이 이런 게 아닐까?"

엉뚱한 산술(算術)을 하는데 마치 속세의 짐을 죄다 털어버리고 저승의 문턱을 넘어선 기분이었다. 이런 내 기분은 아무도 모르는 눈치였다. 나를 데려다 주고 외출하면서 딸은 산책도 하고 매점에도 가보라고 귀띔을 해 주었다. 아빠는 혼자 낯선 해외 여행지에서 잘 돌아다니지 않았느냐고 치켜세우기도 했다. 아무튼, 걱정하지 말고 잘 놀다가 오라면서 밀어냈다.

웃음꽃빛

한순간이지만 내가 차지한 빈 둥지 또는 공간에 어울리는 이해인 수녀의 시 '시인은'의 한 구절이 있다. 주변에 아무도 없음 직한 수도자의 정신이 담긴 시라고 읽었다.

눈 내리는 빈 숲의 겨울나무처럼

봄을 기다리는 깨어있는 이여

마음 붙일 언어의 집이 없어

때로는 엉뚱한 곳에

둥지를 트는 새여.

천적을 피해서 엉뚱하게 이과수 폭포의 물기둥 뒤쪽 으슥한 곳에 둥지를 틀고 드나들던 칼새의 생태를 목격했던 추억이 떠올랐다. 새삼스럽게 눈을 들어 두리번거리는데 어찌 보면 감옥의 분위기가 떠오른다. 외부하고는 절대로 접촉이 차단된 공간에 갇힌 셈이 되었지만 그게 아니다. 참으로 오랜만에 고향 집에 찾아가서 잘 익어 단물이 줄줄 흐르던 참외를 따서 다시 맛보는 행운이라며 거듭 찬탄을 날렸다.

혼자 있으면 무료할까 봐 돌아보라면서 딸이 상세하게 일러주던 편의시설과 주변 안내는 입실할 때 얼핏 내 눈에도 띄었다. 그건 무용지물이다. 산책이고 뭐고 죄다 팽개치고 말았다. 나는 우선 창밖의 풍경에 필(feel)이 꽂혔다. 마치 무성영화처럼 바라보다가 혼자 슬며시 웃었다. 문득 직업의식이 발동했다. 머릿속에 떠오른 수필 제목 때문이다. 눈앞에서 부딪히는 현상인데 수필 제목도 바로 '오후(午後)'였다. 글을 쓸 때 내 버릇은 떠오르는 이미지 속에서 먼저 제목을 골라잡는다. 그것이 조금 더 확장되면서 주제를 찾는다. 나름의 수순이 바로 내가 글을 쓰는 절차라고 생각하면서 움켜쥐고 있다. 연결통로는 다소 뒤틀리더라도 결과는 글을 쓴다는 현장에 접속이 된다.

아직도 내 정서가 죄다 소진되지 않고 다소는 살아있다는 증거인 셈이다. 아침에 라디오 '실버시대' 프로그램에 출연한 정신과 의사 '이시형 박사'는 자신의 글 쓰는 습관을 소개했다. 생각이 떠오르면 성미가 급해서 후닥닥 써버리고 만다고 했다. 그래서 저서를 많이 가졌다는 자랑을 했다. 누구나 대개 비슷할 텐데, 글을 쓰는 일은 머리가 무거운 정신작업이다. 나도 강신(降神)이랄 수 있는 이미지가 떠오를 때 서둘러서 쓴다. 쓰고 싶은 의욕이나 충동이 솟아오르는 분수처럼 솟구칠 때라야 가슴 속에 불이 붙고, 속도가 따라오고, 더듬거리지 않는 문장이 빚어진다. 연속되는 작업으로 스토리를 챙긴다. 그걸 다른 표현으로는 감동이 살아난 순간인데 문장이 생명을 갖추는 절호의 기회라고 여긴다.

물고기와 물의 상생원리를 연상해 본다. 고요한 주변, 숙연한 분위기와 정서에 빠지면서 집필에 몰두할 수 있는 절호의 순간을 만났다. 민초의 생활이란 빨랫줄에 널린 서답(빨래의 함경도 방언)처럼 이런저런 사연이 얽히기 마련이다. 부딪혀 보면 대체로 '골 때린다'는 혼란이 얽히게 된다. 복잡한 일을 붙잡고 씨름하자면 소심벽

웃음꽃빛

을 지닌 나는 상심하는 고역을 치르는 게 다반사이다. 어떤 경우는 그걸 붙잡고 덫에 걸린 듯 가슴을 상하는 궁지에 빠지기도 한다. 그러면 글은 한 줄도 쓸 수가 없다.

진공상태의 고립은 무료나 외로움이 아닌 참선의 경지랄까? 머릿속을 비우려고 쏟는 카타르시스가 되고 알뜰하게 맞이한 차분한 순간이다. 생활은 누구에게나 마찬가지일 텐데 흑백의 논리처럼 양달이 있다면 그 곁에 응달도 따라다닌다. 슬쩍 '이런 찬스가 오래 가지는 않을 거다'라는 기대불안이 스치고 지나갔다. 당장 집필을 서둘렀다.

이건 또 무슨 망발일까? 글을 쓰려고 뒤져보니까 아뿔싸! 노트를 안 가지고 왔다. 상비약처럼 늘 챙기던 걸 하필 놓쳤다. 딸이 저녁은 일찍 와서 같이 먹겠다고 하면서 나갔다. 내가 차지한 시간은 시한부(時限附) 생명처럼 단명이 될 게 뻔하다. 주변을 어쩌면 그렇게 깨끗이 치워버렸는지 서둘러 찾던 종이 나부랭이는 어디에도 없다. 넓은 방 안을 헤매다가 포기하는 기분으로 최후라면서 화장대 서랍을 열었을 때였다.

"와! 살았다."

저절로 탄성이 터졌다. '세탁물 의뢰서'를 발견했다. 서식 용지는 폭이 A4 용지보다도 조금 좁지만 더 길었다. 넉 장이 붙어있었다. 그건 소모품이므로 다음 날 없어지면 청소를 하는 관리인은 손님이 소모한 줄 알고 다시 채워두는 것이 기본이다.

옛날, 펜을 조금 높이 잡아야 속필이 되던 버릇이 살아났다. 글자를 곱고 또박또박 쓰려면 시간이 더 걸리고 속도가 따라오지 않아서 마치 파도처럼 갈기던 필력(筆力)이 있었다. 지금은 팔 근육에 경직증상이 와서 글자가 비틀어지고 더 가관이다. 그렇게 밀어붙이지 않으면 가속이 붙지 않는다. 수필 '오후'도 빨리 써버리고 싶은 의욕은 앞섰지만 여의치 않았다. 꾸물거리다가는 물거품처럼 꺼질지 모를 이미지를 망실할까 봐 초고(草稿)는 후려갈겼다. 혼자만 겨우 읽을 수 있는 필적이다.

창밖의 스키어는 바람처럼 날아다닌다. 그들이 무아지경이어서 행복의 순간이라면 내가 차지한 시간도 혼자서 기껏 누리는 기회였다. 빤히 보이는 안팎은 겨우 유리창 한 장의 간극이다. 그런데 대비가 되는 세상은 너무 다르다. 바깥이 동적인 행동장면이라면 안쪽은 정적에 쌓여있으면서 정감(情感)으로 물든 공기가 온몸에 휘감긴다.

중남미 여행 중에 페루의 마추픽추를 가면서 코스 중간쯤에 있었던 깊은 산골 마을 우루밤바의 호텔이 떠올랐다. 안데스 산맥의 기슭이어서 태곳적 고요가 깔려 있었다. 그 틈에 자리 잡은 원두막에서 비슷한 정적 속에서 하룻밤을 묵었던 추억과 치환해 보았다. 혼자 있으면서도 망상에 붙잡힐 겨를이 없었다. 릴케가 '고독은 최대 사색의 순간'이라던 말을 실감했다. 딸이 걱정하던 것처럼 심심하거나 외롭지 않았다. 귀한 시간이 흘러갔다.

웃음꽃빛

효심으로 딸이 외출할 때 저녁은 함께 먹겠다고 했던 말이 불안감으로 다가섰다. 설원에 점점 어두운 그림자가 깔린다. 서쪽 하늘을 가로막고 있는 산 때문인지 그늘이 초조한 빛으로 다가선다. 산 그림자가 더 어두워진다. 나는 마음이 바빠졌다. 여기(餘技)로 쓰는 수필이어서 부담이 적고 가벼운 마음일 것 같으면서도 자꾸 압박감을 느낀다. 내 글은 내 얼굴이라는 고정관념에 휘말려 있다. 곁에서 50년 가까이 지켜보던 나래 유치원 김 원장은 전화를 걸어서 이런 것을 물었다.

"동화를 50년이나 쓰고 지금도 망설이세요?"

눈치 빠른 그는 정곡을 찔렀다. 지금도 한 꼭지를 잡으면 머리가 무겁다는 말로 답변을 했다. 그게 사실이다. 생각이 일어서서 쭉쭉 뻗어 가지 않으면 운필은 위축이 된다. 잘 쓰려는 강박감 때문에 두려워하는 부작용이다. 아마도 그런 회의(懷疑)는 작가들이 공통분모처럼 겪는 고통이려니 생각해 본다. 이웃 나라의 노벨상 수상작가 '가와바디 야스나리(川端康成)'는 '설국 (雪國)'으로 노벨상을 수상하고 나서 작품을 변변히 쓰는 걸 못 보았는데 얼마나 고민했을지 모른다. 결국 68살에 엽총을 쏘아 스스로 삶을 종결하고 말았다.

잠깐 딴생각을 하는 사이에도 자꾸 시간은 달아났다. 힐끔 시계를 쳐다보았다. 정적은 행운의 찬스라면서 누리던 시간이 바쁜 저녁놀처럼 점점 기울어진다. 소멸하는 시간이 아쉬워서 초조해지기 시작했다.

일몰하면서 해가 서쪽 바다에 떨어지면 곧 숨어버리듯 오후의 시간은 더 바쁘게 날아간다. 창밖의 리프트가 빈 둥지처럼 대롱대롱 매달려 있다. 정지상태가 되었는데 누가 일과를 마치라는 끝종을 쳤나 보다. 공중에 매달린 꼴이 할 일을 빼앗긴 실직자처럼 허전해 보였다. 일감이 사라진 탓이다. 급기야 설원은 '넉 점 반'이 지난 이후부터 쓸쓸해 보이기 시작하더니 이제는 고요해졌다. 인적도 사라지고 말았다. 졸고 있는 설경을 안타깝게 보다가 나도 감염이 되어 얼떨떨해졌다. 얼기설기 쓰던 초고가 끝났다.

창밖은 마치 연극무대와 흡사하다. 이번에는 산이 죄다 어두워진다. 설원에 쌓이는 어둠은 암전(暗轉)으로 착각이 되었다. 나는 펜을 놓으면서 창밖에다가 눈을 꽂고 더 어두워질 때까지 자리에 박혀 이런저런 감상(感傷)에 빠져 있었다.

어느새 딸네 식구들이 돌아왔다. 겨우 제자리에서 나만의 여운을 주무르는데 서둘러 끝내는 단막극처럼 아쉽게도 오후는 내 곁에서 소리 없이 스러지고 말았다.

게으름뱅이 농부

한여름이지만 파종시기를 짚어가면서 텃밭에 가을무를 심었다. 이름이 텃밭이지 원래 손바닥만 한 데에다가 이것저것 아이들의 장난 거리처럼 즉흥적으로 꽂았다. 그래서 가짓수를 헤아려 보면 꽤 여럿이다. 그 가운데 가을무도 한 자리를 차지하게 되었다. 겨우 씨앗 40톨을 떨어뜨리는 게 전부다.

시작은 우선 종묘원에 가서 가을무 씨앗을 달라고 했다. 그것도 근사하게 우거지를 우선으로 얻을 수 있는 품종을 원했다. 섬유질 식품을 손꼽는 시대가 되어서 종묘원에는 그런 종자가 벌써 구비되어 있었다. 포장지 그림이 근사해서 우거진 잎사귀가 시선을 끌었다. 그런데 하얗게 매달린 뿌리도 보인다. 주인에게 물었다.

"아니, 우거지 중심 씨앗인데, 뿌리는 왜 달렸어요?"

바빠서 그러는지 주인의 반응은 시큰둥했다. 아무튼, 심어놓고 보기로 했다. 우거지를 전문으로 생산한다는 강원도 양양에서는 가을에 우거지만 채취하고 뿌리는 잘라서 버리는데, 나는 가을에 수확을 하게 되면 현장에서 결정할 일이라고 판단을 일단 미루었다.

내가 집에서 채소를 가꾸는 데는 나름대로 부여하는 뜻이 있다.

첫째는 취미생활이다. 여가를 이용해서 씨앗을 뿌리고 날마다 자라는 걸 들여다보면서 성장의 변화를 살피는 것은 즐거운 생활이다. 줄곧 눈을 맞추고 더불어 생활하는 것이어서 눈 감고도 그들이 자라는 것을 그릴 수 있다. 펜촉으로 그리는 세밀화도 그릴 수 있는 수준이다.

둘째는 신선한 유기농 농산물을 수확해서 식탁에 올리는 게 목적이다. 내 손으로 가꾼 청정 채소라는 품질보증이 무엇보다도 중요하다. 대견스럽고, 안심하고 이용할 수 있다는 큰 장점이 숨어 있었다.

셋째는 가꿔본 사람만이 아는 정서인데 가꾸고 수확하는 기쁨이 따라온다. 아니 그것은 노력의 대가로 얻는 보상이다. 굳이 값을 따지자면 하찮은 수준이다. 마치 손자가 좋은 성적의 시험지를 가지고 '할머니, 나 100점을 맞았어요!'라고 전화를 걸어서 자랑하는 목소리에서 살아난 희열과도 비슷한 기대수준이다.

가을무를 심는다면서 꾸물거리다가 파종시기가 조금 늦었다. 나는 8월 상순에 파종하고 가꾸는 나름대로의 노하우가 있었는데 비를 기다리다가 10여 일이 지연되었다. 복합비료를 조금 주고 퇴비를 넉넉하게 뿌렸다. 땅이 비좁은데, 욕심을 부려서 세 이랑을 만들었다. 거기에서 가운데는 재래종 김장용 가을무를 심고, 호위병처럼 양쪽은 우거지 무를 심었다. 겨우 무 씨앗 40여 톨을 점점이 뿌리는 점파(點播)를 하기까지 설계를 거창하게 했다. 정말 소꿉장난이다. 씨를 뿌린 뒤에는 날이 계속 가물어서 물주기를 시작했다. 드디어 씨앗이 예쁘게 돋았다. 농사의 시작은 파종인데 우선 씨앗이 고르게 돋으면 그 싹은 신성해 보이고 최초의 기쁨을 돋운다. 잘 그린 그림을 감상하는 듯한 기분을 맛보면서 집에 가서 아내한테 자랑을 하게 된다. 우리는 정말 부창부수(夫唱婦隨)라는 말처럼 그런 기쁨을 충분히 공감하고 공유한다.

작물을 가꾸면서 큰 농사를 짓는 사람들도 그런 기분일까 모르겠는데 씨앗이 잘 돋으면 절반은 성공한 것 같다는 기쁨을 맛본다. 새싹이 두 장의 연둣빛 떡잎을 머리에 이고 줄줄이 늘어서 있는 꼴은 눈곱만한 크기의 장관이다. 해충이라는 벌레와 가뭄, 또 다른 어떤 불가사의한 재앙이 다가올지도 모르지만 기우(杞憂)는 까맣게 잊어버린다. 그런 걱정은 미리 하지 않으려고 든다.

나는 두 가지 면에서 게으름뱅이다. 농부들은 작물이 자라는데 웃거름(追肥, 추비)이 필수적이라고 신앙처럼 믿고 있다. 그런데 잎을 얻는 엽채소(葉菜蔬)는 질소성 비료 성분이 모자라면 잎이 노랗게 변색되면서 자라지 않고 앙상해진다. 또 키도 납작하게 침몰한 듯 땅바닥에 엎드린 앉은뱅이가 된다. 최소량의 웃거름을 주지 않을 수 없어서 혼자 속으로 계산을 해 보다가 미미하게 딱 한 번 뿌렸다.

농약은 절대로 뿌리지 않는다. 유기농산물을 가꾸는 직업적인 농가에서는 안 쓸 수 없다고 한다. 아무도 모르게 저독성 농약을 뿌리고 12일이 지나면 약물 성분은 휘발이 되어 잔류농약 검사에도 걸리지 않는다. P 농원에서 재수 없게 한 번 걸려서 매스컴을 떠들썩하게 했는데 그것은 약제 살포 12일 이전, 기습 검사를 당한 것이다.

우리 집 텃밭에는 농약을 단 한 번도 뿌리지 않았다. 가을이 되면서 찬바람이 일면 대개 초록빛 배추벌레를 만나는데, 그게 아닌 검둥이 풋벌레가 나타났다. 자꾸 관찰하는데 아니나 다를까 그게 기습적으로 점령했다. 나방이 알을 갈기고 달아나면 부화해서 먹고 살려고 기를 쓰면서 잎을 뜯어먹는 게 애벌레의 생존방식이다. 근원적인 제거 방법으로 알집을 발견했다면 발본색원이 될 텐데 그건 어렵다.

처음에는 4마리를 잡았다. 아침마다 들여다보는데 숫자가 조금씩 늘었다. 죽기 아니면 살기로 돋보기까지 쓰고 토벌작전을 했다. 아내도 동참을 했다. 우리는 찬바람이 날 때까지 계속해서 죄다 잡았다 싶어 안심했는데 웬걸 무를 뽑을 때 보니까 벌레가 마치 밭곡식 이삭에서 쏟아지는 낟알처럼 우수수 쏟아졌다. 그래도 농약을 뿌리지 않았다는 안도의 한숨을 쉬었다. 수확은 서리가 내릴까 봐 버티다가 10월 하순에 하는데 김장 무 뿌리는 머리 부분이 주먹만 했다. 특상품은 아니고 겨우 중간 정도의 크기였다. 생육기간이 짧았다는 증거다. 우거지는 중간에 두 차례 따서 말렸다. 얼마나 탐스럽고 말쑥한지 겨울 부식이 넉넉할 거라고 생각했다. 규모를 갖춘 건조장이 없으므로 양달과 응달을 찾아다니면서 정성껏 말리는 데 아내가 머리를 써서 깨끗한 시래기를 만들었다. 무를 수확하면서도 먼저 우거지를 따서 널었다. 총 수확량은 두 박스가 되었다.

요전 날은 시래기를 삶아서 된장국을 끓였다. 아내는 미리 구비한 완도산 다시마, 북어 대가리를 삶은 육수에다가 토종 콩으로 빚은 된장을 풀어서 끓이면서 들깻가루를 곁들였다. 시래깃국이니까 정성을 쏟았다고 해도 별다른 맛이 껑충 솟아날 리는 없다. 그저 구수할 뿐인데, 담백한 데다 섬유질과 철분이 숨어있는 건강식으로 안성맞춤일 거라고 받들어 준다. 기대와 실망은 비례한다더니 웃거름을 먹지 않은 우거지는 질긴 등외(等外)품질이었다. 기대수준이 한 걸음 물러섰다.

우거짓국은 사골국물이나 돼지 뼈를 삶은 육수에다가 끓여도 맛이 있는데 콜레스테롤을 무서워해서 선호하는 식품에는 속하지 않는다. 우리 집 곰삭은 된장으로 아내가 우거지 된장국만 끓여주어도 그냥 눈감고 먹으면서 겨울의 건강은 거뜬히 챙길 수 있다.

낙엽과 운치

가을 아침 햇살이 눈부시다. 잠깐 밖에 나갔는데 집에 와 있던 손녀딸이 창밖으로 내다보면서 아침을 먹으라고 불렀다. 오늘이 음력 내 생일이었다. 아내는 닭고기를 넣어서 미역국을 끓였다. 그의 큰 손은 여지없이 주인공이랍시고 푸짐하게 떠주었다. 이제는 식욕도 시들어서 뭘 주어도 달갑지 않은데 생일도 번거롭게 느껴졌다.

조반 두어 숟가락과 미역 몇 가닥을 건져 먹고 슬쩍 눈치를 보았다. 호의가 연장되어 더 먹으라고 붙잡을까 봐 슬그머니 일어서서 빠져나갔다. 다행히 손녀 때문에 시선은 분산되었다. 간밤에 텃밭의 시금치가 가을 가뭄을 타고 있었는데 물을 세 번이나 떠다가 주었지만 보나 마나 마른 땅에 그 정도로는 사막에 물 붓기가 되었을 게 뻔하다. 나는 밭으로 직행했다. 아니나 다를까 가을 아침

웃음꽃빛

햇살은 따가웠다. 밤사이에 땅은 죄다 말라 버렸다. 팔과 무릎이 불편해서 지팡이에 의지하고 걸어도 텃밭 작물이 시달리는 걸 보고는 기를 써서 물을 떠다가 두세 차례 부어주었다. 농작물이 가뭄에 시달리는 것을 보고 표토(表土)에 물기가 없으면 소심벽인지 실망스러운 일을 당한 듯 실의에 빠진다. 비록 손바닥만 한 장난거리 수준의 영농이지만 작물의 뿌리가 흠뻑 젓도록 물을 주는 것이 언제부턴가 취미이고 내가 개발한 영농기술이면서 노하우가 되었다.

집으로 오는 길은 울타리를 터서 만든 비상구를 통과한다. 그 앞에서 경비원 정 선생이 낙엽을 쓸고 있다가 인사를 했다. 그때 우선 낙엽을 쓸어버리면 아깝다는 생각이 떠올랐다. 나는 답례를 미루어놓고 불쑥 떠오른 말 한마디를 먼저 던졌다.

"그건 가을의 꽃인데 왜 자꾸 쓸어버리는지 모르겠어요."

정 선생은 허리를 세우더니 정색을 하고 나를 바라보았다.

"그래요. 이건 정말 가을의 운치잖아요. 가을이면 덕수궁 돌담길에 쌓이는 낙엽은 사람들이 밟으면서 좋아하던데…"

"와! 아저씨는 시인(詩人)인데요."

무감각하게 그의 말을 들었다면 감탄사는 일어설 수 없다. 무의미하게 듣는 말은 흘러가는 한 마디에 불과하다. 마치 무의미 기호와 흡사하다. 감성의 동기유발에 의미를 부여할 수 없다. 가을 아침, 우리는 낙엽의 운치를 공유하는 공감대가 형성되었다. 공통분모가 같았다.

시정(市井)에서는 함부로 시를 쓴다고 덤비는 부나비를 볼 때가 있다. 가관인 것은 정객이라는 지명도를 내세워 시도 아닌 걸 갈겨놓고 뼈기면서 웃음거리를 만드는 이들을 볼 때가 있었다. 정 선생은 시의 정서를 지니고 사는 숨은 내공이 엿보이는 듯했다.

아이들의 동시 쓰기를 지도해 본 적이 있다. 유치원생이나 초등학교 1, 2학년의 눈높이로 시를 쓰는 기초만 도와주면 사물을 보는 눈이 순수하고 그들의 생각이 모두 시적인 정서의 눈높이와 맞닿아서 무한정 예쁜 시가 쏟아지는 것을 볼 수 있었다.

다섯 살 유치원생의 동시 한 편인데, 한글도 깨치지 못한 아이가 표현한 것이다.

토끼풀

한정미

토끼야
넌 무얼 맛있게 먹니?
토끼풀 토끼풀
토끼풀 토끼풀

이건 아직 표기능력을 못 갖춘 유치원생이라 구술작문(口述作文, Oral Composition)으로 얻은 작품이다. 토끼풀의 연발은 '그렇게 맛있니?' '많이 있다' '맛있게 먹으면 또 줄게'라는 감각적 함축미가 숨었다고 미루어 본다. 착상이 깜찍하고 재미있었다.

이종우 시 '낙엽'에는 이런 구절이 있다.

낙엽을 함부로 쓸지 말자
찌든 문명이 준 고통으로 살다간
영혼의 잔해
우리네와 같아서
고운 빛으로 쓰러져 간 낙엽을 쓸지 마라.

그는 또 '하찮은 쓰레기로 보아 낙엽을 함부로 밟지 말라'고도 했다.
구르몽은 '발로 밟으면 낙엽은 영혼처럼 운다'고 했다.
가을의 정서를 다루는 시인(詩人)의 영감(靈感)은 독특하다. 눈을 거쳐서 흐르는 서정은 낙엽이 하찮게 굴러가는 흔해 빠진 무생물이 아닌 시상(詩想)을 흔들어 깨워준 영물로 격상되어 대접받고 있다.
그런데 시각의 차이는 그렇게 간격이 넓게 벌어져 있다. 어떤 주민의 눈은 낙엽을 귀찮게 떨어진 쓰레기로 보고 빨리 쓸어버리라고 졸라댄다는 경비원의 호소를 들었다. 하늘과 땅이라는 극단적이고 이분법이 적용되는 현실은 어쩌면 그렇게 형성이 되었는지 이해할 수 없는 문제가 되었다.

우리 마을 황 씨는 조그맣게 얼기설기 닭장을 만들어 놓고 해마다 봄이 오면 모란장에 가서 병아리를 몇 마리 사다가 기른다. 그게 꽤 여러 해 거듭되었는데 해마다 수탉 볏이 뾰족하게 자라면서 울대를 세우고 기를 쓰면서 목청을 돋우어 서툰 가락으로 울기 시작한다. 서툰 울음소리는 꼴불견이지만 잘 들어보면 가관이고 귀엽다. 그 무렵 황 씨는 가슴이 조마조마하단다. 닭장은 아파트에서 다소 떨어져 있어서 닭똥 냄새가 풍기는 것도 아니고 울음소리가 요동치는 것도 아니다. 오히려 내가 더 가까이 살면서 귀를 기울여 들어보면 들릴까 말까 하는 정도였다. 6층 주민이 수탉 울음소리가 소음으로 시끄럽고 안면방해를 한다고 시청에다가 민원을 제기했다.

'그건 대자연의 새벽을 깨우는 아름다운 음악인데 어쩌면 그걸 시끄럽게 들을까?'

그건 정말 아니라고 생각하면서 나는 혼자 머리를 저었다.

며칠 전 시청 공무원이 현장조사를 나와서 시정지시를 던지고 갔다는데 아무리 머리를 싸매고 재고해 봐도 포복절도할 일이 아닐 수 없다.

그건 너무 했다. 멀리서 들리는 산사(山寺)의 새벽 종소리, 개 짖는 소리, 새벽녘 닭울음 소리는 새벽을 깨우는 아름다운 음악이면서 서정의 꽃이다. 그런 정서를 모두 상실한 인간 군상이 차지한 시대가 되었구나.

나는 너무 한심스럽다면서 정서가 메마른 탓이라고 생각했다. 그들 틈에서 함께 산다는 것은 분명히 고역이다. 귓전을 찢는 듯한 폭주족 오토바이 폭음을 듣고는 어떻게 처리를 할지 유추해 보아도 정답은 떠오르지 않았다. 논리적으로는 고통이 심해서 쓰러져야 마땅하다. 그런데 잠을 못 자서 시끄럽다던 군상들이 노상사(路上死)했다는 뉴스를 아직 들어본 일이 없다. 그러면 그것은 견딜 수 있다는 논리가 형성되는 셈이다.

다른 각도로 탐색해 보자면 그들이 살기 힘들다는 짜증의 표출이다. 그게 다른 색깔의 옷을 입고 엉뚱하게 삐져나오는 감상(感傷)을 함부로 터뜨리는 난장판이나 다름없다. 또는 제멋대로 말해도 된다는 착각이 퍼진 시대의 양상이다. 그들은 마땅히 청각 신경의 교정수술을 해야 할 안타까운 이웃으로 보였다.

가을은 사색의 계절이다. 낙엽이 쌓인 고즈넉한 길을 걸어 보았으면 좋겠다. 아직 임자를 못 만나 떨어진 시상(詩想)이라도 굴러다니는지 찾아보고 싶다. 가을을 느끼게 되면 금상첨화다. 메말라서 텅 빈 머릿속에 쟁여놓고 나머지는 주섬주섬 쓸어 모아서 한 꼭지쯤 써보고 싶다.

말의 값어치

　더러 속담에서 조상들이 지닌 고도의 정신력과 언어 구사력의 오묘한 재능을 발견하면서 감탄할 때가 있다. 속담에서는 마치 잘 끓인 호박죽 맛을 닮은 여운이 번진다. 쉬운 말이면서 생활의 지혜가 담겨 있고 재치와 지혜가 흘러넘친다.

　'말 잘하고 뺨 맞는 데 없다.'

　누구한테 얻어맞는 따귀는 불쾌하고 실패의 잣대가 되는 일이다. 바른말은 낭패가 없다는 뜻과도 통하는 말이다. 그처럼 언어 능력이 탁월한 것을 겨레의 우수성이라고 믿는다.

　현대를 사는 우리의 언어기능은 외국문물이 유입되고 뒤섞이면서 양상이 달라졌다. 거기에 따라서 사고방식도 폭발적으로 변천하면서 어휘량도 늘어났다. 그래도 속담은 우리말의 활용기능과 효과를 갈고 닦아서 쌓아놓은 게 우리 문화의 보물창고가 틀림없

웃음꽃빛

다. 쓸모를 곰곰 생각해 보면 생활의 길잡이가 되는 나침반 구실도 한다.

아무리 생각해 봐도 서양 사람들의 머리로 그처럼 엮어내기는 어려울 수준으로 보는데 우리 겨레의 언어적인 저력이면서 우수한 특성이라고 본다. 속담의 탄생은 생활의 달인들이 경험한 산물이면서 혜안과 익살과 풍부한 지혜를 동원해서 교훈이나 교육을 목적으로 빚어졌을 줄 안다.

우리가 쓰는 말은 사회구조가 다양해지면서 기능도 복잡하게 동원되는 것을 볼 수 있다. 거짓말 뉴스를 만드는 말, 고통을 호소하는 말, 사람을 속여서 돈을 벌려고 꾸미는 감언이설, 천사의 미소처럼 순수한 말, 그밖에 너무 듣기 싫은 말도 있다. 포교를 목적으로 조용한 지하철 안에서 소음공해를 일으키면서 죽으면 천당 간다는 길 안내는 귀를 막아도 들린다. 듣기 싫은 말을 지속적으로 듣는 것은 분명히 고역이다.

말은 생각과 통한다. 언어학자의 이론에서는 생각이 앞서고 말이 따라온다고도 하고, 말이 앞서고 생각이 따른다고도 한다. 그런데 정객이나 담론에 능숙한 사람들의 말은 생각과 말이 나란히 동시에 행진하는 것으로 보이기도 했다. 기자회견 때 서슴지 않고 던지는 말이 그러하고, 부부 싸움하는 사람들이 쏟는 말은 전쟁 상황이므로 생각해서 말을 찾아 공격할 시간적 여유가 없어 보였다. 숨 가쁘게 만든 말이 무섭게 많고, 너무나 적절하게 쏘아 공격으로 연결하는 걸 보면 알 수 있다.

내 친구 송산은 얼굴에 웃음빛을 달고 사는 남자이다. 목소리도 부드럽고 다정하다. 그 친구의 전화를 받으면 웃는 얼굴이 따라오는 듯하다. 통화내용은 나하고 아내의 건강을 챙겨주는 알뜰한 말이 태반이다. 그런데 인간사라는 게 누군들 평탄하게만 살다가 가라고 허용하는 법은 없는 듯했다. 송산도 장년을 넘기면서 어려운 고비를 겪었다. 그때 어떤 목소리의 톤으로 해결했을지 상상해 본다. 무척 힘든 상황이었는데 그가 섬기는 알뜰한 신앙이 작용했을 테지만 웃으면서 고개를 넘었을 게다. 정말 훌륭한 사람이다.

오래전에는 아이들의 언어를 발달 수준에 따라 기본적인 어휘량을 조사해서 제시한 이론이 있었다. '언어의 발달 단계'라는 것이다. 성장 단계별 언어 수준을 말한다. 지금은 그것도 아니다. 발달의 한계가 무너진 것이다. 6살짜리 아이들한테 '물질'이라는 말을 반복 제시하면 밀착이 되어 학습된 어휘를 적절한 상황에 따라 적확(的確)하게 쓸 줄 안다. 발전어휘의 확보가 된 것이다. 매스컴의 홍수시대, 고학력의 부모가 기르는 아이들은 생활환경에서 자극된 언어수준이 실용화되면서 아이라는 것을 망각할 때가 있다. 더러는 어른들이 깜짝 놀랄 말을 던진다. 7살짜리 손자 민혁이는 수업 중 담임교사한테 질문으로 '상대성 이론'을 물었다. 자신은 미리

책을 읽었다. 정년퇴직의 해를 맞은 할머니 담임교사는 얼마나 황당했을지 모른다. IQ가 높은 민족이라는 우리 아이들의 언어능력이 거기까지 발달되어 있다. 언어영역이 춤추는 듯 무섭게 발전하는 것을 엿볼 수 있는 현실이다.

언어는 사고력(思考力)을 일으키는 도구 역할을 한다. '하얗다'라는 언어개념을 가지고 있지 않다면 하얀 색깔을 보고도 '하얗다'라는 사고가 발동하지 않는다. 나아가서 수학적 사고나 과학적 사고의 매체가 곧 말이다. 말은 창의력의 도구이면서 바탕이 된다. 그러므로 창의력 개발은 언어수준의 향상을 도모해야 가능하다. 그건 독서가 뒷받침이 된다. 또 언어는 정서와도 상통한다. 욕설을 마구 휘날리는 요즘 학생들의 정서가 곧 그런 함정을 반영하고 또는 증명한다. 말을 다듬지 않은 정서 빈곤은 이기적이고 폭력적이고 거친 생활태도를 만들어 놓았다. 사제(私製)처럼 자기들끼리 통하는 조어가 판을 치는 것은 큰 문제다.

말을 가지고 작품을 꾸미는 게 극본일 게다. 요즘처럼 TV 드라마가 판을 치는 세상에 살면서 나는 그 드라마를 잘 안 본다. 아이들의 말처럼 그렇고 그래서 외면하는 편이다. 대게 빤한 스토리, 그 얼굴이 그 얼굴인 연기자들의 겹치기 출연으로 식상해서다.

그런데 요즘 주목할만한 작품 한 편을 발견했다. 유동근이 출연하는데 잘 모르기는 해도 그의 연기 생애에서 가장 훌륭하게 열연한 게 아닌가 싶다면서 '가족끼리 왜 이래?'를 좋은 작품이라고 찬탄했다. 연기자의 외모, 음성, 음색이 모두 훌륭한데 작가의 창작능력으로 잘 만든 대본과 연기자가 멋지게 쓰는 극 중 한 장면이 인상 깊었다. 극의 후반인데 홀아비 차순봉(유동근)이 혼자 기른 장남이 암 전문 의사였다. 그는 암에 걸린 아버지의 여명이 석 달이라는 선고를 받은 줄 모른다. 홀아비 곁에서 도와주는 고마운 미스 고(김세라)가 거드는데 생뚱맞게 아들은 냉랭하다. 오히려 아버지의 연인인가 싶어 의심하고 따지는 기회를 만났다. 미스 고가 인간적인 냄새를 풍겼다. 혹독한 말을 던졌다. 아니 요즘 덜떨어진 아들을 싸잡아 가르치는 정통 교육이었다.

"천하의 싸가지 없는 놈아, 아버지에 대해서 네가 뭘 알아? 너도 아들이냐?"

남인데도 밀접한 사이처럼 호되게 야단을 친다. 높은 톤의 말은 무서운 폭력이었다. 나는 그 말을 듣고 작가의 발상도 대단하다고 생각했지만, 연기자의 실감 나는 표현이 너무 훌륭했다. 우리 주변의 역지사지라는 시대적 상황을 잘 표현한 말이면서 저속한 말이 아닌 성스러운 훈화로 들렸다. 말이 때로는 그런 위장전술과 같은 엉뚱한 위력을 발휘하는 수단이면서 도구가 되는 것을 거듭 되새겨 보았다. 가슴이 후련하고 어딘지 모르게 통쾌해서 기회가 생기면 더러 옮겨본다. 고도의 값어치가 있고 위력을 지닌 말은 틀림없는 생명력을 지닌 금언(金言)이라고 믿는다. 부처의 말씀을 담아놓은 게 법어(法語)라는데 그건 종교집단에서 통하는 말씀이다. 보통 사람들의 일상 속에서 통용은 어렵다. 우리가 쓰는 말 가운데서도

웃음꽃빛

윗글 대사처럼 얼핏 보기에는 시시해도 가려보자면 값어치가 뜨겁게 담겨있는 말이 주변에는 널려있다. 상서로운 말이 아니더라도 적절하게 활용하면 때와 장소에 따라서는 빛나는 값어치를 발휘하는 수가 있다. 언어의 마력이면서 언어기능의 황금률이다.

　인간의 신체는 나이테가 엉키고 기력이 쇠약하면 언어기능은 눈치가 빨라서 선두(先頭)로 퇴화를 끌고 온다. 늘 쓰면서 머릿속에 쌓아두었으련만 찾고 있는 낱말이나 인명은 외면하기 십상이다. 벌써 뇌 구조 속의 해마가 움직이지 않는 기관 고장을 일으킨 상태란다. 특히 누구의 이름이나 지명 따위 명사(名詞)를 쉽사리 찾지 못하는데 기억 상실이라는 이변(異變)이 나타나서 허우적거리는 꼴은 섭섭한 고통이다. 신체의 용도폐기 고지서가 날아와서 현주소와 수취인을 못 찾는 게 틀림없다.

　구술(口術)이라고 하는 언어적 표현도 문제가 발생한다. 조음(調音) 기능이 마모가 되어서 발성기관에 고장이 달라붙는다. 불투명한 어음이 기어 나온다. 얼버무리는 말투는 바보로 전락한 등록상표처럼 보인다. 처신에서 얕보이고 사교에 자신감을 잃는다. 더러 현인(賢人)은 은둔을 시작한다. 이건 실정인데 신체도 오래 사용하면 언젠가는 헌 옷처럼 내다 버리라는 숙명인 용도폐기(用途廢棄)에 다다르는가 보다. 노익장이라는 말은 다분히 거짓말 수준이다. 오래 산다는 것은 말의 값어치를 놓치거나 잃어버리는 슬픔과 더불어 불행의 수순이다.

솔바람 소리

생명(生命)

　나는 가끔 집 안 청소를 한다. 몸도 마음도 흐린 날 같은 기분에서 빠져나오는 비상통로라고 여긴다. 땀이 날 만큼 몰두하다 보면 반대급부로 잡념에서 탈피한다. 그 뒤 깨끗해진 결과는 쾌감을 맛보고 가슴 속도 명징해지는 걸 느낀다. 작은 행위일지라도 원천은 집중에 빠지면서 피안(彼岸)을 바라보고 생명을 지탱하려는 행위인지 모른다.

　누구나 제 목숨이나 생활을 지키는 것은 자신인데, 나는 퍽 부실투성이라는 걸 발견한다. 원래 수학에 자신이 없다. 곧 주머니 속 용돈 계산을 틀리는 것만 가지고 우선 증명할 수 있다. 지갑에 얼마가 있을 거라고 생각한 액수가 찾아보면 달아나 버리고 없거나 의외의 돈을 발견하는 경우가 있다. 지난겨울, 동복(冬服)을 꺼내어서 입고는 우연히 주머니를 뒤져보았다. 뜬금없는 돈을 발견했다. 더러 그런 일이 있다. 당장은 횡재를 한 것처럼 기분이 좋았으나 아무리 생각해 봐도 언제 넣어둔 것인지는 기억할 수 없으면서 시들어가는 생명의 낡아빠진 현상 또는 저녁 종소리쯤으로 연상을 했다.

그때 몰려오는 어설픈 생각이 눈앞에 어른거렸다. 평상심은 내 생명이 기울어지는 걸 두려워하지 않으려고 했다. 주변에서 웰다잉을 들추어 이러쿵저러쿵 떠드는 소릴 들으면서도 방심했다. 사람들은 노후에 신을 찾아서 의지한다고도 하고, 행여 사나운 질병에 물릴까 봐 전전긍긍하기도 한다. 나는 무심하게 살아왔다.

"언젠가 때가 되면 스러지는 거다. 그건 대자연의 섭리일 거야. 모든 생명체는 똑같다."

"인간이 신을 찾으면 달려와 주거나 무슨 뾰족한 구조의 위력이 있으려고?"

"왕매미는 어두운 땅속에서 번데기 노릇을 7년이나 한다. 그 뒤 태어나면 겨우 한 달을 산다. 그들에 비교하면 나는 너무 오래 살았다. 이제는 짐이 되는 생명을 붙잡고 있는 듯하다. 더 붙잡을 필요는 없다."

그런 입장이어서 신앙을 들먹일 계제가 아니었다.

1천 년 전, 문예부흥의 기폭제가 되었다는 루크레티우스의 시구(詩句) 가운데서 발견한 대목이다.

창조자란 없다. 사후 세계도 없다.

솔바람 소리

내 생각은 그쪽으로 기울어졌다.

'바로 그거다. 내 나름대로 살다가 걷어치우는 거야.'

그것이 최근에 가까스로 발굴한 생명관이다. 단순하게 그렸는데 귀한 대접받는 게 장욱진 화백의 그림인데 내 밑그림도 닮은꼴로 그렸다. 내 생명관은 그처럼 단순하게 본다.

사람이 고종명(考終命)할 수 있다는 것을 마치 그림의 떡처럼 바라보기는 했다. 그러면서도 그 생명을 간직하기가 얼마나 어려웠는지 반추해 본다. 다소 엉뚱한 비유인데 마치 조상들이 옷을 마련하던 생활과정과 닮았다.

해방 후, 내가 만난 농경사회에서 관찰한 것이다. 생활용품을 자급자족으로 조달하니까 옷감도 그중 필수 품목이었다. 농가에서 손수 옷감을 마련하는 풀세트는 신세대라면 죽어도 못 따라갈 수준의 고생이었다.

원시적인 방법으로 봄에 목화씨를 심어서 여름 내내 가꾼 뒤 가을이 되어 하얗게 솜털이 핀 목화송이를 거둔다. 씨를 제거하고, 솜을 만들고, 가래떡처럼 생긴 고치를 빚어서 실을 뽑고, 베틀에 올리기 전 몇 가지 작업을 거치기는 게 기본 과정인데 1년이 소요된다. 베틀신을 당기면서 북을 좌우로 움직여 베를 짜기까지는 무한정의 고생 덩어리이다.

그런 노역은 아낙네들의 몫인데, 베틀에 보통은 20여 일 매달려 한 필을 짜서 잘랐다. 야간작업을 하려면 조명은 호롱불이다. 제

웃음꽃빛

품은 누런 색깔이므로 그다음 작업은 물에 적셔서 며칠씩 햇볕에 널면 표백이 되고 드디어 허연 옷감으로 탄생한다.

새 옷 제작은 마름질부터 재봉이 수작업인데 바느질로 이루어진다. 촌가에 머신이 있을 턱이 없다. 그것을 고역이라고 여기지 않고 생명을 지탱하고 살아가는 마땅한 과정으로 받아들였다. 그들은 생명을 유지하는 수단이며 운명처럼 감수하면서 노고를 당연시했을 뿐 업고(業苦)라고 여기거나 회의(懷疑)를 하지 않았다. 힘든 것은 숙명이었지만 노역 증후군도 없었다. 번민이나 고통을 의식하지 않아서 오히려 불편한 행복을 누렸다. 육체는 힘들어도 정신은 평정을 유지했고, 가난한 생명을 비관하지 않았다. 그 틈의 생명력은 무척 질긴 밧줄이었던가 보다. 사람들이 힘들고 못 먹고 못 살아도 늘 웃었다.

그 시대는 생명을 고귀하게 여기고 살았다. 죽음을 보면 입증이 되었다. 사흘(3일장)이나 닷새(5일장)쯤 떠들썩하게 장사를 지내고 열두 상두꾼이 상여를 맸다. 그 앞에 선 상두수변(우두머리)이 요령을 흔들면서 외치는 소리란 비가(悲歌)가 아닌 가락인데 '한국식 장송환상곡'이라는 오페라 삽입곡이 됨직하다. 서양의 장송곡보다 훨씬 더 화려했다. 죽은 사람이 이승을 하직하는데 극적인 환송은 명장면의 연출이었다. 생활 형편에 따라 장사를 지내는 걸 당연시하며 모시는 장례는 가족의 생명을 귀하게 여겨 대접하는 소치였다. 생명은 거기에 끈질기게 살아 있었다.

조상들은 생각이나 행동이 달랐어도 그처럼 잘 살고 있었다는 입증이 되는 장면이다. 인정도 있고 목숨을 귀하게 여기며 이웃을 챙기면서 단순하지만 편안하게 살던 사회였다는 것을 알 수 있다. 어른을 존대했고 아이들한테는 사람다운 교육도 이루어졌다.

지금 우리 사회에 만연하고 있는 생명관은 마치 폐지처럼 굴러다니는 것 같다. 생활고나 비관적인 생각이 자살로 나타났다. 2013년 경찰청 통계는 14,472명이다. OECD 국가 가운데서 1위를 기록했다. 2016년도 고독사는 1,300명이란다. 살기가 팍팍해서 생명은 짐이 되고, 귀찮으면 누구나 언제든지 포기할 수 있다는 자기중심적 생각이 사회적 통념으로 추락한 새 풍속도가 되어버렸다.

게다가 장수시대가 되면서 안타깝게 전통 사회의 장유유서(長幼有序) 따위의 아름답다던 윤리의 미풍은 거의 자취를 감추어 버렸다. 갑자기 거세어진 바람인데 사람이 늙으면 퇴색해서 쓸모없다는 존재의 퇴락(頹落)을 실감한다. 늙은이들이 모이는 서울 시내의 몇 군데 휴식장소를 들여다보면 마치 폐차장을 방불케 한다. 소중한 생명은 감가상각이 되고, 용도폐기가 된 황혼 인생이 낙엽처럼 쌓여 굴러다닌다. 악취가 풍기는 참담한 비극이다.

나는 여행 중에 스웨덴에서 유독 눈에 띈 현실을 보고 놀랐다. 노인들이 깨끗하게 차려입고 활기 있게 사는 모습을 보았다. 어떻게 그럴 수 있는지 가이드에게 물었다.

"우리 사회를 잘살게 만든 이들이 곧 어른들이었으니 노후는 대접해야 한다."

그런 사회적 통념과 복지제도가 제2 인생을 맞는 기성세대의 생활을 윤택하게 받들어 주고, 싱싱한 안식의 노년을 제공했다. 사회 분위기와 현명한 시책의 산물인데 마땅한 도리라고 생각하면서 무척 부러워했다.

생명은 숨을 쉬면서 목숨이 지속되는 순간뿐이다. 겨우 4분간 호흡정지가 되면 혈행(血行)이 올스톱이란다. 산소공급이 곧 중단되면서 뇌가 먼저 죽는다는 것을 알고 있다. 그 이전의 시간이 생명인데 지구상에는 도처에 무서운 유해요인이 산재해 있었다.

히틀러가 유태인을 대학살한 흔적인 폴란드 아우슈비츠에서 목격한 해골무더기, 캄보디아 내전에서 2백만의 생명을 앗아간 학살의 역사를 담은 유골 기념관 전시물을 보았다. 북한에서도 폭력적인 정권이 반란을 일으킨 함경도 사람들한테 생명선인 식량 배급을 중단해 줘도 새도 모르게 3백만 명쯤 되는 인명이 몰살당했다는 소문이 굴러다닌다. 무섭게 비밀을 지키는 권력은 그것도 감추어 버려서 수수께끼가 되었다. 그 뒤로도 세습 3대가 중화기를 쏴서 살상했다는 충격적인 소문이 널려 있다. 무서운 권력 앞에서 목숨은 똥파리보다도 더 값어치가 없다. 휴지 한 장의 무게와도 비교되지 않는다.

특파원 뉴스 때문에 세상을 한눈에 보고 살면서도 사는 게 기쁘지 않다. 점점 불안이 가중된다. 아프리카는 가뭄이 심해서 흙

탕물 한 동이를 구하려고 여인들이 한나절을 걸어가야 한다. 아프리카의 동물공원 세렝게티에서 가뭄으로 죽어버린 동물들, 그래도 생명을 지탱하려는 생존 경쟁은 그치지 않는다. 목숨을 지탱하고 살아가려면 비극이다. 그 곁에는 생계수단인 가축이 먹이와 물이 없어서 죽어가는 것을 보는 유목민들의 참상이 따라다닌다. 참 안타까운 현실은 목숨을 내다 버릴 수도 없고 살아가자니 막막한 현실의 끝이 보이지 않았다.

　나는 내가 살아있다는 것이 신기하다. 동갑내기 똑똑한 친구들은 60에 거의 다 가버렸다.

　위대한 발상이라고 자처하는데 생활문명이 뚝딱 버튼 하나로 인생을 해결하는 기계를 개발한다면 좋겠다. 쓸모없어 버리고 싶은 때라고 단정할 때 생명 윤리 위원회가 심판해서 OK 사인이 떨어지면 자동 생명 조절용 버튼을 빌려준다. 남이 눌러주면 살인이 되거나 처벌이 두렵다. 자체 해결의 기회를 부여한다. 내가 GO의 버튼을 눌러버린다. 곁에 비치한 자동분해기에 넣어버리면 뚝딱 끝나는 원 터치 시스템이 얼마나 좋을지 모른다. 그런 시스템을 완성하면 발명특허를 얻고 상장(上場)해서 뚝딱 황금 방석에 올라설 법하다. 100세 시대를 이겨내는 기발한 환상이다. 내 생명을 탈고(脫稿)하듯 마무리하는 한 켜의 톱니바퀴를 이처럼 그려 보았다. 어디 그런 기계를 파는 데가 없는지 한눈을 팔기도 한다.

인간미(人間味)의 외출(外出)

　지금 지구촌에 폭발적으로 불어난 인구가 뒤얽히면서 사람들의 틈새가 좁아지고 부대끼는 걸 모르는 사람은 없다. 매스컴에서는 여기저기서 총소리와 폭발물이 터지면서 죽어가는 사람들을 비추는데 이젠 지구도 무던히 몸살 하는 걸 알 수 있다. 빈번한 지진은 숨 막히는 세상을 살아보라는 단체 기합 같아 보인다. 게다가 미세먼지와 공기 오염까지 인류의 건강을 위협한다. 재앙은 인류의 생존을 힘들게 얽어놓았다. 파노라마처럼 얽힌 이러한 모습은 겨우 1세대가 체험한 실상이다.

　지하철에서 발등을 밟히거나 어깨를 툭 부딪치는 것쯤은 이제 아무렇지 않게 지나치는 보편적인 모습이 되었다.
　아내는 그런 현장을 보면 참견하지 말고 비껴가라고 귀띔해 주는데, 정말 안타까운 것은 보편적인 상식으로 번지는 게 싫다. 안타깝게도 전통사회의 자랑거리이던 미풍양속이 땅에 떨어져 버렸다.

지금도 서양 사람들의 기준으로 실례라고 여기는 잣대를 빌려다가 빗대어보면 차이가 난다. 내가 뉴욕에서 백화점 문을 나서는데 막 들어서려는 젊은 친구가 내 앞을 가로막게 될 순간이었다. 그는 곧장 주춤하면서 비켜서더니 정색을 하고 "I am sorry"라는 흔해빠진 인사치레 한 마디를 던졌다. 나는 웃으면서 그 친구의 생각을 한참 들여다보았다.

'그건 바로 우리 생활문화였던 거야. 더 곱게 봐준다면 미덕이고. 조상들이 잘 간직하고 가꾸던 것인데. 지금은 죄다 날려버렸잖아. 어설픈 서양 바람이 삐딱하게 불면서 사람들은 들떠서 시건드러진 풍토를 만들고, 시건방진 꼴이 만연하고 말았거든. 한동안은 그런 것을 '자유'라고 착각했었지. 망발이었어. 무척 안타깝다는 생각을 버릴 수 없다. 내가 도학자(道學者)도 아니면서. 겨우 걱정하는 민초(民草)이지만.'

곰곰 그런 생각을 하면서 길을 걸었다. 지금도 그 사람들은 그런 문화를 가지고 있다는 게 부러웠다.

우리 사회는 갑자기 근대화라는 바람이 불어오면서 양변기도 쓰고, 비좁은 고샅이라도 승용차를 밀고 다니면서 어깨를 으스대는 사이에 대체로 그 같은 미덕을 팽개쳐버린 듯하다. 아름답던 생활이 어느 틈에 동해(凍害)를 입었다. 지난해 가을, 내가 시립 미술관

웃음꽃빛

에 가서 입구를 들어설 때였다. 출입구 앞에 젊은 여자가 잰걸음으로 다가섰다. 그녀가 먼저 들어가려고 기를 쓰는 꼴이 눈에 띄었다. 양보나 겸양은 고사하고 더불어 공생한다는 의식은 전혀 존재하지 않는 순간이었다. 지금은 흔해 빠진 풍속인데 그게 이 시대 통속적인 체질의 단면이면서 신세대의 몸짓과 상식으로 자리를 잡았다는 게 새삼스럽지도 않지만 거듭 느꼈다. 이제는 그까짓 것쯤으로 일단락되면서 누구도 나서서 가르치려 들지 않는 통섭(統攝)의 부재 시대가 되고 말았다.

그래도 엊그제는 지하철 경로석에 앉았는데 지나가던 젊은이가 무릎을 쳤다. 그는 그냥 돌아서서 미안하다고 사과를 했다. 나는 보기 드문 진풍경이라고 생각하고 웃으면서 괜찮다는 묵례를 했다. 어느 틈새에 끼었다가 겨우 살아난 듯 귀한 싹을 보고 대견스러워서 젊은 친구를 거듭 쳐다보았다.

내 곁에는 편지를 잘 쓰는 막역한 청석(靑石)이 있다. 호형호제(呼兄呼弟)하는 사이인데, 그는 언론인 출신이어서 편지에는 늘 주제가 있고 스토리가 따라다닌다. 아날로그 시대의 기사를 쓰던 직업의식이 남아있어서 그러는지 컴퓨터 시대이지만 이메일도 아니고 백지에다가 펜글씨로 늘 수기(手記) 편지를 띄운다. 거기에 또 매력이 붙어 있다. 예리한 나름대로의 지성으로 판단하는 사유(思惟)가 필봉을 타고 들어앉아 있다. 직업적인 능력이 여태 살아있어서 날아오는 글은 무게가 실려 있다. 게다가 나처럼 단문(短文)이 아니고 문장 호흡이 긴 편이어서 혼자 고개를 끄덕이면서 한참 새겨 읽는 재미가 있다.

나는 지금 행여 누가 엿볼까 봐 감추는 비밀이 한 가지가 있다. 거머리처럼 달라붙은 약간의 '인지장애'가 있는 것 같다고 의심을 한다. 그것도 정신과 의사의 진단이 아닌 내 멋대로 내린 견해이다. 신문을 읽다가도 눈에 띄는 문장은 덧줄을 긋고 옮겨 쓰거나 다시 읽는다. 편지조차도 그처럼 읽기 과정을 거치지만 더러 감동이 솟아오르는 부분조차도 머릿속에 잘 스며들지 않으려고 할 때는 피드백해서 거듭 읽은 뒤 기억하려고 애를 써 본다. 나름대로의 기억법도 개발 중이다.

이번에 쓴 편지를 읽으면서 회심의 미소를 지은 부분이 있다. '소크라테스'의 아내 '크산티페' 이야기를 실감 나게 썼다. 그녀는 아마도 악처(惡妻)였던가 보다.

누가 소크라테스한테 물었다.

"부인의 끊임없는 잔소리를 어떻게 견디십니까?"

단숨에 내뱉는 소크라테스의 대답이었다.

"내가 내 처의 성격을 참고 견디어 낸다면 천하에 다루기 어려운 사람은 없을 것이라고 생각합니다. 시끄러운 물레방아 소리도 귀에 익으면 괴로울 게 없지요."

그다음은 청석의 보편적인 소회(所懷)를 썼다.

"사람들은 거의 노년에 이르면 크산티페를 닮은 부인과 살게 됩니다."

그건 수긍이 가는 말이라고 공감을 했다. 이스라엘 대학에 가서 박사학위를 받아온 민 박사의 말을 들었다. 유학시절, 어느 날 총장이 외국 학생이라면서 집으로 저녁 초대를 했다. 약속한 날이었다. 총장 댁을 찾아간 학생이 두리번거렸다. 총장이 보이지 않았다. 부인이 손님과 차를 마시면서 한가하게 노닥거렸다. 그런데 뜻밖에 저녁을 차렸다고 나타난 것은 총장이었다. 앞치마를 두르고 식탁을 정돈하면서 멋쩍게 웃고 있었다. 틀림없이 이렇게 엄명했을 듯싶다.

"당신이 손님을 초대했으니까 음식 준비는 당신이 해요."

그건 재미있게 생각해 보는 나름의 막연한 연출이다. 그런 것이 생활현장이었는지도 모른다. 꼼짝도 못 하는 총장은 사회적인 직위는 내팽개치고 무서운 아내의 명령에 따랐을 거라고 웃어본다.

청석은 소크라테스의 입장을 다시 정리했다.

"얼마나 많은 세월을 거절하지 못해서 참고 살았으면 물레방아 소리도 귀에 익히면서 지내야 했을까요?"

요즘은 테스토스테론의 분비가 많아지는 나이 든 여인들의 파워가 치솟은 탓인지 생각이나 활동도 활발해지고 있다. 왜국(倭國)에서 불어온 바람이라는데 노부부 가운데 더러는 노후를 편안히 유유자적하게 살고 싶다며 아내가 먼저 황혼이혼이나 졸혼(卒婚)의 노래를 부른다고 한다. 기세가 약해진 남편은 질질 끌려다니기 일쑤인지 법정에서 판결은 대게 여자 편으로 기울어진다. 동고동락한 정은 온데간데없이 날아가 버리고 재산만 나눠서 갈라선단다. 인간의 미학도 '뻐라' 수준이 되어 날아가 버린다. 인정이나 인간미도 오간데 없이 꺼진다.

사람이 늙어 가면 몰골은 가련하고 추레하다. 인정(人情)이라는 오버코트가 절실하게 필요한 시기이다. 누가 다소 보온을 해주어 체온의 보강이 절대 필요한 계절이다. 인정미(人情味)는 허약한 체력을 보강해 주는 보약이다. 아내의 인간미(人間味)는 인간의 아름다운 속성이다. 정취라고도 생각한다. 황혼의 이혼은 불행이며 비극인데, 마치 미국 네바다주에서 자주 일어나는 무서운 토네이도가 사정없이 집이며 자동차 할 것 없이 닥치는 대로 쓸어다가 내버리는 무자비한 큰 재앙 재해와 다를 바 없다. 고약한 인간미는 사람다운 미학을 쓰레기더미에다가 버리고 혼자 잘난 척하면서 잘 살 것처럼 날뛴다. 우리는 지금 아니꼽고 무섭고 더러운 인간미가 출세한 것처럼 외출한 세상 한가운데에 서 있는 듯하다.

세상은 지금 인류가 개발한 고도의 기계문명 사회에 들어섰다지만 자동기계가 인간을 돕는다는 순기능보다도 무섭게 깔고 뭉개는 역기능이 시커먼 그림자처럼 달라붙었다. 외출한 인간미의 회복이 큰 과제가 되었다. 낡은 기계는 보수가 가능한데 인간미의 회복은 어렵고 힘든 작업이 틀림없다. 난항일 수 있고 효과는 기대 수준 이하가 될까 봐 걱정이다.

단상(斷想)

    아침에 눈을 떴는데 '신새벽'이다. 일기예보는 기온이 어제보다 6도나 떨어진다고 했다. 수면의학의 이론으로 조기각성기(早期覺醒期)라는 시간대에 깨었다. 저절로 눈을 떴으니 한숨 더 잘 수 있는 시간적 여유는 있지만, 다시 잠을 청하기는 틀린 성싶었다. 머리맡에 있는 독서 등을 켰다. 겉장에 '시벽(詩癖)'이라고 쓴 내 글모음 갈피를 들추어 '생명(生命)'이라는 쓰다만 자작시(自作詩) 한 꼭지를 읽었다. 먼저 쓴 탐탁지 않은 부분을 가려서 퇴고를 시작했다. 그 같은 일은 습관처럼 오랫동안 몸에 밴 노릇이다. 오래 썼으면서도 생명연습처럼 습작인생이라고 여기는 걸 곁에서 누가 보면 이런 반문이 터질 듯하다.

    "아니 아직도 연습인생을 하면서 산다고요?"

    그러면 나는 이처럼 변명을 해야 알맞다.

솔바람 소리

"축구선수가 몸에 배도록 공을 몰고 가는 드리블(dribble) 기술을 익히려고 매달리듯 늘 반복을 거듭하는 시행착오의 연속이에요. 시작(詩作)은 말할 것 없이 습작이구요."

한 꼭지를 붙잡으면 고치고 또 고쳐도 거듭 손을 댄다. 사막에서 길을 찾느라고 더듬거리는 방랑자의 여로(旅路)와도 흡사하다. 주제는 바로 내 이야기인데 곧 푸념이다.

날아가고 싶은 목숨을
붙잡은 건 눈물이다.

녹슬고 깨진
어처구니없는 상처뿐

돋는 해 바라보면서
탈기한 숨소리
파도가 출렁거린다.
            － 自作詩 '생명'

무릎이 퇴행성관절염 때문에 스트레칭을 해야 일어날 수 있고, 밖에 나가서 겨우 걸을 수 있다. 정해진 의식처럼 다음에는 욕실에 가서 생리식염수로 구강을 청결하게 하고, 찬물로 세수를 한다. 잠자던 영혼을 깨운 뒤 자연건조를 시킨다.

웃음꽃빛

그다음은 늘 생수 한 잔을 마신다. 아침인데 먹는 것도 많다. 한 가지라도 순서를 빼놓으면 어딘지 서운하고 허전해서 자꾸 뒤돌아보게 된다. '카페라떼'라고 하는 커피와 저지방 우유를 섞어서 한 잔, 좋아하는 초콜릿 '하와이얀 선' 한 톨이 수라상을 받기 전 상감마마의 식전 간식이라는 '초조반상' 타락죽(쌀, 물, 양유를 섞어 끓임)쯤으로 통한다.

그 뒤로 기다리는 손님이 있다. 내가 거동하는 낌새를 알아차린 애완견 '따루'가 아내의 방에서 자다 말고 나와서 대기를 하고 있다. 개가 머릿속에 새벽 5시쯤 산책하는 시각을 입력해 두었는지 여지없이 때를 맞추어 기다린다. 추분이 지나면서 가을이 깊어 가는데 새벽 5시는 어둡다. 행인이 없고 아파트 경비원도 달싹하지 않는다. 나하고 개가 텅 빈 천지를 독점하면서 하현 반달이나 반짝이는 새벽 별을 바라보면 기분이 상쾌하다. 어찌 보면 대인기피증(對人忌避症) 같기도 하지만 그처럼 조용한 시간이 내게는 편안하고 안정적인 기분을 향유하는 기회가 된다. 이런저런 생각을 하는 가운데, 쓰고 있는 작품의 보완할 부분이 떠오르기도 한다. 그런 건 곧 잊어버리는 버릇 때문에 쓸모있는 생각은 바로 메모를 한다. 어두운 데서 대충 써도 내 글씨는 읽을 수 있다.

혼자 떠도는 생활 속에서 그것은 실속이다. 내 머릿속의 속살을 챙기는 줄도 모르고 아내는 간혹 가정 집안 살림도 그처럼 챙기라고 채근을 한다. 나는 유용한 방편을 찾기는 고사하고 그 말에 대응은 역부족이라서 피하고 마는 셈이다. 그것은 사실이다. 내가 하는 일도 힘이 모자란데 거기까지 챙기기란 역부족이고 자신도 없다. 어쩌다가 은행에 가서 은행원들이 바람을 띄우는 전략상품에 휩쓸려 한 투자는 거의 펑크가 나버렸다. 손실 발생으로 손을 들었다.

"나는 그런 걸 할 수 있는 재간이 없어요. 당신이 잘 알아서 해 줘요."

아내는 간혹 투자한 게 적중한 적이 있다. 그래서 죄다 미루어 버리고 산다. 아무리 미안해도 그럴 수밖에 없는 실정이다.

애완견의 산책은 30분쯤 걸린다. 실상은 그게 나한테 알맞은 조깅 시간이다. 집에 돌아와서는 세수를 하고 잠깐 멈추었던 일을 계속한다. 살아가는 일 가운데 남다른 재간은 가진 게 없고 고작 집필 작업을 50년도 넘게 매달렸는데 아직도 끝이 나지 않았다.

'손녀 현정이는 방학 동안 쓰기 싫은 일기 숙제를 미루다가 방학이 끝나는 날 밤, 급조(急造)해서 한 달분을 단숨에 얼버무려 쓴다던데, 내 숙제는 그처럼 서두를 재간조차도 없잖아?'

노후에 할 일이라는 버킷 리스트도 만들어 놓은 게 없다. 일생의 과제가 무엇인지도 모르고 있다. 언제 끝날지는 더더욱 모른다. 사람들은 내 생명이 비록 내 것이라고는 해도 운명은 묘하게 누가 끄는 대로 따라간다고 한다. 내 생애도 어떤 마력(魔力)에 끌려서 어디로 가려는지 알 수 없다. 희망 사항은 내가 하는 일을 줄곧 주무르다가 절벽에 다다르기를 기대한다. 그런 희망 사항은 흔하게 굴러다니던 말이지만 나도 끌어다가 접목해 보면서 너도밤나무의 변명처럼 기대본다.

국악인 박동진 선생의 60대 후반, 그가 더 늙기 전에 판소리 완창을 한번 듣고 싶었다. 나는 아내와 함께 국립극장에 갔다. 공연은 놀랍게도 '춘향전 완창'이 장장 3시간에 걸쳐 진행되는데 중간에 휴식 겸 저녁을 먹으라고 했다. 우리는 한정식 식당에 예약하지 않았지만, 다행히 자리를 얻어서 멋진 저녁을 해결했다.

공연에서 박동진 선생 전성기의 완창을 들을 거라고 기대했다. 감칠맛 풍기는 구수한 재담을 섞어서 원숙한 기교를 드러냈지만 어딘지 모를 저기압이었다. 하필 그날 오후 세종문화회관에서 꼬리를 물고 재연이 기다린다는 말을 듣고 '그럼 그렇지'라고 생각했다. 힘차게 가락을 뽑으려면 소리는 질러야 할 대목에서 가락은 힘을 아껴 살살 미끄럼 타듯이 비껴 나갔다. 능숙한 재간으로 에너지를 배분하면서 한 차례의 공연을 때우고 있었다. 그 끝에 진심으로 들리는 한마디의 말을 던졌다. 박동진의 가장 큰 소망이었다.

"무대에서 최후를 맞고 싶다."

그런 말은 더러 들어보았다. 그걸 최후의 장식쯤으로 미화하려는 의식에서 곧잘 끌어다가 붙이는 말이다. 박동진 선생은 진심이 엿보여서 결코 선도(鮮度)가 높은 것은 아니지만 내심의 알뜰한 표출일 거라고 고개를 끄덕이면서 수긍했다.

셰익스피어 두 번째 낭만극이라는 '심벨린'에서 건진 말이다.

"강한 것도 약한 것도 모두 썩어 하나같이 먼지가 된다."

마치 자기공명장치로 내 생명의 속살을 조사(照射)해 보고 들추어낸 정답 같은 표현이다. 나도 언젠가는 먼지가 되어 어디로 날아갈 텐데, 아직까지는 그런 낌새조차도 붙잡지 못하고 산다.

웃음꽃빛

천사와 악마

　지금처럼 각박한 세상에서 천사를 만나기란 마치 폐허가 된 광산에서 금싸라기 줍기만큼 어려워 보인다. 그건 딴 세상으로 옮겨갔는지 모르겠다. 헌 비닐조각이 날아다니는 듯 악마와 부딪치는 일은 식은 죽 먹기와 같아졌다. 인구밀도가 조밀한 지구촌 여기저기 틈새를 파고들어 널려있는 듯 흔해 빠졌다.

　우연히 TV를 켰다가 뜻밖의 화면을 만나면서 가슴이 울컥했다.
　부여에 사는 아버지 박 씨(53)는 선천성 청각장애인이다. 집에서 농사를 부쳐 먹고 사는 게 힘들어서 그랬을 게다. 투잡으로 또 다른 직업을 가졌다. 트럭에다가 뻥튀기 기계를 싣고 장날이면 나가서 일을 했다.
　집에는 잘 생긴 두 아들이 있는데 그들은 요즘 세상에서 만나기 힘든 정말 천사였다. 장애인이던 친엄마가 먼저 죽고, 다시 만난 새엄마도 6개월 전 죽어버렸다. 뻥튀기 장사를 하는 아버지 곁에서 손발 노릇을 하다가 간 새엄마는 말을 할 수 있었다. 그가 가버렸으니 아버지는 세상에서 외톨이가 되었다. 장터에서 사람들과 소통하지 못하면 깜깜한 밤길처럼 세상을 살아가기 힘들었다. 새엄마의 통역이 사라지면서 아버지의 수입이 절반으로 줄었다.

공부를 하면서 틈틈이 중학생인 큰아들이 아버지를 따라가서 통역도 하고 뻥튀기 일을 도왔다. 아버지와 형이 일하러 나가면 역시 중학생인 동생은 집에서 소 한 마리를 기르는 따위의 가사를 챙겼다. 그러면서 소망은 빨리 돈을 벌어서 아버지 생활을 돕고 싶었다.

그런데 설상가상으로 아버지의 눈에 문제가 발생했다. 여름에 이웃집 산소의 벌초를 도와주러 갔다가 예초기에서 튕긴 돌 파편 두 조각을 맞고 다친 눈이 보이지 않았다. 장날 아버지를 따라간 큰아들이 파장(罷場)이 된 뒤 안과로 모셨다. 진찰을 하고 난 의사는 손상이 심해서 실명할 것이라고 진단했다. 치료가 불가능한 상태라서 시력도 잃어버렸다. 집에 돌아온 아버지를 만나면서 둘째 아들은 제 뜻을 비추었다.

"존경하는 아버지."

늦게 배운 수화로 거기까지의 뜻을 전달했다. 그다음 말은 표현이 불가능했지만 가슴에서 솟는 뜨거운 진심을 몸짓말로 전달했다. 손가락으로 제 눈과 아버지의 눈을 번갈아가며 가리켰다.

웃음꽃빛

"제 눈 한 쪽이라도 뽑아서 드리고 싶어요."

그런 뜻을 피력하면서 손바닥에서 식은땀이 흘렀다.

나는 열다섯 살짜리 천사를 만났다. 장애인 아버지가 한쪽 눈이라도 살아있다면 말은 못하지만, 그만큼은 앞을 볼 수 있는 세상을 만들고 싶다는 의도(意圖)는 누군가가 시켜서 품은 뜻이 아니었다. 그때, 장애와 가난으로 서럽게 사는 아버지가 회심(會心)의 웃음을 터뜨렸다. 입이 함박만큼 떡 벌어졌다. 못살면서 초라한 모습도 잊어버린 아버지는 생애에서 가장 행복한 순간을 만난 것처럼 보였다.

이상한 인연이었다. 나는 같은 날, 사람들이 무서워한다는 악마를 만났다. 세상에는 어찌 된 일인지 그처럼 무서운 악마가 널려있는 듯했다. 사람들이 살기 어려운 시대가 틀림없다. 지금은 국산품 악마도 있고 흔해 빠진 수입품 악마도 있다. 외국인 근로자가 집결한 공단 인근에는 그들을 노리고 잡초 씨앗처럼 따라온 폭력배, 살인범, 강도 절도가 설친단다. 그런 악마도 널려있다. 내가 사는 주변에도 공장에 외국인 근로자들이 오락가락해서 가족들은 밤길을 무서워한다. 실상은 안전하지 못한 동네에서 사는 데 대한 기대불안이다.

나는 신문을 읽다가 악마를 만나면서 단숨에 기가 막혔다. 뉴욕 맨해튼가(街) 고급 아파트촌에 사는 아버지 토마스 길버트는 나이 70살, 금융가에서 번 재산이 우리 돈으로 2천2백억 원이나 되는 부자였다. '웨인 스콧 케피털 파트너스 펀드' 설립자로서 월가에서 존경받는 투자자로 알려진 아버지의 재력으로 아들을 잘 가르쳤다. 초·중·고등학교를 유럽의 명문만 골라서 유학을 시켰다. 대학은 프린스턴대를 졸업했다. 그런데 30살인 아들은 캥거루족이다. 아버지가 생활비를 전담했다. 아파트 월세로 매월 우리 돈으로 260만 원을 주었고, 생활비는 주급으로 44만 원씩 공급했다.

그런데 아버지와 어머니가 변심을 했다.

"이제 우리는 네 생활비 33만 원씩만 주겠다. 월세는 주지 않겠다."

일을 하지 않고 빈둥거리면서 돈 많은 아버지를 의지하고 편안히 사는 캥거루족 아들은 일할 필요도 없었을 것이고 한편으로는 일 할 의욕도 잃어버린 녀석이다. 그건 노숙자들의 생리와 통한다. 사람이 사흘만 일손을 놓아버리면 일할 의욕을 상실한다는데 그런 사례였을 게다. 아들은 앙심을 품고 아버지를 찾아갔던가 보다. 아버지 어머니가 함께 있었는데 샌드위치를 먹고 싶다고 하면서 어머니를 따돌렸다. 빵집에 가던 어머니는 어쩐지 낌새가 이상하다고 느끼고는 되짚어 돌아갔다. 아뿔싸, 아버지가 가슴에 권총을 안고 쓰러져 있었다. 그 자리에 아들은 사라지고 없었다. 경찰이 들이닥쳐서 얼핏 보고도 자살이 아니라고 단정했다.

아들이 사는 아파트로 쫓아간 경찰은 제집에서 엉성하게 숨어있는 아들 녀석을 붙잡았다. 범행에 사용되었음직한 증거물도 발견했다. 그 녀석은 무척 바보다. 현장에서 달아나 숨고 싶었으면 우리나라의 범죄인들처럼 사람들이 우글거리는 중국이나 필리핀 같은 곳쯤으로 도망가서 숨어야 한동안 안 잡힐 텐데 수법이 너무 엉성했다. 서양 속담인데 달아날 때는 사람들이 우글거리는 시장에 숨으라고 한다. 그는 철부지, 앞뒤가 막힌 녀석이다. 겨우 집세를 안 대주고, 용돈으로 공급하던 주급 10만 원을 깎았다고 아버지를 사살하는 머저리는 거액을 투자해서 명문학교를 보냈지만 살인자를 기른 셈이다. 간접 책임은 부모도 면할 수가 없다. 그런 자식을 길렀으니 할 말이 없을 듯하다. 겉치장은 풍부한 투자를 해서 가능했지만 빠뜨린 게 있다. 정신적인 가치 기준을 전혀 챙기지 못한 교육의 흉내만 내고 말았다. 프린스턴 대학을 졸업했다지만 수박 겉핥기공부를 했다. 사람을 사람답게 키우는 윤리며 인간성이라는 올바른 인성교육은 그 근처에 가보지도 못하고 만 셈이다. 자식의 도리를 가르치지 않았고, 자식도 전혀 그렇게 자라지 않아서 그런 끔찍한 재앙을 불러왔다.

신문을 접으면서 답답한 가슴을 달래려는 비속어 한 마디가 떠올랐다.

'개만도 못한 자식이다. 똥개도 먹이만 주고 길렀어도 제 주인을 물어뜯는 그런 짓은 거의 안 한다. 미친개가 아니라면 그런 짓은 절대로 생각하지도 않을 거다.'

'그런 것도 자식이라고 애써서 길렀구나. 쏟아 부은 부모의 애정과 투입된 자금이 아깝다. 정말 헛수고했구나!'

공연히 남의 일에 도둑을 맞은 뒤끝 같은 무서움과 불쾌감이 일어 험상궂은 세속을 한탄해 보았다. 실은 우리들의 주변에서도 이제는 그런 건 흔해 빠진 화제가 되어 누구나 다 아는 사실이다. 고려장의 후속인 듯 여행지에 가자고 꼬드겨서 내다 버리는 부모, 요양원에 데려다 놓고 달아나 버리는 자식들, 프린스턴 대학 졸업생처럼 부모를 살해하는 사례가 흔해 빠졌다. 언젠가는 대학교수를 하던 아들이 부자(富者) 아버지를 죽이고도 비싼 변호사를 시켜 교묘하게 법망을 빠져나온 뒤 앙심을 품고 판사를 해코지한 사건도 기억난다.

어두운 기사만 쫓아다니는 것으로 보이는 매스컴은 빠뜨리지 않고 그런 사건을 시시콜콜 쏟아놓는다. 그런 것도 독자나 시청자가 '알 권리'라고 변명하지만 전혀 반갑지 않다. 내게는 절대로 알고 싶은 권리가 아니다. 그런 뉴스가 뜨면 더러는 눈 감고 귀를 막는다.

지구촌에 널려있는 악마들이 언제쯤 정화되고 성숙해서 걷어잡을 수 있을지 모르겠다. 몸살 하는 세상을 살아가면서 내 머리도 멍들었는지 잠꼬대 같은 망상이 눈앞에서 굴러다닌다.

때로는 부러운 개 팔자

내가 젊었을 적, 시골에 살면서 똥개를 길렀다. 덩치가 크고 아무거나 주면 잘 먹는 식성 때문에 개에 대한 관심이 희박했다. 그래도 나들이를 하고 늦게 돌아오면 개는 으레 꼬리를 치면서 몸과 마음을 다해서 주인을 반기는데 나는 그냥 지나치고 말았다. 그건 당연한 개의 구실이려니 하고 간과했다.

그래서 개 이름도 아무렇게나 헌 신발짝 내던지는 듯 지었다. 언젠가는 진돗개 몇 대 교잡종인 '노랑이'를 길렀다. 겉모습으로 본 생김새는 순종 비슷하고 유난히 깨끗한 개가 날렵해 보여서 사랑하는 편이었다.

한 해, 초겨울이었다. 나는 마을 뒷산으로 등산을 가면서 노랑이를 목줄로 묶어서 데리고 갔다. 산길을 오르는데 개가 기승을 불리는 듯했다. 나를 끌고 갈 정도의 주력을 발휘하는데 비호(飛虎)라는 말을 연상하리만큼 날뛰었다. 서쪽 산 능선에서 시작해서 동쪽 비파(枇杷) 밭이 있는 농장 곁으로 들어설 때였다. 개는 갑자기 목줄을 잡아챘다. 밭에 아기 무덤 같아 보이는 지형물 아래 개구멍이 뚫렸는데 사정없이 그 속으로 파고 들어갔다. 순식간에 개 꼬리 부분만 남았다. 몸통은 송두리째 굴속으로 병마개처럼 꼭 박히고 말았다.

개가 질식사를 할까 봐 겁이 나서 나는 개 꼬리를 힘껏 잡아당겼다. 그때 안쪽에서 찍찍 비명이 쏟아졌다. 개는 연신 꼬리를 흔들었다. 전혀 뜻밖의 상황이라서 놀랄 수밖에 없었다. 머리끝이 오싹해서 어찌할 바를 몰랐다. 땅바닥에 앉아 두 발로 버티고 개의 꼬리를 당겼을 때 찍찍 숨넘어가는 듯한 비명이 점점 커졌다. 개를 완전히 끌어내 놓고 보니까 입언저리에 피가 묻었는데 상상할 수 없는 일이 벌어져서 귀신이라도 만난 줄 알고 황당했다. 눈을 가다듬고 보니까 산토끼 한 마리를 사냥했다. 무자비하게 빼앗았더니 개는 펄펄 뛰면서 제 거라고 매달린다. 나는 뜻밖의 사냥물을 가지고 집으로 갔다.

"똥개가 산토끼 사냥을 했다."

신나게 외치는데 개는 덩달아 의기양양해서 '내가 토끼를 잡았다'고 날뛰었다. 완전히 개선장군이었으며 생애 최고 자랑스러운 순간이었다. 그 뒤로 나를 보면 개가 고개를 까닥거리는 게 개선장군을 아느냐고 확인하는 제스처처럼 보였다. 개의 존재는 팔자 좋은 수준으로 격상이 되었다.

　부부는 노년에 접어들면서 아들네 집에서 물려준 애완견 흑시츄 '유리'를 만났다. 까맣고 하얀색 옷을 입은 암캐인데 '유리'는 우수한 혈통으로 보였다. 단정하고 품위를 갖추었다. 서너 살을 먹고 왔는데, 주인이 먹다 둔 식품은 멋대로 입에 대지 않았다. 12년간 기르면서 제 버릇을 어기는 임의적인 행동은 절대로 하지 않았다. 아침저녁으로 산책을 하면서 용변을 해결했는데, 언젠가 우리 부부는 외출을 했다가 밤 8시가 넘어서 돌아왔다.

　"유리야, 미안 미안!"

　주인을 반기는 개를 보고 우선 사과를 먼저 했다. 집안을 살펴보니까 개가 용변을 한 흔적이 없었다. 허겁지겁 밖으로 데리고 나갔더니 그때 용변을 마쳤다. 정갈하다는 말이 안성맞춤인 개였는데 그래저래 정이 더 깊었다. 밖으로 산책을 데리고 나가면 길에 떨어진 빵부스러기 따위 먹이는 절대로 입을 대지 않는 품위를 유지했다. 요조숙녀랄까 길에서 다른 개를 만나면 먼저 고개를 숙이고 달아난다. 실은 혼자 자란 개라서 다른 개를 무서워하는 습성이 굳어진 탓이었을 게다.

　발정기를 몇 번 겪는 사이에 후손을 보고 싶은 욕심이 없지 않아 동물병원에 부탁을 해 두었다. 수캐도 먹시츄를 구해달라는 청탁이 성사되지 않았다. 게다가 수의사는 우리 개 유리가 지나치게 수줍어하기 때문에 설령 수캐를 구한다고 해도 사랑이 이루어질지 의문이라고 했는데 신방이라는 문턱에 한 발짝도 다가서지 못하고 수포로 돌아갔다. 개는 나이를 먹었다. 마치 늙은 정주영 회장의 얼굴에 달라붙던 까만 기미처럼 개 몸뚱이에 흑색 반점이 흰 바탕에 널려서 추하게 보였다.

"이제 수(壽)를 다하는 시기가 되었구나."

우리 부부는 걱정을 했다. 식욕이 떨어지고 점점 행동이 느려졌다. 나는 일본 여행을 하면 그쪽이 원산지인 간식용 저키(애완견용 고기 막대기)를 사왔다. 닭고기나 소고기를 원료로 만든 것인데 단번에 2, 3kg씩을 구입했다. 그렇게 좋아하는 걸 아껴서 먹였다. 단백질 식품을 공급한 탓인지 개는 비교적 깨끗하게 살았다. 15살이라고 짐작했는데 드디어 노화가 심각하게 드러났다. 그런 생명도 한번 태어나면 또 한 번은 죽는다는 것이 자연의 섭리이므로 거역할 수 없는 거라고 믿었다. 시간이 흐를수록 걱정이 되었다. 개가 없는 공백과 허무감은 상상하기도 싫었다.

부부는 두려워하면서도 그 시기를 알 수 없으므로 막연한 불안에 싸여서 지켜봤다. 그런데 가을이 되면서 개는 식욕이 유난히 뚝 떨어졌다. 먹지 않으므로 쇠약해서 비슬거리는 모습이 역력했다. 하루아침, 나는 용기를 발휘했다. 운동을 하면 식욕을 다소 되찾을 거라는 막연한 생각으로 아침 산책을 시도했다. 그건 무지한 주인의 완전한 착각이었다. 개는 따라오지 않으려고 꼬리를 빼는데도 강제로 끌었다. 우리 집에서 관리사무실까지 겨우 100여 미

웃음꽃빛

터를 가서는 개가 탈진이 되는 듯이 보였다. 어쩔 수 없어 집으로 돌아왔는데 체력보강 운동을 해서 식욕이 살아나기는커녕 착 깔아졌다. 아내 곁을 떠나지 않으려고 안방에서 자던 개는 그 자리를 택했다. 조용히 엎드려 있었다. 그래도 설마 하고 기호식품을 주어 보았는데 거들떠볼 기미가 보이지 않았다.

개는 종일 물 한 모금도 입에 대지 않았다. 초저녁에 가쁜 숨을 쉬는 걸 보고 목이 탈까 봐 차 숟갈로 물을 두 번 떠먹였다. 받아 먹는 동작은 안 보이는데 먹었으려니 하고 지켜보았다. 개는 점점 이상하게 보였다. 늘어진 혀가 입 밖으로 빠져나왔다. 불길한 증세라는 예감이 스치면서 가슴이 철렁 내려앉았다. 개는 몸을 버리는 듯 배를 깔고 엎드려서 미동도 하지 않았다.

"유리야, 유리야, 정신 좀 차려 봐."

다급하게 불렀지만, 전혀 쳐다볼 정신이 없었다. 그 뒤 간신히 일어서더니 거실을 잔뜩 술 취한 사람처럼 비척비척 걸어갔다. 창 앞에서 조금 쉬다가 다시 베란다로 나갔다. 더러 제가 똥판을 깔고 똥오줌을 누던 자리까지 겨우겨우 가서 그만 쓰러졌다. 차 숟갈로 두 번 떠 넣었던 물을 그 정신에도 머금고 있다가 몽땅 쏟았다. 안방에서 쓰러진 뒤 거기까지 가서 도착한 게 30분이나 걸렸다. 그때가 바로 운명의 순간이었다.

비록 개일망정 주인에게 아무 데서나 추한 모습을 보이기 싫고,

더 이상 폐를 끼치기 싫다는 행동이라고 유추해 보았다. 본디 타고난 정갈한 성미 그대로 안방이 아닌 외부에서 최후를 맞이한 그 개는 영물이라는 생각이 떠올랐다. 아내는 대뜸 울먹이면서 한마디를 했다.

"우리 유리가 죽었다."

짧은 말은 절규였다. 시체를 한참 바라보다가 이제는 끝났다는 절망을 하면서 어떻게 처리할지 궁리를 했다. 정든 애완견을 가까운 산에다가 매장하기로 했다. 정갈한 타월로 수의를 대신해서 시체를 감쌌다. 다음 날 아침 유리가 떠나는데 불자인 아내는 소원을 빌었다.

"유리야, 너는 착한 개잖아! 환생하면 부잣집에 가서 아들로 태어나야 한다."

늘 한(恨)이 많다고 푸념하던 자신의 고독을 덤으로 건네주고 축복을 덧붙여 보냈다. 나는 집에서 가까운 뒷산 양지바른 자리에 안장했다. 옛날이라 가능한 일이었다. 돌아서는데 자꾸 눈물이 앞을 가로막았다. 인간이거나 애완동물이나 가릴 것 없이 정속했던 인연이 끊어지는 것은 단장(斷腸)의 슬픔이다. 물론 애정이 얼마나 깊었는지 헤아려 보면 밀도와도 상관관계가 깊다. 유리는 반려동물 이상의 개가 아닌 귀한 손자 또는 가족이라고 대접을 받던 신분이었으므로 미련은 오래오래 머물렀다. 그 뒤 아내는 불가의 사십구재처럼 기도하면서 환생의 축복을 집요하게 기원했다.

웃음꽃빛

우리 부부는 한동안 산에 가면 유리의 무덤을 쳐다보고 큰 소리로 불렀다.

"유리야, 할아버지 할머니 왔다 간다."

개는 대답이 없었다. 메아리라도 일어서면 좋으련만 산이 낮아서 그런 기대도 할 수 없었다. 나는 지금도 산에 가면 잠깐 서서 유리를 부르거나 무덤을 바라본다.

"너는 정말 팔자가 좋아서 사랑받고 살던 개였다. 최후도 매우 아름다웠다."

벌써 8년이 지났는데도 부러운 추억은 지워지지 않았다.

무력증(無力症)

　해가 지면 하루의 일과가 끝나면서 체력이 거의 소진되는 것처럼 인체의 생리도 일생을 통과하고 말기현상으로 접어들면 비실비실하는 걸 절감하게 된다. 뇌과학은 이러한 현상에 대해 노화 때문에 뇌실(腦室)이라는 두개골과 뇌 사이의 틈이 넓어지고 뇌가 위축하게 되는 퇴화에서 문제가 생긴 것이라고 말한다. 병명을 들먹이기도 한다. 개체에 따라서 다양한 병세는 지남력(指南力)장애나 기억력 퇴화와 경도인지장애(輕度認知障碍), 그 뒤로 치매도 다가설 수 있다고 위협한다. 게다가 몸에 점점 힘이 빠지면서 내 몸뚱이를 무겁다고 자각하는 무력증이 따라온다. 생명과학의 연구는 역사가 길다지만 성과란 강 건너 불구경처럼 비웃고 있는 듯하다.

　가장 가시적인 덧셈 뺄셈처럼 한해살이 식물이 봄부터 자라다가

웃음꽃빛

서리가 내릴 무렵이면 영락없이 빌빌거리는 시간대(時間帶)를 맞는다. 그런 생명체의 가을은 사람도 다를 바 없다. 행여나 비상탈출구가 있었는지 선인들의 자취를 들춰봐도 숙명을 탈피하는 재간은 없었다. 결론은 무력증도 일생에서 맞이하는 지극히 당연한 수순이다. 밤새워 집필해도 이튿날 아침에는 탈 없이 일어서서 출근하던 때가 있었다. 나는 그 시절을 그리워하면서 우리 동네 헬스장에서 시쳇말로 몸짱을 만드는 보디빌더의 떡 벌어진 가슴을 만져보았다. 재수가 좋아서 성폭력이라는 딱지를 맞지 않고, 서로 웃어버렸다.

무력증의 종말을 추적해 보면 상징적인 대표주자는 아프리카 초원의 야생동물 가운데에도 있었다. 그걸 보면 안타깝다. 역지사지로 해석해 본다. 주로 군집생활을 하는 동물이 무력해지면 슬그머니 무리에서 이탈하는데 비척거리거나 절뚝거리면서 따라가려고 안간힘을 쏟다가 탄식하는 듯 희멀건 눈으로 무리를 바라만 본다. 눈길은 향수나 추억일 텐데 동행은 어림도 없다. 힘이 없는 동물은 픽 쓰러진다. 그때를 바라보고 기다리던 진객이 찾아온다. 5km 안팎의 가시거리(可視距離)를 가졌다는 맹금류가 하늘에서 얼씨구 좋다고 덤벼든다. 여우나 늑대 하이에나도 단골손님이다. 썩은 살코기 냄새를 맡고 달라붙는 똥파리도 있다.

그처럼 무력해진 생물의 폐막은 비극이다. 내가 보기에는 그걸 비껴서 살아간다고 자랑하는 이가 있다. 진시황조차도 대처가 불가능했던 일인데 정신과 의사 이근후 박사는 일곱 가지 질병을 달고 산다고 한다. 웃으면서 죽을 때까지 같이 살 거란다. 그는 무력증을 젖혀 놓고 지혜롭게 사는 기인처럼 보인다. 네팔에 가서 한 달씩 노령에도 불구하고 의료봉사를 할 수 있는 초능력이 있다. 안간힘을 써서 얻는 차력일 수도 있고 목적달성을 위해서 쏟아지는 비상능력인지 모르겠다. 내 상식으로는 무력한 세월이므로 그건 고통스러울 게 틀림없을 거라고 추측해 본다.

비록 독립 영화라도 촬영하려면 감독은 남들이 하는 소리를 흉내 낼 듯하다. 슬쩍 작동 버튼만 눌러서 진행하는 자동기계 카메라 시대라서 외치는 소리까진 불필요하다고 해도 상관없다.

"레디 고! (ready go)"

카메라는 작동을 시작했다. 자동카메라는 감독의 눈치를 더 이상 볼 필요가 없다. 저 혼자 알아서 슬슬 돌아갈 텐데 촬영과 편집을 척척 하는지도 모른다.

시골집에 가 보면 더러 노인들만 사는 집 살림살이가 사방에 널브러져 있다. 마치 설치미술 작가의 작품과 흡사하다. 요전번 뉴스에서 본 서대문 할머니는 이웃 사람들이 악취 때문에 못살겠다고 구청에다가 신고했다. 할머니는 10평짜리 아파트에 3톤 트럭에 가득 차는 짐이 썩는데도 쓰레기처리장처럼 쌓아두고 살았다. 그걸 정신과 의사는 심하면 치료해야 할 질병, '저장 강박증(貯藏强迫症)'이라고 했다.

나는 동병상련의 처지다. 그건 질병이라는 선입견보다도 기운이 모자라는 심신의 변화인 노쇠 탓이라고 본다. 그리고 절대적인 역부족이다. 나를 실험 대상으로 삼아서 징험해 보면 신체를 지탱하는 기초대사에 필요한 절대적인 식품의 양을 흡수하지 못해서 힘이 모자란다는 것을 알게 될 것이다. 그 축에 끼게 되면 힘이 없어서 식욕이 떨어진다. 잘 먹지 못하니까 더 힘이 없는 악순환의 반복이다. 생각하는 속도도 옛날 형광등처럼 느려져서 재고(再考)나 수정(修正)으로 땜질하는 일이 잦아졌다. 이때는 무서운 대사증후군도 침범하려고 호시탐탐 기회를 노린다.

　며칠 전부터 작품을 쓰려고 구상해서 메모까지 해 둔 게 있는데, 전혀 손을 대기가 싫어서 팽개친 뒤 며칠이 지났다. 머리를 굴려야 쓰는 건데 옛날 문인들도 고통은 마찬가지였던가 보다. '고음(苦吟)'이라고 표현했다. 고심참담과 유사한 뜻이다. 근사한 풀이는 고통에 찬 글짓기라고 할 수 있다. 구상이나 메모를 묻어두면 먼지가 내려앉는 걸 보고 있다. 처음 생각이라는 착상은 대게 어느 틈에 증발해 버리기 십상이다. 메모를 다시 보면서 무슨 소리를 긁적거려 놓았는지 애매하게 보이는 일이 다반사다. 내가 쓴 메모를 내가 읽지 못하는 난센스도 연출한다. 이렇게 내가 겪고 있는 무력증은 생활에도 파고들었다. 무척 안타까운 현주소이다.

　오래전에 짭짤하게 장편 한 꼭지를 쓰려고 여러 해를 걸려서 구상하던 것이 있는데 한번 손을 놓았더니 아쉽게 그 메모가 어디

있는지조차도 잘 모르고 있다. 한참 찾아야 겨우 챙길 듯 말 듯하다. 그건 너무 아까운 일감이다. 몇 해가 지난 구상으로 지금보다는 머리가 돌아갈 때 손댄 구상이다. 그때는 아무리 발버둥을 쳐도 생각의 가닥이 잡히지 않았다. 그런 생각은 오랫동안 하게 되면 부작용이 따라온다. 골치가 아프고 대개는 기피증에 시달린다. 나는 일감을 짊어지고 기분 전환도 할 겸해서 가까운 이웃 나라로 갔다. 호텔에 처박혀서 두문불출하고 작업에 몰두한 적이 있다. 얼기설기 엮어 보았지만 탐탁지 않았다.

그걸 두고 곁에서 아내는 밀월여행이라도 가지 않았는지 모른다고 의심을 했다. 아내의 연장전은 몇 해가 지났건만 지금도 심심풀이 메뉴로 곧잘 등장하는 소재의 촌극 한 꼭지가 되었다. 귀가 따가운 공격은 너무 들어서 벌써 독해(讀解)가 끝나고 암송을 했는데도 계속해서 재투입(再投入)한다. 그건 심하면 부정망상이라는 질병으로 통한다.

나는 겨우 한 가지 목적을 가지고 생활하는 주제에 눈을 돌릴만한 팔자가 못 된다. 내가 하는 일에 집중하는 습벽을 가지고 산다. 우직스럽게 자기 생활에 몰두한다는 것은 곁에서 보면 바보스럽게 보일 테지만 내게는 안정이면서 즐거운 시간이다. '고락(苦樂)'이라는 말이 가장 잘 표현한 말인 것 같다.

그 작업은 골치 아픈 수학문제의 숙제처럼 풀지 못하고 말았다. 이제라도 구상을 살려서 쓰고 싶은데 더 이상은 역부족이다. 힘이

웃음꽃빛

모자란다는 것은 곧 무력증이다.

이제는 생각도 무거운 추를 매달았는지 미동조차 싫어한다. 끄트머리만 남아있는 생각의 실마리는 간혹 나를 흔들어 집적거려본다. 정말 꿈같은 여망이다.

'여보세요. 지금 뭐 할 일 없어요? 그건 어림도 없는 망상인데요.'

내가 나를 노크하면서 일으켜 세워본다. 겨우 체머리만 흔들고 바람처럼 사라진다. 신체의 거부감은 확실히 무력증인데 병이 아니라고 억지를 써본다. 기력이 모자라서 이를테면 역부족 현상이라고도 변명해 보는데 결국은 자가당착이다. 빤히 보이는 것을 보고도 손을 쓰지 못한다.

사전적 해석은 '전신 무력증'이라고 정의한다. 부신(副腎)과 관련된 질병에서 뚜렷하게 나타나는 듯하다. 글쎄 나는 아무리 증험해 봐도 잘 모를 일이다. 안정피로(眼精疲勞)를 들추기도 하는데, 그건 맞는 말이다. 요새는 눈이 자꾸 피로하다. 안과 의사는 안구 건조가 심하다면서 눈물 약을 처방해주었다. 또 한 가지는 내과에서 근무력증(筋無力症)이라고 했다. 그 말을 하기 싫어서 감추어 둔 건데 진짜는 '노인성 무력증상'이다.

한 달 전, 잡지사에서 '작품과 작가'라는 원고를 써달라고 청탁했다. 엊그제 마무리하면서 10여 권, 작품집을 꺼내 놓았다. 책상 아래 쌓아둔 게 사흘이 지났다. 그걸 그대로 놔두고 옆으로 비껴서 지나다닌다. 제자리까지는 겨우 50cm쯤의 간격이다. 아침에는 혼자 지켜보다가 코웃음을 웃었다.

'허허, 이 사람, 이거 큰일 났구먼.'

정말 걱정이 아닐 수 없는 꼴불견이다. 이따위 것들의 뒤끝에 따라붙는 연쇄반응인지 뭔지를 안다. 뒤미처 '정리장애(整理障碍)'라는 심술꾸러기가 따라올 텐데. 그들은 줄줄이 꼬리를 물 거다. 책상 위에나 방바닥에 쌓아놓은 신문, 읽던 책, 잡지, 필기장, 필기구, 화선지, 메모지, 수집한 골동품, 모자, 머플러, 원고 뭉치, 여행 중에 수집한 100여 개의 코끼리 등 잡동사니가 방안에 가득 흩어져 있다. 언제부터 생각하기는 한 차례 몽땅 쓸어다가 폐품 수집하는 날 던져버릴 작정인데 그것도 생각이 한번 스쳐 가 버리면 끝이다. 그쪽도 또 건망증(健忘症)이다.

정신과 의사가 들여다본다면 혀를 낄낄 차면서 꼭 한마디 할 말이 있을 듯하다.

"선생, 인생이 다 됐군요. 얼마나 더 살지는 몰라도 지금 그건 사는 게 아니오."

그럼 나는 대답할 말이 있다.

"나도 벌써 알고 있어요. 그래서 요즘은 자꾸 염라대왕한테 편지를 쓸 작정이라오."

"뭐, 뭐라고요?"

"그거야 빤하지요. 염라대왕한테 청탁해서 빨리 날 잡아가라는 말밖에 더 있겠어요?"

그러면 의사는 눈을 지그시 감고 코웃음을 치면서 똑 떨어진 한 마디의 대답을 던져줄 것만 같다.

"잘 생각했소! 현명한 판단인데요."

그런 답변이 떨어지기를 기대한다. 그렇지만 또래 중에도 건강한 사람들이 있어서 부럽다.

이제 희망 사항은 그런 푸념이 대세(大勢)이다. 체중계로 재어본 내 체중보다도 감상적(感傷的)인 무게가 힘들고 귀찮고 재미없다는 생각을 덧붙여 실측보다도 더 무겁게 느끼는 가상체중(假想體重)을 안고 산다. 그런 무력증은 갖가지 재간을 부린다. 그 틈에도 죽을 때까지 글은 쓸 작정이라면서 날마다 만지고 있다. 청탁이 없어도 상관없다. 늘 어깨와 허리, 골머리를 앓으면서도 그걸 재미로 알고 쓴다.

아침 밥상

봄비가 내렸다. 겨울이 유난히 추워서 월동작물은 숨도 못 쉬고 죽은 듯이 엎드려 겨우 목숨만 붙잡고 매달리는 걸 보았다. 우리 집 텃밭, 비닐 터널에 갇힌 상추 서른 포기가 그처럼 절박한 사정이었다. 더러 들여다보면 안타까웠는데 봄에 회생한 것 겨우 한 포기를 건졌다.

아무도 모르게 봄이 다가서더니 꼬리를 물고 봄 가뭄이 따라붙었다. 4월 상순이 되어 겨우 내린 봄비는 얼마나 오기 싫었는지 여우 꼬리만큼, 겨우 20mm나 될까 말까였다. 고것 조금 내리고 말았다. 그래도 푸성귀가 가뭄에 잔뜩 굶주렸던 얼굴을 펴고 나풀거리면서 아침 햇살을 받고 잎에 맺힌 이슬방울이 반짝거린다. 살맛이 나는 듯했다.

밭에서 눈에 띄는 것은 뿌리가 무섭게 강한 겨우살이 배추였다. 뿌리가 굵고 잎이 짧고 수분이 적어서 월동에 적합한데 그 추위를 극복했다. 전라도 사투리로 '도살이'란다. '되살아나다'가 어원인가 본데 잎사귀의 색감이 밝아서 밭에 가면 눈에 띈다. 포기배추와는 품종이 다르다. 색명으로 이름도 예쁜 그린 라이트(Green light)인데 어딘지 모르게 식욕을 돋우고, 눈을 편안하게 하고, 침착하게 분위기를 유발한다. 사색하는데 안정감을 주어 사람들이 손쉽게 선호하는 색상이다. 대개 그걸 따오면 아내가 뚝딱 겉절이를 잘한다. 군침이 도는 식감 만점인 식품이다. 싸구려 대접을 받지만 실은 진미가 숨은 귀한 식품이다.

내가 더러 색종이를 만지면 연두색은 아까워서 자꾸 뒤로 감춘다. 그보다는 짙은 색깔의 작물이 있다. 사람들은 쪽파에 대칭이 되는 큰 파를 유식하게 '대파'라고 한다. 겨울철 추위에 시달리면 그건 짙은 녹회색이 된다. 겨울 중독증인지 우중충하던 원통형 잎이 이제 비를 맞고는 얼굴을 싹 바꾸면서 초록빛으로 물들어 쑥쑥 자라고 있었다. 그건 그렇고 정말 봄날을 장식하는 작물이라면 남부지방에서는 월동작물이지만 중부지방은 어림도 없는 완두콩이 있다. 그건 이른 봄에 심어야 한다. 그러면 수확량이 줄지만 어쩔 수 없다.

우리 마을은 원래 산을 깎아서 집터를 마련했는데, 텃새들이 12년이 지났어도 여태까지 제 고향을 떠나지 않고 맴돈다. 그 가운데 멧비둘기도 한몫을 하고 있다. 겨울철, 텃밭에 퇴비용으로 내다가 쌓아놓은 음식물 찌꺼기 봉지를 더듬어 먹기도 하면서 간신히 살았다. 이른 봄 밭작물 심는 것을 노리는 듯했다. 콩 씨앗을 심는 건 어쩌면 그렇게 귀신처럼 냄새를 맡고 침입하는지 여지없이 파먹어버리는 신통한 재간을 지녔다. 올해는 비둘기가 무서워서 콩 씨앗을 아예 보트에 심어서 비닐 포장을 씌워 놓았다. 그 보트는 일회용 종이컵 폐기물을 재활용했다. 중간에 두어 차례 비닐 덮개를 벗겨 주었는데 약삭빠른 비둘기는 어느 틈에 덤벼들어서 씨앗을 1/3쯤 파먹어 버렸다. 그래도 남은 것 120포기를 심었다. 콩 싹은 뿌리가 무성했는데 비를 맞고 무럭무럭 자랐다. 아니 춤을 추면서 솟아올랐다. 비가 오기 직전에 옮겨 심은 게 다행이었다. 밭을 가꾸다 보면 더 애정이 가는 작물이 있다. 연두색 완두콩은 역시 그린 라이트라는 색감에 매혹되어 무작정 예쁘다고 쓰다듬는다. 비 오는 날 우산을 쓰고도 가보고 그 뒤로는 아침저녁 가서 문안 인사를 드렸다.

나는 어제부터 한 떼기의 밭을 더 파기 시작했다. 아침에는 아내 몰래 나가서 땅을 파는데 어느 틈에 쫓아와서는 완두콩 밭을 매고 나서는 나물을 뜯었다. 파랗게 자란 머위 잎을 따고 '보리싹'도 캤다. 보리싹 나물은 전라도 사람들이 즐기는데 그냥 '보리'라고 통한다. 나는 '풋보리'라고 한다. 된장을 풀어서 끓이면 풋보리 국이다. 떡에 넣으면 풋보리 떡이 된다. 풋보리싹을 월동하는 풀 '곰바

물레(바랭이의 전라도 방언)'와 섞어서 국을 끓이거나 된장으로 묻힌 나물로 먹는다. 그전에는 먹을거리가 귀한 시대라서 겨울철 푸성귀는 일미 식품으로 대접받았다.

조상들은 선견지명이 있었다. 지금 보리싹의 효능과 성분 분석을 보면 항암물질, 루테오린 때문에 암세포의 전이와 성장에 억제력이 있다고 한다. 식욕촉진, 대장기능 보강, 멜라닌 색소 생성 억제, 고혈압과 동맥경화 예방을 한다. 식이섬유는 고구마의 23배, 철분은 시금치의 24배를 함유하고 있다. 비타민 C의 공급원 구실을 하면서 풋보리싹이라는 고운 명사(名詞)처럼 특급식품이다. 독일에서는 이미 지방간 치료제의 약재로 이용하고 있다.

아내는 시금치를 캐다 놓은 게 있었다. 아침에 수확한 겨우살이 배추는 겉절이를 하면 좋은데 손쉬운 일이 아니라면서 손대지 않았다. 보리싹으로 국을 끓이는데 멸치 가루와 들깻가루를 넣어서 고소한 냄새가 나고 보리잎 특유의 풀잎 향기도 풍겼다. 머위 햇잎은 데쳐서 꼭 쥐어짠 걸 내놓았다. 초고추장에 찍어서 쓴맛으로 먹는다. 시금치를 무치면서 볶은 참깨 병 뚜껑이 벗겨졌다는데 실수로 시금치가 참깨강정이 되었다고 웃었다.

조반이라야 뭐 조금 먹다 마는 식사량인데 식탁에는 남다른 게 있었다. 돼지감자 장아찌와 머윗대 장아찌 매실장아찌 등 자급용으로 개발한 건강식품이다. 나물 식재료는 내 손으로 가꾸어서 안전한 유기농 농산물로 차렸다는 자부심도 식탁에 따라와 있었다.

거기에다가 구운 고등어 한 토막을 곁들여 영양의 구색을 갖춘 셈이 되었다.

게다가 정말 조촐한 식탁에는 장식처럼 청정하다는 시골 마을 봄바람과 우리 집 텃밭에서 따라온 봄날 아침 햇살이 깔린 듯 눈웃음을 웃었다. 아내는 밭에서 수고하고 와서도 재빨리 조리하는 솜씨를 발휘했다. '잘 먹었다'는 게 '맛있었다'는 의미인데 새삼스럽게 톤을 조금 올려서 또 그 말을 했다.

오늘도 아침을 먹는다는 것은 생존의 영광이어서 감사의 표시를 말로 얼버무렸다. 실은 누가 보면 그지없어 초라한 시골 밥상이라고 웃을지 모르지만 내게는 더없이 정성스럽고 소중한 밥상이다.

우리 집 식탁에는 더러 이색적인 식품과 풍미 식품이 등장한다. 아내는 아날로그 세대라서 비축 강박증이라고 할 만큼 쌓아두는 취미를 가지고 있다. 이를테면 소금은 신안군 천일염을 사다가 5년 이상 묵혀서 간수를 빼놓았다. 그것을 볶아서 쓰는 취미, 손수 담가 20년 묵은 간장이 있단다. 눈에 띄는 식재료를 발견하면 반드시 지혜롭게 가공해서 갈무리하는 생활의 지혜를 발휘한다. 동양화에서 발견하는 여백의 사상과도 통한다.

우리 집 냉장고는 80% 적정 수준이 허사여서 늘 혹사를 당한다. 3개가 모두 만원사례다. 생선이나 육류를 냉동실에 쌓아두면 세포가 파열돼서 맛없는 식품으로 변질되는데 용량을 줄이자는 말이 소용없다. 오랫동안 잠자는 게 밉지만 그래도 기호식품은 가

웃음꽃빛

자미식해, 모치젓갈(가장 작은 숭어) 그것 말고도 밴댕이젓갈, 황석어젓갈, 명란젓, 민어알젓갈, 자리돔젓갈 또 뭐가 있는지 냉장고를 잘못 닫으면 쏟아지는 게 있다. 앗! 모싯잎 떡, 찰떡도 숨어있다. 손자들이 오면 준다고 얼음과자 '티코'도 챙겨 놓았다. 더러 반찬을 꺼내면 나는 잘 먹지도 않는다. 소식(小食) 습관은 반찬이 별로 소용없다.

나는 언제부턴가 악취미가 생겼다. 더러 매식을 하게 되면 방송 매체의 '소비자 고발'이 떠올랐다. 썩은 고춧가루, 썩은 고기, 상한 생선 등 식재료의 유통기한을 변조해서 파는 것도 쓴다고 하고, 게다가 인공 조미료도 퍼붓는 걸 보았다. 더구나 짜게 만들어 맛을 혼란스럽게 하는 음식이 값은 고하간에 정성마저 들이지 않아서 달아나버린 맛을 찾을 수 없다. 언젠가는 식당에서 하필 주방이 빤히 보이는 위치에 앉았는데 여자 조리사가 화장실을 다녀오는 게 눈에 띄었다. 아뿔싸, 손을 씻지도 않고 그대로 식품을 다루는 걸 보다가 구역질이 날 뻔했다. 그 뒤 이것저것이 연상이 되면서 매식을 기피하는 악습이 생겼다. 대안은 힘든 아내를 꼬드겨 가급적이면 가정식을 하자고 유도한다. 그러면 아내는 싫은 기색 없이 동조한다. 주변에서는 더러 노인 가정이 거의 집밥으로 생활하는 걸 신기하다고 바라본다.

작고한 성악가 조상현 선생 댁, 음악가 세 자녀를 기른 어머니

김 여사의 일화를 들었다. 자녀들과 관련이 있는 외국 귀한 손님이 오면 식당에 가서 대접하는 게 아니라 어머니는 반드시 손수 음식을 장만해서 가정식으로 대접한다고 한다. 그러면 손님들이 무척 희희낙락했을 게 뻔하다. 알뜰한 어머니의 손길에 음식 맛을 좌우하는 비결이 있다. 우리는 그걸 '손맛'이라고 단정했다. 자기 나름으로 빚어낼 텐데 수준과 손맛이라는 창조적인 실력과 그밖에 그 댁만의 비법도 간직하고 있었을 것이다. 그런 음식은 문화이면서 예술작품이다. 그걸 먹으면 정신과 신체도 건강이 확보가 되면서 살아가는 보람이 쏠쏠하게 불어날 거라는 소견을 가지고 있다.

나는 아내가 차려주는 밥상 때문에 여태 큰 병치레는 하지 않고 큰 탈 없이 버티는 줄 안다.

웃음꽃빛

2장

생각의 바다

생각의 바다

　나는 늦게 자는데도 또 일찍 일어나는 편이다. 대개 새벽 5시를 전후로 거의 정시에 깬다. 그것은 타의에 의해서 끌려가는 행동이다. 우리 집 개 '따루'를 그 무렵 데리고 산책을 하는 게 일과가 되었다. 개가 그 시각을 정확하게 기억하고 있다. 내 거동이 안 보이면 개는 주인을 데리러 온다.

　오래전에 진돗개를 기르면서 개는 후각이나 청각만 발달한 동물인 줄 알고 있었는데 그뿐이 아니었다. 따루를 보면 시각(時刻)을 처리하는 지각과 생체시계가 스위스 시계처럼 정확한 걸 발견했다. 아침 산책할 때를 맞추어 개가 시동을 건다. 마치 곰 발바닥처럼 넓적하게 생긴 큰 발로 내 손발이며 얼굴을 박박 긁어댄다. 협박하는 꼴이다.

　"어서 일어나시오."

웃음꽃빛

나를 깨우는 데 실패하면 다음은 아내를 깨운다. 힘센 수캐 새끼가 긁어대는 가격(加擊)은 상당히 위협적이다. 잠귀가 밝은 아내는 놀라서 단번에 깨는데 대개 나한테 떠넘긴다. 생각을 한다는 것은 사람만의 전용이 아니고 개도 실속은 챙기는 걸 발견했다.

그것은 마치 강제성을 띤 군대의 기상나팔 소리와 흡사했다.

나는 꾸물거리다가 군대를 스물여덟에 입대했는데 우선 논산훈련소에서 첫 시련을 겪었다. 1960년 8월, 한여름인데 가관인 것은 군복으로 갈아입는 첫걸음이 꼬였다. 전기(前期) 훈련병들이 바쁘게 퇴소를 하면서 흙과 땀범벅인 채로 벗어놓은 끔찍한 군복을 그대로 나누어 주었다. 겉옷까지 땀과 때가 절어서 끔찍한데도 조교는 던져주고 당장 입으라고 재촉했다. 사복(私服)을 막 벗으면서 억장이 무너지는 현장이었다. 군대라지만 정말 너무했다. 입고 있던 사제(私製)는 절대로 안 된다는 게 조교의 특명이었다.

'군대가 이런 쓰레기통인 줄 몰랐다. 이건 너무 한다. 대한민국 군대 수준이 겨우 이거야? 군사혁명 직후인데도.'

충돌하는 감정 때문에 눈물이 핑 돌면서 기가 막혔다. 곧이어서 연병장 집합, 입소식이란다. 그것도 숨 가쁜 명령이었다. 눈을 딱 감고 악취가 펄펄 쏟아지는 더러운 것을 신병들은 다 같이 입는 수밖에 없었는데 가혹한 형벌이었다.

'이건 사람이 사는 세상이 아니다.'

그다음부터 생각이 움직이지 않는 차돌이 되어버렸다. 끌려다니는 노예근성으로 치환되면서 내 생각은 영락(零落)으로 밀리는 개조가 되었다. 그러면서 결국은 동물의 본능인 적응력으로 불편을 감수하게 되고 극복하자는 체념으로 건너갔다. 숙명일 거라고 위로하면서 생각은 그처럼 변질도 가능했다. 순응이라는 말이 알맞다.

직업생활이 시작되면서 내 생각은 쓸모가 없었다. 조직이라는 울타리, 주어진 과업과 매뉴얼에 따라만 가면 보수를 주었다. 그걸로 생계를 꾸려가고 자식들도 가르쳤다. 내 생각을 내세우면 잘난 체한다는 딱지가 붙는다. 기계적인 생활이지만 시간을 맞추어야 한다는 강박관념 때문에 늘 시계를 들여다보면서 살았다. 그럴 때 개인의 생각은 끌려다니는 무덤 속 부장품이나 다름없었다. 차고 있는 시계는 흘러가는 시각을 확인하는 부품에 지나지 않았다.

1980년대 중반, 나는 기관장이 되면서 직접 관리하는 조직의 개성을 살리고 상향시키려는 생각의 외연에 싸여서 살았다. 거기서 일어선 발상은 색깔론이었다. 내가 맡은 일에 남다른 채색을 하고 싶었다. 미치지 않으면 미칠 수 없다(不狂不及 불광불급)는 말에 공감했다. 여비를 대주는 공무여행은 내 차례까지 오지 않았다. 정말 얼빠진 짓이었는데 자비로 선진국 독일, 영국, 스위스, 스웨덴, 미국, 일본 교육시찰을 하면서 쓸모가 있다고 본 교육문화는 직수입해서 내 생각을 첨가한 뒤 현장에 접목했다. 혼자 생각은 '세계 속의 한국인을 길러야 한다'는 목표를 가지고 있었다. 회고해 보면

웃음꽃빛

내가 추진하던 내용은 일방통행이었을 텐데 결과는 한 직장에서 제한된 근무기간 때문에 착상(着床)되거나 성숙하지 못한, 익다가 만 풋과일이었을 게다. 그때 의욕은 생각의 울타리 안에 살고 있었다.

이제는 자유인이어서 사유(思惟)의 해방구처럼 나 혼자만 누리는 생각의 바다를 차지하고 산다.

나는 새벽을 좋아한다. 마해송 선생의 수필집 제목 '아름다운 새벽'처럼 일과 중에서 새벽은 가장 선호하는 시간대이다. 선생은 제목만 아름답다고 썼을 뿐 새벽에 얽힌 소재나 작품은 없다.

나는 청명한 날 새벽이면 일부러 뒤쪽 베란다의 창을 열고 먼동이 트는 새벽하늘을 바라보면서 가슴을 연다. 미명(未明)을 헤치고, 여명(黎明)이 미소를 던지며 어서 오라고 손을 내밀어 반기는 듯하다. 내 버릇은 우두커니 바라본다. 새벽의 신선한 바람과 오묘한 기분과 서정이 내 차지가 된다. 우리 마을은 그때까지 거의 잠들어 있다. 여명을 내가 독점하면서 꿈결 같아진다. 값어치는 고사하고 참선처럼 편안한 생각의 바다를 차지하는 순간이다.

새벽 시간이 소중한 사람들은 뛰어다닌다. 우리 집 앞 45번 간선도로는 중부고속도로에서 경안 IC를 빠져나오면서 남쪽인 용인과 수원으로 가는 노선인데 자동차가 줄을 잇는다. 눈비가 와도 상관없다. 더구나 신호등이 없는 구간이어서 맘 놓고 페달을 밟아 소음과 먼지는 우리 동네 사람들이 감당하기 어렵지만 아랑곳하지 않았다. 우리나라의 행정 실력은 엉터리이다. 한 편으로 방음벽을 조금 설치하는 척하다가 말았다. 눈 가리고 아웅 하는 꼴이다.

비엔나에서 잘츠부르크로 가는 고속도로 변의 방음벽은 목재를 써서 완벽하게 제작했다. 그건 정말 훌륭한 문화수준이었다. 착상은 한 켜 한 켜가 다져진 밀집된 생각이었다. 입안자(立案者)의 몫이었는데, 다양한 기법의 작품은 훌륭한 서양미술을 대변하는 수준이었다. 방음벽과 미술품이라는 이중효과가 교집합(交集合)으로 밀착해서 쓸모 있고 멋지게 꾸민 게 눈길을 끌었다. 나는 눈여겨보면서 선진 문화가 너무 부러웠다. 그들은 행정력까지도 쓸모있는 생각의 수준이 폭넓게 자리 잡고 무르익어 있었다.

우리 행정은 결재 과정을 붙잡고 주무르면서 꼴사납고 쓰잘머리 없는 돌덩어리 수준이 생산되고 마는 셈이다. 죽은 행정의 나라에 살고 있다. 국회도 해마다 예산 편성을 하면 쪽지가 판을 친다던데 뉴스는 시의회도 그런 모습을 답습하는 꼴을 보여 주었다. 혼자 냉가슴을 앓는 정도이던데 안타깝다면서 탄식이 저절로 터졌다.

내가 아침에 빠지는 생각의 바다란 사념(思念)이 따라와서 아끼는 시간대이다. 시작은 애완견의 산책을 핑계 삼아 나가서 우리 동네의 손바닥만 한 농구장 12바퀴를 돌면 딱 20분이 소요된다. 그 시간이 유용한 것은 더러 글을 쓰려는 발상이나 구상을 더듬어 본다. 새로운 생각을 찾거나 쓰던 작품의 재구상도 한다. 오른쪽 주머니에는 늘 메모지와 볼펜을 손쉽게 꺼낼 수 있도록 넣어두었다.

남들이 보면 '그거 무슨 청승이냐?'고 할 게 뻔하다. 그래도 내게는 소중한 시간이다. 글을 쓰려고 온 세상의 가게를 뒤진다고 해도 소재(素材)나 구상(構想)을 파는 데는 없었다. 30여 일간 유럽 여행을 하면서도 못 찾았다. 내가 나서서 챙겨야 겨우 얻는 숙제이다. 글 쓰는 사람들의 공통점일 텐데 남다른 생각을 한번 써보려면 몸부림치듯 매달려서 찾고 메모하고 다듬어가는데 그것도 머릿속 전쟁이며 복잡한 메커니즘이 동원된다.

- 늘 맴도는 것도 아니다.
- 더러는 실망하는 일이 벌어진다.
- 뚝딱 메모를 해두지 않고 어물거리다가는 물거품처럼 깜박 사라진다.
- 한번 잊어버린 생각은 낚시꾼이 잡았다가 놓친 대어(大魚)처럼 그렇게 아까울 수가 없다.
- 대개 다시 찾기가 어렵다.
- 참 무심하다.

정신과 의사는 퇴화라고 하는데 머릿속에 단기기억을 가두어 둔다는 뇌 조직 해마의 고장이거나 심한 것은 인지능력이 말썽을 부린다는 이론도 있다. 반짝하다가 꺼지는 생각은 되찾으려면 약을 올리는데 나를 비웃고 멀리 달아나 버리기 일쑤다. 다른 방법이 없어서 막연하다. 요전 날은 '수렴진화(收斂進化)'라는 단어 한 토막을 잊고 사흘이나 매달려서 겨우 찾아냈다. 그런 실력이다. 생각도 마당이 좁아지면서 겨우 사는 꼴통이랄 수 있다.

내게는 사방이 어둡고 사람들이 얼씬거리지 않는 운동장의 사계절, 껌껌한 시간이 모두 절호의 시간대이다. 요새는 11바퀴를 돌다가 애완견 줄을 풀어준다. 그러면 그 녀석도 제멋대로 뛰고 나는 나대로 편안하게 이런저런 생각을 하면서 챙기는 공생(共生)이 된다.

길에서 이어폰을 꽂고 중얼거리면서 걷는 사람들이 있는데 나처럼 더러 생각을 굴리는 것은 누가 봐도 흔적이 없다. 소리 없이 머릿속에서 그림을 그리는 듯 내 생각을 주무르는 것은 이제 보편적인 내 생활방식이면서 수확을 얻는 찬스이다. 마치 테너의 빅 쓰리라는 파바로티가 틈만 나면 일삼아서 혼자 고개를 까딱거리고 시창(視唱)을 하던 것과 흡사하다. 창작이라는 작업도 생각의 씨앗을 뿌리고, 잘 가꾸고, 성숙을 기다리면서 뜸을 들이는 시간처럼 코스나 과정이 따라다닌다.

그것도 아니다. 더러는 텅 빈 생각의 바다에 빠지거나 사막이 된 바다를 만나기도 한다. 초토(焦土)의 바다에 빠지는 모양이 되기도 한다. 나를 따라다니는 생각의 바다는 그처럼 변덕스럽다. 실은

웃음꽃빛

그게 보통 사람들이 힘겹게 살아가는 한 장면의 생활 방편이 아닌 지도 모른다.

이웃과 가까이 사는 미학

우리 집과 교환(交驩)하는 이 씨네와 한 아파트 단지에서 산 지 10여 년이 지났다. 그 댁에서는 아직도 이웃에 누가 사는지 잘 모른다고 했다. 얼핏 듣고는 거짓말 같았다.

'그렇게 사는 사람들도 있는가 보다.'

일단은 의심이 되었지만 거짓말할 사람 같지 않아서 듣고 말았다. 상관할 일은 아니지만 잘 사귄 이웃은 좋은 관계가 형성되면 멀리 떨어진 친족이나 가족보다 낫다. 우리나라처럼 인정 많은 사람들은 이웃과 밀접하면 가족으로 대접하는 경우가 흔하다. 호형호제의 사이로도 발전하는 것을 볼 수 있다.

나는 어려서 불과 다섯 가구가 있는 미니 동네에 살았다. 그 가운데 대복이네 집에 불이 났다. 초가집은 불이 붙으면 순식간에

102

지붕 깊이 파고 들어간다. 마을 사람들은 어른이나 아이 할 것 없이 바가지나 물동이에 물을 떠가지고 쫓아갔다. 무조건 나오는 반사적 행동이었다. 이웃집이 아니라 내 집에 불이 난처럼 헌신적으로 진화를 거들었다. 그 세상인심의 단면도를 다시 보는 것처럼 떠오르면서 그림 한 폭으로 연상이 된다.

농경사회는 가난했지만, 이웃 간의 소통은 우리 겨레가 보전했던 소박한 인심의 전형(典型)이었다. 색다른 음식을 보면 이웃과 나누어 먹는 선심은 인간관계의 교감이며 친화를 더 진하게 가꾸었다. '품앗이' 문화는 힘든 작업을 서로 도와가면서 해결하는 사이에 더불어 사는 협동심과 우리끼리라는 일체감이 다져졌다. 그런 미덕은 누가 유도한 것이 아니고 뿌리가 있는 전통이었다. 그걸 인심이라고 보는데 실은 인정의 교집합(交集合)이었다. 일이 힘들어도 웃고 떠들고 나누어 먹고 즐기는 시간을 누리면서 이웃과 더불어 마음의 평화를 지탱하고 살았다. 시골 장날, 나들이를 하려면 서로 이웃을 챙겼다. 여기저기서 친면(親面)을 불러내어 작은 그룹을 이루고 노닥거리면서 장을 보러 갔다. 우리 조상들의 아름다운 인정 문화의 꽃이라고 해도 과언이 아니다. 그처럼 마음 편하고 재미있게 살았다.

엥겔지수며 문명의 정도가 지금보다는 낮았지만 그게 우리 사회의 마지막 태평성대(太平聖代)가 아니었던가 싶다. 세상의 발전이라는 요란한 파도 속에서 잠깐 뒤돌아 본 추억이다.

현대 사회가 복잡하고 다양해지면서 조용히 그리고 아름답게 살기는 어려운 문제가 되었다. 그런 걸 가꾸어 보려는 생각조차 하는 게 어려운 판국이다. '앙드레 모루아'의 말인데 '꿈이라도 좋아요'를 늘 생각하면서 하루 또 하루를 살아가는 수밖에 없다.

우리 집은 10여 년 전 수도권 광주의 새 아파트로 이사했다. 처음에는 주변 환경이 정리되지 않아서 무척 산만했다. 외국인 근로자들이 오락가락하는 바람에 가족들은 불안하다면서 당장 딴 데로 옮기자고 재촉했다. 이사라는 게 어디 그처럼 뚝딱 할 수 있는 아이들의 소꿉장난이 아니다. 처음은 가족들의 분위기 때문에 찜찜했어도 묵살하고 눌러사는 수밖에 없었다.

불편은 한두 가지가 아니었다. 짜증도 나고 고통은 이를 데 없었다. 더구나 대중교통을 이용해야 할 때가 많은데, 버스를 20분 이상 기다리는 일은 다반사였다. 한 차례 결행을 하면 40분을 기다렸다. 겨울철 오후 폭설이 쏟아질 때였다. 마을 사람이 겪은 전설 같은 이야기인데 버스가 오는 도중에 갈마터널 근처의 눈길에 갇혀버렸다. 사람들은 꼼짝없이 10여 km를 걸어서 오는 수밖에 없었다. 눈이 쌓여 어두운 길 위의 보행은 히말라야 등반처럼 힘들었는데 놀랍게도 2시간 반쯤 걸렸단다.

"와! 무섭다. 정말 여기서 더는 못 살겠는데."

"무슨 이런 동네가 다 있지? 가까이 병원도 없고, 장을 보려면 '모란 장날'이나 20km쯤 떨어진 서울의 '가락시장'까지 가야 하는데 그런 일을 어떻게 계속해야 한담?"

그런 푸념이 쏟아졌다. 한번 터지는 불평은 순식간에 불만이라는 새끼를 달고 줄줄이 나타나기 십상이다. 머리가 멍청해졌다. 그러면서도 결론은 심약한 사람들의 생활방식인 자위를 했다.

'조금 참고 기다려 보자.'

'사람들이 모여서 사는 마을인데 언젠가는 길이 열리고 정이 들겠지.'

막연한 기대를 하는 수밖에 없었다. 그런 마음의 여유는 어느틈에 성장을 했다. 나는 이웃사람들과 친교를 쌓아갔다. 어른이나 아이를 가리지 않고 먼저 인사를 부지런히 했다. 그건 비용을 투자하는 것도 아니고, 인사말을 건네면서 점점 친근해졌다. 웃는 얼굴로 마음만 먹으면 가능한 일인데 상대의 웃는 얼굴을 마주치면 내가 더 기뻤다.

나는 이웃 아이들을 만나면 "학교생활이 재미있느냐?" 또는 "급식은 잘 먹느냐?" 하고 인사를 자청하면서 가까이 다가갔다. 그 사이에 친교의 눈길이 닿아서 대화가 이루어지고 마음으로 소통이 되고 친근감은 길이 뚫렸다. 지금은 대개의 아이들이 먼저 인사를 한다.

그건 친분이 익은 것으로 보였다. 외출하다가 이웃이 타고 가는 승용차를 만나면 곧잘 태워주었다. 미안해서 꼬리를 빼면 그쪽에서 더 적극적으로 나서는 것을 보았다. 한번은 아내가 분당 딸네 집에 가려고 버스를 타러 가다가 차를 탄 12층 사장 댁을 만났다. 몇 번 사양해도 기어이 목적지 '분당'까지 데려다 준 적이 있다. 이웃 사람들이 우리 부부가 슈퍼에 다녀오면서 짐을 든 것을 보면 거들어주거나 차로 실어다 주기도 했다. 상부상조라기보다는 우리가 도움을 받는 편이다. 그들의 따뜻한 마음은 후덕인데 너무 고마웠다.

아내는 신세를 지면 보답해야 마음이 편안하단다. 집에서 호박죽을 끓이는 노하우가 있다. 늙은 호박과 삶은 팥과 찹쌀 옹심이를 빚어서 넣고 끓이면 멋쟁이 호박죽이 된다. 할머니 스타일의 호의는 승용차를 얻어 탄 이웃은 물론 다른 이웃들과 나누어 먹는데 한결같이 맛있다고 했다. 하찮은 음식도 나누면 인정이 따라서 오가는 법이다. 인정의 무게는 전자계산기를 두들겨 봐야 산출할 수 없다. 현대사회라는 타산적이고 이기적인 생활 속에서 인심은 설 땅을 찾기 힘든 게 고전(古典)일망정 우리 겨레의 체질이면서 긍지였는데 너무 망가져 버려서 아쉽다. 지금은 서구 사람들이 오히려 우리보다도 더 많이, 더 잘 간직하고 있는 걸 본다.

'보통 사람들이 더불어 사는 세상에서 인정을 가꾸면 가꿀수록 따뜻하게 자란다!'

우리 아파트 라인은 비싼 집이 아니어서 인정이 끼어들어 자랄 수 있는 틈새가 더 있는 듯했다. 참 재미있다. 마침 위층에서 식탁 의자를 끌면 옛날 시골 달구지가 굴러가는 듯 시끄러운 소음이 발

웃음꽃빛

생했다. 참는 데까지 참다가는 어느 날, 조용히 부탁을 했다.

"슈퍼에 가면 '스럾'을 팔던데, 그걸 사다가 붙이면 삐그덕 소음이 사라지거든요."

소음은 곧바로 사라졌다. 그전 아파트는 지으면서 소음(消音)처리를 하지 않아 더러는 싸운다는 뉴스를 들었고 심지어는 살인도 벌어지는데, 우리는 마음이 통하는 인정의 꽃밭에서 사는 인간관계가 형성되어 웃는 얼굴로 따뜻하게 해결이 되었다. 그뿐이 아니다. 엊그제는 그 댁에서 제주도 여행길에 사온 '오방떡' 한 접시를 보냈다. 떡은 더 따뜻한 마음을 가꾸는 가교가 되었다. 그래저래 점점 인정이 살찌고, 이웃과 다정하게 사는 마을로 자라는 것을 체감했다.

그전 허술하게 지은 아파트가 16년을 지났으니 이제는 헌 집이다. 주변에는 신축아파트를 팔려고 내건 광고가 널려있다. 새집이 좋다고 유혹해도 붙박이로 사는 건 나름대로 느낀 이웃 사람들과의 인정에 얽매인 때문이다. 내가 아름답다면 누가 뭐라고 해도 상관없다. 변명이라면 에덴동산쯤으로 믿고 산다는 것이다.

전정(傳情)

　나는 편지를 쓰면서 허두에 '전정(傳情)'이라는 낱말을 즐겨 쓰는데 이게 다른 나라에서 벌써 쓰던 어휘 같다는 희미한 기억이 떠올랐다. 어디서 보고 옮긴 것이 분명한데 기억만으로 다시 챙기기 어려웠다. 문득 사전을 뒤져보자는 생각이 들었다. 큰 사전까지 펴보았지만, 우리말은 아니다. 일본어도 아니다. 하다못해 중국어를 뒤졌더니 아니나 다를까 거기서 튀어나왔다. 문제지의 정답을 애써서 찾아낸 아이들의 기분처럼 반가웠다.

　　전정(傳情): ⑴ 사랑의 감정을 전한다.

　　　　　　　 ⑵ 감정을 전한다.

　　　　　　　 ⑶ 정을 건네다.

웃음꽃빛

이런 뜻이라는 풀이를 읽었다. 어떤 것을 끌어다 놓아도 마음의 표시가 됨직해서 반갑고 친근한 사이의 수인사로는 크게 어긋나지 않을성싶어 다행이었다.

　문명의 이기(利器)가 된 이메일도 쓰지만 마음먹고 쓰는 편지는 지필(紙筆)을 갖추고 자필로 쓴다. 그런데 문제가 조금 생겼다. 백지에 쓰는 건 시력이 떨어지면서 수평을 잘 맞추지 못한다. 오래전부터 우상향(右上向)하는 현상이 발생했다. 눈을 부릅뜨고 잘 맞추려고 신경을 써도 어쩔 수 없이 어긋난 시력은 평형감각을 잃어버린 탓이다. 또 한 가지는 팔이 자꾸 걸리고 굳어지면서 원활하지 못하더니 비틀어진 글자의 모양을 갖추어 잘 쓰기가 어려워졌다. 원고지에다가 글을 쓰면서 후려갈겨도 여성 취향의 부드러운 글씨를 쓴다고 칭찬을 들었던 일은 사라져버렸다. 글자의 모양이 어긋나서 난잡하게 보인다. 추사체는 노후에 개척한 파격인데 더 우아해 보이지만 내 필체는 사라진 유물이 되고 말았다. 그래도 정성의 표현이랍시고 더러는 자필로 편지를 쓴다.

　거기에는 또 다른 사정이 있다. 그전에 쓰다가 남은 2백 자 원고용지가 아직도 2천여 장이 쌓여 있는데 그걸 어떻게 소모해야 할 것인지 궁리해 보았다. 나는 편지를 쓰면서 그쪽으로 손이 다가갔다. 아깝던 것을 그렇게라도 소모한다면 다행스러운 일이라고 여기면서 위대한 발견이라고 자처했다. 좀 아쉬운 것은 사제(私製)인 20절 원고용지라는 게 글을 써보면 나한테는 실속이 있었는데 남들의 눈에는 글자가 작아서 조밀해 보인다. 보는 이에 따라서는 사람 참 좀스럽다고 핀잔이나 평가를 날릴지도 모를 일이다. 그렇지만 할 수 없었다. 그냥 쌓아놓고 세월이 가면 폐지로 버리는 것보다는 낫다는 쪽으로 생각이 기울었다. 그다음에는 원고용지에 쓰는 남색 잉크를 찾았다.

극작가 신봉승은 몽블랑 만년필에다가 초록색 잉크 2백 병을 쓰고 빈 병을 여태까지 모아두었다고 자랑하던데 나는 거기까지 극성이 미치지 못했다. 젊어서는 겨우 남색 수성 잉크를 주입하는 파카 만년필과 파이롯 만년필을 오랫동안 썼다. 그 뒤 모나미 볼펜이 생산되어서 그것도 남색을 즐겨 썼는데 잉크에서 빠지는 똥이 싫었다. 요즘 다시 만년필에 잉크를 채워보니까 색상이 희멀겋게 보여서 못마땅했다. 관심도 세월 따라 변한다는 걸 깨달았다. 플러스 펜을 써 보았는데, 색상이 탐탁하지 않고 더러는 긁혔다. 그것도 불합격이었고 최종 합격품은 작년에 이웃 동네 홈 마트 문구점에 들렀다가 우연히 산 스무스 펜 한 개였다. 집에 와서 원고용지에 써 보았는데 훌륭한 선택이었다. 안경을 쓰고 펜의 상표를 들여다보았다. made in germany 라는 인상이 무척 좋았다. 촉감도 좋고 색상도 딱 알맞았다. 드디어 탐탁한 펜을 찾았다면서 필통에 꽂아두고는 혹시 잃어버릴까 봐 매우 관심을 기울였다. 그래도 한번은 잃어버리고 찾느라고 온 집안을 뒤졌다. 이제 손편지를 쓰려면 그걸로 쓴다.

웃음꽃빛

나는 오랫동안 조선일보를 구독하고 있다. 논설이나 기사 문장이 친숙해져서 다른 신문을 읽으면 어딘지 모르게 다소 싱겁다는 편집적인 관념을 가지고 있다. 특히 드문드문 논설위원이 쓰는 기행문이 실리는데, 해박한 지식, 적확(的確)한 묘사, 수려한 문장력, 게다가 시적서정(詩的抒情)까지 깔려 있어서 홀딱 반했다. 내 취향에 맞닿은 글을 썼다고 단정(斷定)한 관심은 눈을 부릅뜨게 했다. 마치 입맛에 꼭 맞는 과일 같았다. 조선일보 오태석 수석논설위원의 글이었다. 한동안 기자들은 자기 이름 아래에 이메일 주소를 달았었다.

그걸 보고 편지 형식의 소감을 써 보내는 애독자가 되고 싶었다. 잘 쓴 글을 읽고 감회를 써 보내는 게 악플이 아니므로 실례는 아닐 거라고 단정했다. 실은 기자도 밤낮 기사를 쓰면서 자기가 쓴 글의 반응은 어떠한지 궁금할지도 모를 일이었다.

2월, 우수 무렵인데 오 위원은 사흘의 휴가를 얻어서 경주 대릉원 여행을 하다가 폭설을 만났다. 기사라기보다는 기행문인데 제목을 '솔가지 부러지는 죽비소리'라고 썼다. 눈이 쌓인 생솔가지는 잔뜩 얼어 있어서 뚝뚝 잘 부러지는 속성을 가지고 있다. 불을 붙이면 활활 잘 타기도 한다. 시골집에서 겨울철 군불감으로 제격이다. 거기에다가 올해 눈은 습기를 머금었다는데 눈의 무게를 견딜 수 없어 더 잘 부러졌을 것이다. 고즈넉한 밤에 그 소리는 폭발음의 위력을 발산했을 듯하다. 밤의 정적을 깨뜨리고 번지는 소리는 퉁탕거리는 폭음처럼 무서웠을 텐데 그걸 서정적인 표현으로 '죽비소리'라고 아담하게 비유해서 표현했다. 나는 곧장 편지를 띄웠다. 시작은 전정(傳情)이었다.

"봄을 장식하는 좋은 글 또 읽었어요. 조간(朝刊)의 '—죽비소리'는 청아(淸雅)하게 울려 퍼지는 봄의 전령(傳令)이면서 영춘송(迎春頌)인데요. 글이 시적인 분위기를 묘사했어요.
나는 집에 묻혀서 겨우 신문이나 읽는 주제에 글 속에서 이상국의 시(詩) '대결'이나 '고승 혜가의 '입단설비(立雪斷臂)'는 비록 시초(詩抄)이지만 감칠맛을 더해 주어 감탄했어요.

그보다도 혼자 더 놀란 것은 요새 몸이 무디어지면서 게으름 피우던 자신한테 이가 시릴 만큼 산골의 맑은 샘물 한 사발을 얻어 마시고, 정신이 번쩍 드는 듯했어요.
'뭘 해? 여태 동면만 하고 있었구나.'
그런 자책을 하면서 눈을 떴어요.

사람의 머리는 이상해요. 나태해지면 자기 상실에 빠지던데요. 슬럼프라고도 하고 방황이라고도 하던데 매력이 없는 낱말이라고 생각해요. '—죽비소리'의 꿈틀거리는 대자연을 꿰뚫어 본 눈빛이 따라와서 서정시(敍情詩)처럼 가슴에 안겼어요. 삽화로 꽂아놓은 일러스트의 그림도 궁합이 딱 맞았구요.

웃음꽃빛

건안과 좋은 글 많이 쓰는 문운을 기원해요. 내내(來來)"

간단히 쓰려고 시작했는데 장광설이 된 듯했다. 눈을 빼앗긴 시구는 시인이 천마총을 보고 돌아 나오는 솔숲에도 가지 꺾이는 소리가 요란했다. 그 소리를 이상국은 시 '대결'에서 '빛나는 자해(自害) 혹은 아름다운 마감'이라고 했단다.

조금씩 쌓이는 눈의 무게를 받으며
더 이상 견딜 수 없는 시점에 이르기까지
나무는 무슨 생각을 했을까

그처럼 절묘한 표현을 찾아냈다.
김선우는 중국의 고승 혜가의 입설단비(立雪斷臂)를 떠올렸다. 혜가는 눈밭에서 팔뚝을 잘라 달마에게 바치면서 도(道) 공부를 신청했다. 시인은 이렇게 썼다.

나는 무슨 그리 독한 비원(悲願)도 이미 없고
단지 조금 고적한 아침의 그림자를 원할 뿐
아름다운 것의 슬픔을 아는 사람을 만나
– 생나무가 찢어지는 소리를

그런 소리를 듣고 싶었던가 보다.

내 생각은 공명이 되어서 메아리처럼 반응이 돌아왔다. 나는 그냥 내 이름만 쓰고 말았다. 신상(身上)은 전혀 알 수 없을 거라고 생각했지만, 반신(返信)은 그냥 독자로 대접하지 않았다. '차 선배'라는 수식이 따라왔다.

나는 날마다 조석으로 창을 가리는 버티칼을 여닫는다. 창밖에 지천으로 널려있는 숲과 풀밭을 눈 뻔히 뜨고 보면서도 봄이 어디까지 왔는지는 모르고 살았다. 우리 집 베란다의 양아욱이 한겨울에도 꽃이 피는 걸 보면서 소리 없이 다가서는 봄을 분별하지 못하는 착시현상이 일고 있었기 때문이다. 이미 열린 길은 싱겁고 맛이 없다면서 굳이 새 길을 뚫고 걷는 산행을 즐긴다던 친구 김성환 교장이 자꾸 권하는 나들이를 거부하고 박혀있는 탓이기도 하다.

비록 아날로그 속성을 지녔지만, 그 말은 들을수록 고소한 맛이 있다. 감칠맛이 난다. 농경사회에서 성장한 아내는 그 시대의 속담을 자주 들먹인다. 농가의 시어머니에게는 밭에 일하러 내보낼 수 있는 딸과 며느리가 있었다. '봄볕에는 며느리를 내보내고, 가을볕에는 딸을 내 보낸다.'고 했다. 며느리는 하찮고 딸은 소중하게 여긴다는 비유이다. 봄볕은 자외선 지수가 높아서 썬크림도 SPF 50쯤 되는 걸 사용해야 알맞다. 요즘 아내는 외출하는데 썬크림을 5백 원 동전 크기만큼 덜어서 바르라고 한다. 멜라닌 색소 반응으로 내 얼굴에 자꾸 검버섯이 일어서는 걸 보고 챙겨주는 뜻이다.

웃음꽃빛

여태 봄이 다가선 줄은 모르고 살았다. 산속 텃밭에라도 가보면 봄소식을 들을성싶다.

그 틈에도 후배 문인 두 사람에게 또 '전정(傳情)'으로 시작한 편지 두 통을 썼다. 오후, 애완견 산책을 나가면서 우체통에 넣어야겠다. 눈앞에 스쳐 가는 바람이 '봄바람 나 여있다.' 하고 후각을 자극할지도 모른다.

글을 쓰는 재미

　아이들의 일기를 지도해 보면 수업 반응이 두 그룹으로 나타난다. 척척 쓰는데 공책 한쪽쯤은 눈감고 식은 죽 먹기처럼 후려갈기는 속도형과 공책에 고개를 처박고 앉아서 마냥 강신(降神)을 기다리는 지각형으로 구분되었다.

　마치 양달과 응달이라는 자연의 섭리를 닮았다. 엊그제 초등학교 2학년 서준이가 일기 쓰는 장면을 목격했다. 곁에는 제 아비가 있었다. 공책을 뚫어지게 내려다보면서 연필만 굴리고 있는데 처량해 보였다. 나는 지나가는 말로 슬쩍 한 마디를 던졌다.

　"야, 서준이 너 지금 일기 안 쓰고 뭐하냐?"

　그가 반사경처럼 던지는 한 마디의 대답은 분명했다.

　"쓸 게 없어요."

　"어디 일기장을 한번 보자."

웃음꽃빛

공책을 집어서 넘기면서 살펴보았다.

"와! 그제, 어제는 길게 잘 썼구나. 너 일기를 이렇게 잘 쓰면서도 그래?"

"그건 아빠가 불러줘서 쓴 거고요."

"뭐야? 네 일기를 아빠가 불러줬어?"

나는 속으로 감탄을 했다.

'세상에는 일기를 쓰라고 내용을 불러주는 아빠도 다 있구나!'

시간 여유가 있다면 일기 쓰기를 가르치고 싶었는데 여의치 않았다. 손녀 현정이의 방학숙제인 일기 쓰기 방식도 가관이다. 쓰기 싫어서 방학 동안 내내 미루다가 등교를 하기 전날 밤, 담임선생의 검사를 의식하면서 벼락치기로 한 달 것을 한꺼번에 후려갈겨 버리는 비범한 재간을 지녔단다. 글쓰기가 지겨운 손님들의 보편적인 행태라고 본다.

나는 직업 삼아 반세기 동안 원고지와 워드로 글을 썼다. 지금도 쓰면서 곰곰 생각해 보는데 한참 잘 나갈 때는 정신없이 밀려드는 청탁원고 물량을 소화해 내느라고 죽기 아니면 살기로 밤낮없이 틈만 나면 후려갈겼다. 만년필을 쓰던 시절, 잉크가 잘 빠지는 파일롯트나 파커 만년필에다가 내가 좋아하는 색깔 남색 잉크를 선택해서 넣었다. 펜을 조금 높이 잡고 영어를 쓰는 듯 글자의 끝이 파도무늬처럼 흘러가는 게 빨리 쓰는 비법이었다. 아내는 그런 글씨를 보고 '기러기가 날아간다'고 농담을 했다. 속필은 그처럼 재간을 부릴 수밖에 없다.

한해 겨울, 문교부에서 50일간에 3천5백 장을 집필해야 할 작업량을 맡았다. 비좁은 방, 조명도 나쁜데 안정감을 취하려고 담요로 출입구를 가려 놓았다. 특수한 환경을 체험해본 적이 없지만 마치 죄수의 감방이 연상되는 장치였을 게다.

하루의 목표 정량을 70장으로 정해 놓고 날마다 그 물량을 긁어댔다. 마감날짜를 맞추려면 그처럼 틀림없이 진행해야 될 일감이었다. 일에 집중하면 더러는 비상능력이 발동한다지만 지금 생각하면 그건 자살행위와 다름없었다. 40대 후반, 힘이 있을 때였으므로 그처럼 무모한 일을 해낼 수 있었다.

그 끝에 결과는 정시에 정량을 확보한 탈고를 했는데 꼬리를 물고 신체의 이상 반응이 나타나기 시작했다. 무서운 두통이 일어섰다. 의식 계통의 두뇌 활동이 마비되는 듯했다. 다급하게 약국에서 진통제를 사다가 먹고 멀미약을 복용해도 소용이 없었다. 어쩔 수 없어 한양대학병원에 가서 진찰을 받았다. 의사는 신경쇠약에서 오는 두통이라고 처방을 해주었다. 꼭 6개월간 치료를 하고 나서 겨우 진통이 되었다.

내가 잘 아는 약사는 그 말을 듣고 그걸 '고락(苦樂)'이라고 가르쳐 주었다. 즐기면서 일한다는 것과는 거리가 멀었던 작업이다. 소득이 낮아서 헐벗고 못 먹고 잘못 살아도 국민 98%가 웃으면서 행복하다는 행복지수 세계 1위인 나라 '부탄' 사람들의 생활방식과는 정반대가 되는 생활이었다. 단지 한 보따리의 원고료가 생긴다는 부산물만 챙긴 미련하고 무모한 짓을 용감하게 감행한 추억이다.

　지구상에 존재하는 생물들은 모두 생존 기간이며 한살이를 통해서 전성기가 있다는 것을 발견했다. 더러 조깅을 하러 나가는 우리 동네 농구장 둘레에서 올봄에야 눈에 띈 것인데 쌀 한 톨 크기, 이름 모를 하얀 풀꽃이 땅바닥에 달라붙어 무더기로 피었다. 예뻐서 자꾸 들여다보다가 생명의 신비를 깨달았다.
　'너도 지금 전성기구나. 누가 보거나 말거나 예쁘게 꽃이 피었는데.'
　동물의 왕국에서 맹수라는 사자도 한창때라야 사냥을 잘하는 걸 보았다. 사람도 생물이라는 속성을 벗어날 수 없으므로 마찬가지다. 잘 나갈 때는 힘 있어 보이고, 멋지고, 하는 일도 잘 되던 걸 겪어서 안다. 가장 손쉬운 비유는 멀리뛰기다. 어려서나 늙어서는 기껏 뛰어봐야 코앞에 떨어지는데, 비록 선수가 아니더라도 한창때 왕성한 기력으로 뛰면 멀리 가서 떨어지던 게 떠올랐다.
　인생의 황금기는 누구에게나 있다. 글을 쓴다고 간판을 내건 내게는 겨우 청탁 원고가 밀려든 정도의 그때를 그런 시기였을 거라고 짚어본다. 50대 중반이었다. 온라인 시대에 비하면 원시시대에 속했는데, 일일이 전화기를 통해서 청탁사항을 던지거나 시간 여유가 있고, 격식을 갖춘다면서 우편물로 청탁서를 보내왔다. 나는 청탁 메모 수첩을 가지고 있었다. 그때 신통하게 한동안은 국내 대기업체의 사보까지도 여기저기서 번갈아 칼럼을 청탁했다.

아무래도 기업체는 재정적인 여유가 있어서 원고료를 톡톡히 주었다. 마감 시간을 놓치지 않으려고 그런 청탁원고는 단숨에 후려갈겼다. 편집장이 탐탁하지 않은 원고라고 타박하는 꼴을 겪지 않았으므로 다행이었다. 원고료는 통장에 입금이 되었는데, 누가 주고 누가 안 주었는지를 따질 재간이 모자라서 한동안 행정실 여직원의 도움을 받기도 했다. 그게 겨우 전성기의 화제(話題)이다.

잘 썼는지 못 썼는지 모르지만 쫓기고 살던 시절이 지나고 나서 이제 자유시간이 되었다.

취미생활로 작품 사진도 찍어보고 미술관 순례와 값싼 골동품도 모아보았다. 한때는 해외여행도 부지런히 쫓아다녔는데 무릎이 고장 난 뒤로는 모두 단절이 되었다. 겨우 한다는 게 소재가 걸리면 창작동화를 쓴다. 맞닥뜨린 소재를 얻으면 대개 단숨에 쓰려고 매달린다. 그게 식어버리면 분위기가 깨진다면서 소재의 망실을 방지하려고 진전이 잘 되지 않아도 매달리는 버릇을 가지고 있다. 옛날 사숙하던 마해송 선생을 댁에 가서 뵈면 늘 통영반이라는 원고지 2장 크기의 전통 상(床) 위에 비품처럼 원고지와 남색 볼펜이 놓여 있었다. 하루 반드시 원고지 4장만 쓴다는 철칙을 지킨다는 어른이었다. 줄거리의 연결을 어떻게 처리하는지 물어본 적이 없었다.

나는 더러 집필을 하면 한밤이 지나더라도 초고(草稿)는 얼기설기 엮어 놓고 보려고 매달린다. 아내는 힘들다고 만류하지만 재미있어서 하는 일은 힘든 줄 모른다. 자정을 넘기더라도 붙잡고 씨름

웃음꽃빛

을 한다. 부담이 없고 차분히 내 글을 쓰는 시간은 즐기는 기회가 된다. 그건 언어표출(言語表出)이라는 카타르시스 때문에 고통을 감수하는지도 모른다. 눈도 쉬어야 하고, 팔 운동도 필요한데 죄다 잊어버리고 만다.

워드를 만지면서는 간간이 눈을 쉬어야 한다는 말도 깜박 잊어버린다. 글이 잘 풀리면 재미있어서 시간이 가는 줄 모르지만 잘 안 써지는 때에도 할 일을 숙제처럼 여기고 그냥 매달리는데 그걸 어거지로 대체(對替)한다. 밤이 깊어 가는데 책상 앞에서 일어서면 무릎도 아프고 목덜미가 뻣뻣하다. 두들겨 풀어주는 척하면 그만이다. 고통 따위는 별로 상관하지 않고 살았다.

때로는 여기(餘技)로 부담이 덜한 수필을 쓴다. 생활수필이므로 소재는 내 생활의 반추가 동원되는데 그런 추억은 쓰거나 달거나 되새기는 시간이 재미있다. 요새는 또 시(詩)를 만지고 있다. 가촌(嘉村) 이상현 시인의 시를 탐닉하면서 그처럼 간결하고 짧고 투명하고 시상(詩想)이 기발한 시를 써 보고 싶어서 매달린다. 그러면서 '하이꾸배(徘句)'도 심심찮게 들여다본다. 언어구조가 다르고 서정성이 다른 우리들의 감각으로 하이꾸를 만들기도 어렵고 공감이 쉽지 않다고 생각하지만 끈을 놓지 않으려는 속셈인데 붙잡고 있는 상태다. 침대 머리맡에는 내가 써놓은 습작과 가촌 시인의 발표작 몇 점이 항상 놓여있다. 잠자리에 들면서 홀짝 들이마시는 한 모금의 커피 맛보기처럼 이것저것 읽어보고 잠을 청한다.

남다른 재간이 아무것도 없어서인지 편안한 자세로 내 글을 쓴다는 것은 그게 때깔이 있건 말건 또는 역작이 되지 못하더라도 상관없다. 사진작가 이상익 친구가 가르쳐 준 지혜가 통한다. 디지털카메라를 가지고 있어서 가능한 일인데 그는 늘 찍어보고 그걸 혼자 즐기면서 지우고 또 찍어본다는 취미를 나에게도 전수했다. 내 글쓰기도 혼자 쓰는 즐거움을 맛보면 묻어두는 반복이 연결되더라도 분명히 혼자 차지한 영토, 혼자 즐겨서 쓰는 자유의 만끽이 틀림없다.

웃음꽃빛

무작정 좋아서

내가 애송하는 시구(詩句)가 있다. 60년대, 조병화의 시집 '사랑이 가기 전에'에 실린 시다. 시 제목도 '사랑이 가기 전에'이다. 그게 처녀 시집인 듯하다.

서러운 까닭이 아니올시다
외로운 까닭이 아니올시다
당신이 무작정 좋았습니다.

이걸 반세기가 넘도록 입버릇처럼 암송하는 까닭을 아무리 생각해 보아도 알 수 없다. 결론은 짝사랑처럼 '무작정 좋아서'라는 구절밖에 떠오르지 않는다.

나는 성장기를 '예술의 도시'라거나 '예향(藝鄕)'이라는 목포에 가

생각의 바다

서 자랐다. 소도시인데도 거리에 나가면 발걸음에 부딪힐 만큼 예술품이 풍성한 도시였다. 변변한 전시장 한 군데도 없으면서 다양한 전시회가 열렸다. 더러는 저명한 외래인 작품전도 볼 수 있었다.

그건 무관심한 관심이랄까? 기회만 있으면 좋아서 전시장을 쫓아다니는 사이에 눈을 뜨게 되었다. 목포에는 '문화협회'라는 예술인들의 모임이 있었다. 상좌에 화가 남농과 취당 두 분이 자리 잡고 있어서 좋은 환경이었다. 국전 심사위원장을 지낸 소전(素筌) 선생이 사진작가 운봉 선생의 사진 전시장에 들러서 방명록에 서명하는 것을 보고 그의 필력에 반했다. 마침 화상(畵商) '상아당'에서 반절 크기 소전의 전서 한 폭이 걸린 것을 발견했다. 강건한 예서 필체가 마음에 들어서 입수한 뒤 한동안 일삼아 들여다보는데 부자가 된 기분이었다.

나는 처음으로 문협 시화전에 출품할 때 제목이 '비파(枇杷)'여서 장 취당 선생의 그림 동양화 '비파'를 받았다. 그 뒤 가친의 회갑연을 차리게 되었다. 우리 집은 광복 이후 월남을 해서 아버지가 자수성가했다. 회갑잔치는 기념사진을 찍는 배경으로 으레 병풍을 세우는데, 가진 게 없었다. 적금으로 모은 10만 원을 가지고 취당 화백을 찾아갔다. 그분은 신사였다. 사연을 들은 그분의 반응은 지금도 기억이 생생하다. '그 정성이 기특해서 그리겠다'고 승낙했다. 그 뒤 정확하게 시간을 맞추어 낙관까지 해 주었다. 눈부신 그림을 보고 얼마나 기뻐했는지 모른다. 작품을 얻게 되어 내 마음은 부자의 반열에 들어선 기분이었다. 회갑잔치는 일지매(一枝梅)

웃음꽃빛

8폭 병풍의 광채 때문에 더 화려했다.

직장 동료 조자형이 셋집에 살고 있었다. 토호(土豪)의 저택이 은행관리로 전락해서 빌린 집이다. 거기를 드나들면서 눈에 띈 게 있었다. 원래는 호화주택이어서 벽장과 미닫이문에 화가의 그림으로 도배를 했다. 품격이 있는 그림인데 주인을 잃은 뒤 누더기가 되어 있었다. 세입자는 전혀 관심이 없었다. 어느 날, 나는 두루마리 최신형 벽지를 사다 줄 테니 그림 두 폭을 가지고 싶다고 했다. 그는 서슴지 않고 승낙을 해서 전지(全紙) 두 폭을 얻었다. 이상하게 그 작품은 누가 거들떠보는 것 같지 않은 분위기였다.

서울로 전근되면서 인사동이며 미술관 출입이 활발했다. 심지어는 가족들을 데리고 다니기도 했는데 그게 인연이 되어 세 자녀의 상당한 심미안을 열어준 계기가 되기도 했다. 아이들은 더러 작품을 보면 '좋아요'라거나 '별거 아닌데요.'라는 촌평을 던지는데, 거개가 근사치인 것을 보고 웃었다.

70년대 인사동은 화상(畵商)들이 춤추고 살았다. 초기에는 '난정 어효선' 선생과 동행했는데, 시간이 흐르면서 혼자 드나들었다. 주말은 으레 그림을 보러 가는 것이 일과였다. 구입을 시작하면서는 어효선 선생과 서울대 교수 김구용 선생이 선정해 주는 작품을 우선적으로 구입했다. 그다음은 혼자 다녔는데 거래하던 화상은 마음에 들어서 만지작거리다가 계약금만 던져도 작품을 포장해 놓고 기다려 주었다. 정말 호랑이가 담배 먹던 옛날이야기다.

관리직이 되면서는 직원들에게 연수시간 짬짬이 민속품이나 문화재 이야기를 해주었다. 내 말을 귀담아들었던 서무과장이 하루는 은근히 다가와서 첩보영화의 장면처럼 귓속말로 속살거렸다.

"그림 한번 보실래요?"

나는 무작정 대답을 했다. 그는 뜸을 들였던가 보다. 며칠 뒤, 둘둘 말아놓았던 꾸러미를 가지고 오면서 눈치를 살폈다. 연탄창고에 감춰두었다가 꺼내오는 거라서 어수선했다. 반절 크기의 오래된 병풍 한 짝이다. 그걸 펴자마자 화제(畫題)가 보이는데, 가슴이 철렁했다. 첫눈에 심상치 않은 대어(大魚)라는 전율이 일면서 온몸으로 퍼졌다. 대개는 감정하는 이들도 그런 첫인상이 70%쯤 좌우한다고 한다. 그럴 때 흥분하면 상대가 놀라서 튈 것 같았다. 침착하게 또 있느냐고 물었다. 처음 본 것은 필력이 넘치는 일지(一枝) 매화, 다음 것은 소나무였다. 이당 김은호 선생의 청년기 작품인데 장마 때, 직장 주변의 개천으로 흘러가는 것 두 점을 주워놓은 것이란다. 눈을 크게 뜨면 세상에는 더러 그처럼 횡재가 굴러다니는 것을 실감한 사례였다. 다른 작품과 교환조건으로 간신히 일지매(一枝梅)를 얻었다.

바쁘게 살면서도 틈을 만들어 전시장을 쫓아다닌 것은 취미생활이었다. 한때 전문직에 종사하면서는 시간에 얽매어 호흡곤란처럼 묶여 살았는데, 그때도 바쁜 출장을 마치고 오는 길에 꼭 보고 싶었던 전시장은 쫓아가서 눈 맞추기 정도로 훑어보기라도 해야

웃음꽃빛

직성이 풀렸다. 자유롭게 해외여행을 하면서는 마음대로 세계의 손꼽는 미술관을 돌아보았다. 그건 정말 무작정 좋아서 벌인 행동일 뿐이다. 마음 놓고 예술기행을 할 팔자가 못되어서 누더기 같지만, 그 정도라도 문화 욕구를 충족하고 살았다. 세월이 흐른 뒤 떠오르는 것은 '참 잘했다'는 자화자찬이다. 값싼 것이지만 몇 점의 미술품을 수집했는데 실용주의 철학자처럼 알뜰한 아내는 더러 그 돈으로 땅을 샀으면 지금쯤은 뭉칫돈이 되었을 텐데 헛짓을 했다고 한다. 그래도 나는 그 말을 곧이듣지 않는다. 문화인의 반열에 끼고 싶은 욕구충족이라는 변명을 앞세우고는 한다. 그런 것도 사는 길이었다.

가을 햇볕

"가을 해는 노루 꼬리 같다"는 속담이 있다. 나는 겨우 손바닥만 한 텃밭을 가꾸면서도 가을이라고 바빠졌다. 이것저것 손을 써야 할 일이 생겼다. 뭘 하는 것 같지도 않으면서 덤벙거리다 보면 하루해가 순식간에 넘어간다. 현장에서 겪어보는 가을의 하루는 노루 꼬리라는 속담을 실감했다. 그처럼 하루가 짧다는 시간 감각을 멋지게 묘사한 속담은 선현들의 뛰어난 지혜가 아닐 수 없다.

실제도 노루라는 동물의 꽁무니에 매달린 꼬리가 그게 마치 있는 듯 없는 듯해서 '짧다'와 '노루 꼬리'를 상징적으로 비견(比肩)했음직하다. 지금처럼 밝은 세상은 농촌풍경으로 프로그램까지 만들었다. TV 카메라가 밤낮없이 찍어다가 방영해서 농촌의 실상을 사람들은 거실에 앉아서도 거울 속처럼 지켜보고 안다.

웃음꽃빛

기력이 떨어졌으면서도 일손은 모자라고 할 일이 많이 쌓인 농부의 가을 하루가 안타깝게 보인다. 농촌의 하루, 논밭에 나가서 일하는 일과는 정해진 시간이 없었다. 해가 뜨면 나가서 일을 시작하고, 해가 지면 대충 하던 일을 마무리할 즈음에 일어서면서 마감하는 것을 보았다. 그러면서도 미진한 일이 산처럼 쌓여있고 눈앞에 보여서 끝내는 시각은 늘 아쉽게 느낄 듯했다. 그처럼 작업시간이 무한정이다. 짧다는 비유는 다분히 주관적이면서 고정관념에 지나지 않는다. 이제 하루가 경과했으므로 휴식시간을 맞아서 후련하다는 안도감과 아직도 못다 한 일이 쌓여있는 미련에 관한 관심이 뒤얽힌 심정은 아닌지 모르겠다.

내가 사는 곳은 10여 년 전만 해도 시골의 산비탈 미개발지역인데, 탈바꿈해서 수도권 개발이라는 탈을 썼다. 지금은 도시라고 해도 어정쩡한 위치가 틀림없다. 그런 곳에 새로 지은 집을 찾아서 이사를 하기로 결심했다. 서울에서 살다가 '광주읍'이 '광주시'로 승격하는 첫날, 우리 가족은 태전동으로 이사를 했다. 주변은 엉성한 공한지였다. 사람들이 텃밭을 일구고 농작물을 가꾸던데 나는 무관한 일쯤으로 여기고 살았다. 옛날 채소 가꾸기는 경험해 보았지만, 일반 농작물 가꾸기는 무관심했다. 그때 이웃 사람들이 작물을 심고 거두는 것을 보면서 눈을 감아도 손만 내밀면 얻는 것쯤으로 착각했다. 우리 부부도 덩달아 나서서 어느새 한통속이 되었다. 남들의 흉내를 내고 따라서 텃밭을 가꾸기 시작했다.

몇 해 동안 가을이면 남들이 들깨를 심어서 거두었다는 자랑이 솔깃했다. 이웃 정 씨네는 한 해 가을, 들깨를 서 말이나 거두었다고 으스대었다. 바지런히 뛰어다니면서 작물을 가꾸던 황 씨는 해마다 못해도 두 말은 거둔다고 은근히 자랑했다. 어느 해는 들깨 기름을 짰다면서 부인이 한 병을 가지고 왔다. 농약을 뿌리지 않고 손수 가꾸었다는 매력이 솔깃했다. 완전한 유기농산물일 거라는 호기심이 눈독을 들이게 했다.

나는 작년에 아내와 상의를 했다.

"우리도 상림농장 뒷산 밭에다가 들깨를 한번 심어봅시다."

먼저 내가 제안을 했다. 아내는 따라와 주었다. 세상사라는 게 거저 되는 법은 없다는 실증이었다. 남들이 가꾸는 걸 오랫동안 보아왔는데 건성으로 보고 말았기 때문에 정작 내가 그걸 심고 가꾸려고 드니까 백지 상태였다. 우선 언제 씨앗을 뿌려서 모종은 또 언제 해서 가꾸는지도 잘 몰랐다. 봄 날씨가 풀리면서 싹이 잘 틀 때를 짐작으로 택해서 파종을 했다. 씨앗이 자잘해서 집히는 대로 뿌리고 말았는데 돋는 것을 보니까 밀파(密播)했던 모양이다. 다닥다닥 달라붙은 싹이 돋았다. 그것이 자라는데 밀파는 상극(相剋)이다. 비좁은 공간을 더 차지하려고 서로 밀치면서 자라고 싶은 싹은 하늘을 향해서 달리기 시합을 하는 듯 키만 쑥쑥 치솟아 꺽 다리가 되고 말았다. 너무 웃자란 모종은 콩나물 같아서 쓸모가 없다. 숨 막히는 모판에서 잎은 노랗게 뜬 불량 모종이 되고 말았

웃음꽃빛

다. 어쩔 수 없어서 변두리의 다소 실한 것을 가려 그대로 이식해 놓았다. 허리가 구부러진 묘목은 간신이 뿌리를 내리고 소생했지만 연약하기 이를 데 없었다.

아뿔싸! 우스운 일이 벌어졌다. 가을이 되어서 매달린 씨알이 영 그는 걸 보고 실망을 했다. 이웃집 밭에는 적기에 씨를 뿌리고 모종을 해서 잘 가꾸었다. 나는 너무 과속으로 달려가 버린 속도위반을 한 셈이었다. 비바람을 맞고 자란 우리 밭 들깨는 줄곧 건정한 키다리라는 불명예를 벗어나질 못했다. 그런데 가을이 되면서 문제가 발생했다. 키만 웃자란 들깨는 열매가 잘 맺히지 않았다. 듬성듬성 맺힌 게 말 불알의 털처럼 영 아니었다. 이웃 밭, 적기에 심은 것은 아담한 가지에 밤하늘의 별처럼 촘촘히 맺힌 것을 보면서 안타까워했다.

가을이었다. 그거라도 때가 되었으니 버릴 수 없어서 눈을 감고 수확을 준비했다. 그런데 작업은 또 큰일이었다. 무식하게 천막 천을 깔고 베어다가 쌓아두었는데, 시간이 지나면서 바닥에 깔린 것들은 가을 햇볕에 마르지 않고 잎이 썩어가는 시늉을 하고 있었다. 그걸 들추어서 바람을 쐬게 하고 말려야 한다. 나는 뒤집을 힘이 모자랐다. 불끈 들어올려야 일으켜 세우고 말릴 텐데 안간힘을 써도 역부족으로 힘에 겨운 작업이었다.

그 사이에 '줄기콩'도 땄다. 그건 일일이 손을 써서 까는 것들이다. 토란 줄기도 베어다가 껍질을 벗겨서 말렸다. 죄다 손을 대야 하는 수작업(手作業)이다. 알토란은 겨우 20여 톨을 심은 건데 잘 자랐다. 농촌진흥청 사람들은 '작황(作況)'이라고 하던데 순수한 우리말이 더 좋다. '자랐다' 또는 '자라기'라고 하는 더 좋은 말이 있다. 토란도 캐야 하는데, 그보다도 더 걱정이 있었다. 겨우 250 포기를 심은 고구마를 캐는 일이었다. 부부는 무릎이 모두 망가졌다. 남들은 고구마 껍질에 상처를 안 입히려고 호미로 캐던데 우리는 쪼그리고 앉을 재간이 없었다. 줄기가 억세게 자라서 그걸 치우는 것도 사람을 잡는 큰일이었다.

농작물은 아니지만 가을이 오면 가장 기대하는 수확이 있었다. 지난해, 늦가을, 아내는 북한산 노적사에 가더니 들국화 한 줌을 따왔다. 향기가 집안에 가득 번졌다. 들국화를 처음 본 것은 아닌데 매력이 눈에서 사라지지 않았다. 우리가 가진 산속 텃밭 주변을 살펴보았다. 거기에는 들국화가 한 포기도 없었다.

"들국화가 없는 산은 가을 향기가 없는 산인데, 참 딱하구나."

우리 부부는 들국화가 어디에 있는지 찾아보기 시작했다. 원래 산을 깎고 밀어서 집 지을 땅을 만든 동네여서 또 집을 지을 터 한쪽 구석에 비척거리는 들국화가 숨어 있었다. 그걸 눈여겨봐 두었다. 거기서는 잘 살 수 없는 운명이었다. 이듬해 봄, 우리는 들국화를 옮겨 심었다. 아내가 2포기, 그리고 내가 여기저기서 쓰레기 줍듯 8포기를 캐다가 밭 가에 심었다. 다년생 숙근초(宿根草)이므로 뿌리가 강해서 잘 자랐다. 꽃이 핀 시기를 맞추어 가 봤더니 들 국화 향기가 산을 차지한 듯 번졌다. 귀신처럼 민감한 벌떼와 나비가 에워싸고 있었다. 우리는 꽃 수확을 목적으로 심었으니 할 수 없이 꽃을 땄다. 그러면서도 벌과 나비가 미안해서 마치 감나무 꼭대기에 남기는 까치밥처럼 상당한 꽃을 남겨놓았다.

지난해 겨울 혹한 때문에 봄에 다시 가보니까 절반은 동상을 입어서 죽어버렸다. 어쩔 수 없는 일이므로 포기나누기를 해서 또 여남은 포기를 만들어놓았다. 여름 장마가 56일간 퍼붓는 사이는 들국화는 웃자라서 키가 1m쯤이나 뻗었다. 눈곱만한 꽃송이가 맺히기 시작했지만, 성적은 불량했다.

'대자연의 섭리는 잘 알아서 꽃을 피울 거다. 언젠가는 꽃이 피겠지' 하고 기다렸는데 10월에 들어서서 이제저제 하다가 초순에 밭에 가 보았다. 키다리 들국화는 꽃밭을 이루고 있었다. 밭 한쪽에 심었는데 그 언저리를 모두 차지하고 천상의 화원이 되었다. 또 벌과 나비의 축제가 벌어졌다. 그 동네 산골에서는 유일한 들국화 동산이 되었다. 가을 햇볕이 가꾼 선물이다. 눈 부신 햇살과 노오란 꽃 빛은 눈이 부셨다. 게다가 향기가 쏟아지고 있었으므로 곁에 서 있는데 가을이라는 정서와 체감하는 향기에 취하지 않을 수 없었다. 더러 맥주를 한잔 하면 취기가 금세 올라오는 내 체질처럼 들국화 향기에 취했는데 그건 오랫동안 몸속에 남아 있었다.

별로 할 일도 없으면서 부산을 떨던 가을이 바쁘게 지나갔다.

집 앞 밭에 심었던 호박이 체면 유지는 해 주었다. 늙은 호박 6통을 수확했다. 4통은 대형이어서 집으로 나르는 데 힘이 들었다. 토란도 캐고, 야콘도 수확했다. 남들은 고구마가 흉작이라고 징징거렸지만, 우리 집은 두 식구의 겨울 간식용으로는 충분한 양인 4박스나 캤다. 무는 김장용으로 넉넉했다. 우거지 무 잎도 따서 무청을 말렸다. 줄기콩은 가을 수확용인데 두어 바가지쯤 되었으니 자급자족용으로는 충분했다. 아내는 들국화를 따다가 6번 증포(蒸包)를 해서 말리고 일부는 들국화 효소를 담갔다. 농가에서는 여름 햇볕은 쪼이면서 일하기가 힘든 노역(勞役)이라면 가을 햇볕은 수확과 기쁨을 선사하고 보람을 안겨주는 고마운 기회가 틀림없다.

가을 햇볕 속에서 겨우 남들 흉내나 내며 뛰어다니는 사이에 내 곁에서 가을이 사라졌다. 그 틈에 나는 미미하지만 손수 텃밭을 가꾸어 얻은 수확을 챙겼다. 그건 한 해를 살았다는 자전(自傳)에 남길만한 흔적이면서 추억이 될 증거다.

우리 마을의 서쪽으로 다붙여서 무명산이 버티고 있다. 가을 해는 짧다는데 산이 가리고 있어서 지는 해는 더 짧을 수밖에 없다. 어느덧 한 해의 가을, 노루 꼬리만큼 짧다는 해가 더 빠르게 소리 없이 사라졌다. 내 수첩 속에 겨우 단상(斷想) 몇 줄의 흔적을 남기고 훌렁 지나가 버렸다.

웃음꽃빛

꽃그늘

봄이 오면서 해가 점점 일찍 떴다. 아침에는 비 같지도 않은 비가 갠 끝에 솟아오르는 해는 동녘을 바라보기 어렵게 눈부신 햇살이 퍼졌다. 시골 노농(老農)들의 지혜인데 해가 빨가면 날씨는 가뭄을 탄단다. 올봄에는 가뭄이 심하다. 나는 텃밭에서 다른 밭으로 옮겨 심은 부추와 머위가 아직도 활착을 못했는데 미안해서 가 볼 엄두를 내지 못하고 있다.

내게는 매일 아침저녁으로 일과처럼 떠맡게 된 과제인데 꼭 아이들의 학교 선생이 시켜서 귀찮아도 겨우 쓰는 일기 숙제나 다름없다. 간혹 나가기 싫은 때가 있어도 어쩔 수 없이 맡은 숙제라서 일어선다. 비가 오거나 눈이 내리는 날은 큰 짐이 되어서 몇 번 창밖을 내다보다가 겨우 나선다.

애완견을 기르는 건 틀림없는 짐이다. 산책은 고작 우리 동네 단지 안에 있는 농구 코트를 10바퀴쯤 도는데 무릎이 아프고는 그것도 그날 상태에 따라서 횟수를 조절한다. 수의사는 개의 등짝 피부에 트러블이 생긴 것을 치료하는 방법으로 2kg쯤 체중을 줄이는 다이어트와 하루 2시간씩의 운동을 시키라는데 내 힘으로는 그게 무리다. 농구 코트를 10바퀴까지는 도는데 그다음은 무릎의 통증이 일어서기 때문에 후퇴하고 만다.

비가 온다고 떠들썩하던 기상예보와는 달리 전날 겨우 2mm가 될까 말까 한 비를 뿌렸다. 그것도 봄비라고 비가 갠 아침은 공기가 맑아 봄 날씨의 흉내를 냈다. 농구장 입구에 서 있는 벚꽃이 활짝 피었다. 운동장 쪽으로 가는데 단번에 눈길을 끌었다.

'바로 저거다!'

나는 운동장 10바퀴를 도는 사이에 꽃그늘 아래를 지나가게 되면 번번이 꽃을 쳐다보고 미소를 지었다. 탐탁한 음반이라던 요한 슈트라우스의 '빈 숲 속 이야기'를 되풀이해서 신물이 나도록 들으면서 조립품 전축의 엠프가 불이 난 것도 몰랐던 추억이 떠올랐다. 그래도 경쾌한 가락의 분위기를 느꼈던 감정이 아직도 살아있다. 더불어서 맑은 하늘에 흐르는 구름처럼 먼 옛날의 기억이 또렷하게 피어났다. 아름다운 추억을 반추하면 몸에서는 더 많은 행복 호르몬이란 세로토닌을 만들어 낼 거리고 짐작했다. 어느새 스트레스를 지배한다는 호르몬 코티솔의 수치를 늘릴 수 있으면서 기분 좋은 상호작용은 좋은 감정과 관계된 호르몬 엔도르핀을 더

방출하는 순간이었다.

산책을 하면서 시작과 끝에는 지극히 간단한 스트레칭을 한다. 오늘은 일부러 꽃그늘에서 정리 체조를 했다. 그리고는 고개를 들고 한참 쳐다보았다. 미풍에 흔들리는 꽃가지가 속삭이는 듯했다. 나이 때문인가 보다. 뇌 기능이 망가진 탓인지 눈앞의 기억은 잘 안 되지만 오래된 기억은 대뇌에 묻힌 추억이라는 화제(話題)를 잊지 않고 잘도 붙잡고 있는 듯하다. 현재형 지각(知覺)은 불합격품이어서 거의 쓸모가 없는데도 과거형은 그처럼 살아있어서 더러는 심심찮게 들여다보고 반추하면서 혼자 웃고는 한다.

어쩔 수 없는 현실이면서 숙명이라고 생각하는 때가 있다.

꽃그늘에서 추억은 또렷하게 활짝 피어나면서 화사한 꽃잎처럼 생생한 기억으로 떠올랐다.

'와! 정말 오래된 추억이다.'

나는 1954년 사범학교를 졸업하자마자 교단에 섰다. 2년 뒤 봄인데, '이로국민학교' 교사로 전출 발령을 받았다. 그것은 아버지처럼 챙겨주던 고명조 교장선생의 배려로 얻은 특별한 케이스였다. 사람들이 관문학교라고 인정하는 A급지 학교인데, 아무런 배경도 없는 평교사가 전보 대상도 아닌데 인력보강이라거나 지명차출처럼 딱지를 붙여서 전입을 시켰을 것이다. 교장선생과 인연은 교생실습을 그 학교로 나가서 오락가락한 것뿐이다. 그때 예쁘게 봐주었는지 모른다. 내가 사교성이 능란한 주제도 아니고 뇌물을 제

공할 줄도 모르는 터였다.

나는 큰 은혜를 입었다. 전임지(前任地)를 기차로 통근하는 게 힘들어서 바짝 말랐다. 의사는 영양실조라고 하던데 불규칙한 식사시간 때문에 벌어진 위장관의 고장이었다. 마을에서 사람들이 폐병 환자가 아닌지 모른다고 수군거릴 정도였다. 교장 사택에서 교장 내외는 새벽 기차 소리가 들리면 '원재가 또 출근할 거다'라고 걱정했다는 말을 들었다. 은혜는 구급차가 되었다.

그 학교는 내가 졸업한 모교였다. 나는 광복 이후 월남해서 4학년에 편입했는데 26회 졸업생이다. 학교는 1930년대 왜인들이 지어서 개교를 했고, 교정과 후정에 정원수를 심어 봄이면 벚꽃이 흐드러지게 피었다. 꽃나무도 한창나이 때라야 원기가 왕성해서 꽃이 화려하다. 봄에 꽃이 피면 학교는 함박눈에 묻힌 것처럼 하얀 꽃 속에 둘러싸여 꽃 무더기로 변신하면서 눈이 부셨다. 학교 뒷산에 가서 보거나 앞쪽 멀리서 바라보면 장관이었다.

고 교장은 천성이 어진 어른이었다. 벚꽃이 바람에 휘날리면서 학교 운동장에는 하얀 꽃눈이 쌓였다. 그런 장관은 글줄을 써서는 옮길 수 없다. 현장을 목격하지 않고서는 상상조차도 하기 어려운 정경이었다. 하루는 오후 시간인데 교장선생이 전 교원을 데리고 운동장 가의 꽃그늘 아래, 편안하게 자리를 잡았다. 거기에는 교장선생과 친분이 있어서 더러 뵙던 비단공장 정 사장이 매실주를 가지고 와 있었다. 우리는 술잔을 받았다. 노랗게 익은 매실주

웃음꽃빛

술잔을 본 꽃잎은 춤을 추듯이 무작위로 들어앉기 시작했다. 무공해 시대여서 꽃잎을 무서워하지 않았다. 낭만이 없는 젊은 시절이었으므로 훅훅 불어버렸다가 또 들어앉으면 바라보고 말았던 기억이 떠오른다. 지금의 감각이라면 틀림없이 한마디를 외쳤을 거다.

"와! 이건 완전 무공해 특제품인 벚꽃 칵테일이다. 원더풀!"

매실주는 2리터짜리 막소주 병에다가 가지고 왔는데 그걸 다 비우도록 화기애애한 분위기를 맛보았다. 거기에는 두 가닥의 서정이 교차해서 더욱 분위기가 포근했다. 하나는 실물 꽃그늘과 다른 또 하나는 교장의 후덕한 인품이라는 꽃빛을 닮은 그늘이 침전이 되어 있었다. 너무 박봉이어서 교원이라는 월급쟁이로 살아가기가 힘든 시절이지만 교사들 사이의 정감은 포근했다. 그 틈에서 벌어진 벚꽃 잔치는 빈약한 안주보다도 몇 곱절 더 화려하고 뜨거운 인정의 추억으로 간직하고 있다.

꽃빛처럼 아름다운 추억의 꽃빛은 또 있다. 학교 교원들은 거의 사범학교 출신으로 선후배 사이였다. 일과가 끝나면 교사들은 자발적으로 교무실에 모여서 노래를 불렀다. 테너처럼 노래를 잘하는 윤대혁 선배가 앞장을 섰다. 오르간 연주가 익숙한 이상배 선배가 반주는 도맡았다. 동요도 부르고 가곡도 불렀다. 노래를 못하는 교감은 빙그레 웃기만 하면서 바라보고 말았다. 으레 한번 시작하면 노래는 1시간쯤 끌었다. 교무실 바로 곁에 교장실이었는데 교장은 근무시간 중에 무슨 노래를 부르느냐고 질책 한 마디도 없었다. 감상 취미였는지 모르지만 늘 조용했다. 학교 분위기는 옛날인데도 이미 선진 모델이었다.

꽃그늘 아래는 '찐한 색깔'의 추억이 서려 있었고, 꽃을 좋아하던 나는 그 뒤로 꽃이 떨어진 벚나무 아래를 곧잘 거닐었다. 화려하던 꽃빛과 꽃술이라는 잔상이 늘 따라다녔다. 훗날 창작동화 '두꺼비'를 쓰면서 그 정경을 묘사한 적이 있다.

그때는 가을이었다. 나는 혼자 뒤뜰의 벚나무 아래를 걷다가 난데없이 교장을 만났다. 교장이 오후에 학교를 한번 순시하는 시간이었다. 바짝 마주치면서 내가 인사를 할 겨를도 주지 않고 정색을 하더니 일갈을 했다. 딱 한 마디로 휘두르는 칼이었다.

"원재, 너 복심이하고 결혼할래?"

깜짝 놀라서 숨이 막혔다. 나는 바위가 되어 우뚝 서버렸다. 교장은 이어서 선고를 던졌다. 그것도 딱 한 마디였다.

"안 돼."

그뿐이었다. 그다음에도 아무 말씀이 없었다. 나도 치근덕거리고 물어볼 계제가 아니었다. 복심이는 동료 교사였다. 둘이 친하다는 소문을 들었던 게 틀림없다. 그는 체격이 탐스럽고 나는 빼빼 말랐다. 교장은 머릿속에서 전자계산기를 굴렸을 것이다.

'저것들은 겉궁합이 도저히 맞지 않거든.'

그게 정답일 듯하다. 그는 먼저 시집을 갔다. 나는 교장이 겁나서 결혼식장에도 갈 수 없었다. 훗날 그의 친구 인순이가 전하는 말을 들었는데 면사포를 벗으면서 내가 오지 않았느냐고 묻더란다.

　이름 모를 풀꽃도 그렇지만 버젓한 꽃나무에서 피는 꽃도 한철이 지나면 거개는 다시 보기 어렵다. 이듬해를 기다려야 하는데 인간이 지닌 추억이라는 역사의 꽃은 한번 시들어버리면 끝장이다. 겨우 되살아나는 추억이나 추상이라는 가설극장 같은 엉성하고 모호한 잔상을 되새기는 수작밖에 없다. 그래도 아침에 내가 만난 꽃그늘 추억은 신식 극장의 영상만큼 또렷한 화면을 볼 수 있어서 다행이었다.

짧은 수필 3가지

망각의 피안

내가 방금 무엇을 쓰려고 했던 이미지가 감쪽같이 사라져버렸다.
정말 꺼진 물거품이다. 아무리 기다려도 강신(降神)은 쉽사리 돌아
오지 않는다. 잠깐 펜을 놓고 다시 생각의 언저리를 훑어본다. 확
실히 망각이다. 실물(失物)은 고사하고 생각도 잃어버리면 아깝다.

오전, 나래 유치원 김 원장 퇴임식에 가면서 슈트를 입고 오른쪽
호주머니에 스마트폰을 넣었다. 도중에 두 차례나 사용하면서 호
주머니에 다시 넣어놓고 확인했다. 행사를 마치고 서둘러 귀가하
는 길에 모란장에 들러서 아내가 부탁한 밤과 도라지를 샀다. 집
에 도착하니까 쪽파가 필요하다는데 당장 쓸 거라고 해서 부리나
케 슈퍼에 가면서 갈아입은 점퍼 윗주머니에 스마트 폰을 넣었다.

웃음꽃빛

그리고는 잊어버리고 저녁을 먹은 뒤에야 찾아보았다.

"어디다가 두었지?"

아침에 양복 주머니에 넣어둔 것까지만 기억했다. 호주머니를 뒤지고 코트 주머니까지 뒤졌다. 전혀 기억이 나지 않았다. 완전한 망각이다. 차고에 가서 승용차 시트도 살펴보았다. 집으로 오면서 찬바람을 쐬니까 정신이 조금 맑아졌다. 곰곰 되새기면서 걷는데 슈퍼에 갈 때 입었던 점퍼가 떠올랐다. 방으로 들어가서 황급히 호주머니를 뒤졌는데도 없었다. 기분이 나빴다.

'까짓거 잃어버리면 말지 뭐.'

그런 여유는 나중에 떠오른 생각이다. 하찮은 거라도 잃어버리면 실물 뒤의 허탈감은 그전과 똑같은 기분에 젖었다.

그래도 서운해서 손바닥을 펴서 양복을 위아래로 쓸어보았다. 엇! 묵직한 것이 걸렸다. 대어(大魚)를 낚았다는 기분이 그런 것인지 손끝이 짜릿했다. 요즘 실물하는 실수가 빈번해서 대비책으로 안전한 자리를 잡아 넣어둔다는 지정석 같은 정위치가 윗주머니였다. 스마트폰은 그 속에서 편안히 숨어 있었다. 새로 구입해서 아직 10번도 사용하지 않은 거라서 잃어버리면 미안하다는 걱정이 풀렸다.

그걸 찾기는 해서 다행인데 저절로 군소리가 튀어나왔다.

"아이쿠 이놈의 정신머리야!"

사람의 정신력에는 망각의 법칙이 있다지만 그렇게 깜박 잊을 수가 있는지 아무리 생각해 봐도 해득이 불가능했다. 뇌 영양제도 먹는데 내가 겪는 망각은 구제할 방법이 없어 보였다.

독일 심리학자 에빙하우스의 '망각 법칙'대로라면 1시간 후 56%를 망각한다. 한 달 후면 20%쯤 기억한다지만 나한테는 전혀 통용되지 않는 이론이다. 더러 까맣게 잊어버리는 게 지금은 다반사가 되었다.

두말할 것 없다. 이제 그처럼 망각의 계절이 되었다는 게 안타까워서 혼자 쓴웃음을 웃고 말았다. 어쩔 수 없이 망각과 동반자가 되어 함께 살아가는 길뿐인가 보다.

몸살 하는 사람

그가 시달리는 건 여러 해째다. 나이 탓인지 전문의가 처방한 약물을 투여해도 효과는 잘 나타나지 않는다. 정말 걱정이다. 실은 그게 앓고 있는 건데 그걸 몰라서 더 힘들어 보인다.

병식감손증(病識減損症)이라는 증상이다. 자기 아픈 줄 몰라서 시원찮게 보지만 분명히 병이다.

이런저런 일에 꼬이고 얽힌 세상살이라는 게 어찌 보면 죄다 몸살 하게 만드는 골칫거리가 널려있다. 그런 걸 받아들이는 가슴이 문제가 된다. 바늘 끝에 찔리면서 '아얏!' 소리를 지르고 웃어버리면 약이 된다. '아이구 아파'하고 찡그리거나 징징거리면 감정을 다친 걱정이 된다. 웃어버리는 쪽은 가슴이 바다같고 사기그릇인 큰 사발에다가 비유한다면, 울어버리는 쪽은 협곡이면서 작은 간장 종지기일 거라고 비유해 본다. 착상(着想)의 정도에 따라서 감정은 다양한 색깔의 옷을 입고 나타난다.

걱정이나 몸살 따위 부정적인 감정은 우선 부정심리에서 비롯된다. 마음 편하다는 긍정적인 사고(思考)를 평범한 눈높이로 보자면 아무것도 아닌 하찮은 일일 수 있다. 그런데도 이미 잣대에 왜곡이라는 부정적인 정서가 자리 잡고 깊숙이 박혀 있으면 표출되는 감정은 삐딱하고 비정상적인 '억하심정'이라는 엉뚱한 그림을 그린다.

감정의 충돌은 대뇌의 변연계 근처 조직에 박힌 충동조절기능이 말을 잘 듣지 않는 데서 비롯한다. 야생마를 잡아다가 길들이는 과정을 보면 재갈을 물리고 목동은 줄을 꼭 잡는다. 길길이 뛰는 녀석은 방사선과 상하로 날뛰는 혼란스러운 세력을 발휘한다. 조절이 쉽지 않다. 충동조절기능 장애도 마치 제동하기 어려운 그 녀석들처럼 보인다.

그런데 참 딱한 것은 도와달라며 붙잡고 매달릴 때 전문의가 던져주는 처방이나 기대하는 상담은 지극히 기계적인 방식으로 보여서 답답하다. 수채화를 그리면서 이미 물감 붓에 묻어있는 색깔은 물통에 집어넣고 흔들어서 씻어야 한다. 한 번 더 맑은 물통에 넣고 씻으면 깨끗한 붓이 되어 새로운 물감을 찍어서 사용할 때 밝은색이 떠오른다. 치료도 그처럼 명쾌한 해답이 없는지 바라보는 기대수준은 짝사랑이다.

전문의는 상담의 시간을 돈으로 계산한다. 환자의 입장은 더 투자를 해서라도 효과를 얻을 수 있다면 아깝지 않다. 마땅히 그런 물리적인 힘을 빌릴 수 있다. 그런데도 의사는 뚝딱, 어물어물, 슬슬 몰아세우고 수납창구에 가서 정산을 하라고 떠미는 것은 극복하기 어려운 억울한 현실이다.

아픈 사람이 몸살 하는 고역을 혼자서 감내하는 길밖에 보이지 않는다. 한 아들 녀석은 복약을 걷어치우고 기도를 하라고 한다. 글쎄 그게 가능할지 의문이다. 나는 복약과 기도 중 어느 쪽이 정답인지 잘 모르겠다. 자꾸 안타까운 생각만 부풀어 오른다.

허수아비 노릇

김 시인은 어깨 통증 때문에 여러 해를 고생했다. 병원 순례처럼 여기저기 쫓아다니면서 치료를 했다. 신문광고를 보고 찾아간 한 의원에서는 우선 계약금을 300만 원이나 받았다. 한번 물리치료를 하면 5만 원씩을 결재했다. 그 사이에도 신문광고는 계속해서 실렸다. 약을 먹고, 침을 맞고, 아무리 치료를 해도 낫지 않았다. 그때 환자는 대개 토심스러워서 손을 털고 돌아서 버린다. 그러면 의사는 속된 말로 '꿩 먹고 알 먹고'가 된다.

웃음꽃빛

김 사장 부인은 유명하다는 정형외과에서 척추 수술을 받았다. 대통령도 치료했다는 바람에 덩달아 던진 수술비용이 놀랍게도 천오백만 원이나 들었다. 결과는 치료 이전보다 더 아파서 허리를 전혀 쓰지 못하고 누워서 생활하는 처량한 신세가 되었다. 그 뒤 꼬리를 물고 비보가 날아왔다.

흔할 말로 인술은 죽었다고 한다. 우리나라 병원의 오진률이 50%를 넘는다는데 그래도 의사는 진료비를 어김없이 챙긴다. 그것만 눈독을 들이고 매달리는 듯하다. 의료인의 순수한 지표를 남긴 '히포크라테스 선서'는 그의 동상 속에 묻혀버린 듯하다.

나는 만성피로와 어깨통증에 시달리는데 어깨통증이 더 고통스러웠다. 침술 치료와 물리치료를 번갈아 7개월여 계속했는데 효과가 없었다. 어느 날 물리에 밝은 이 교장이 성장호르몬 요법이 어떨지 한번 시도해 보라고 권했다. 그건 의사의 지시를 받고 따라야 하는 일이어서 먼저 의사와 상담을 했다. 건강검진 결과지(結果紙)를 보여주었는데 별문제가 없다고 해서 주사를 맞았다. 나는 '결정장애'를 가지고 산다. 차분하다가도 결정의 순간이 오면 흔들리는 꼴이다. 집에 오면서 약품 설명서를 얻어 가지고 왔다. 아뿔싸! '다음 환자는 투여를 신중히 할 것'이라는 주의 사항에 '고령자'와 '전립샘 비대 환자'가 명시되어 있다. 내가 딱 걸리는 항목이다. 미리 상담을 하고 나서 비싼 주사를 맞았다. 의사를 믿고 진행한 건데 기분이 언짢았다. 낭패라는 생각이 자꾸 머리에 걸리면서 전립샘도 문제가 있는데 자꾸 신경이 쓰였다. 빈뇨(頻尿)가 신경질적으로 더 괴롭혔다.

　어쩌면 내가 살면서 헛바퀴만 돌리는 꼴이 가증스러웠다. 그것도 미리 설명서를 보고 결정해야 할 일인데 뒷북을 치고 말았으니 어쩔 수 없는 딱한 사람이라고 자책을 했다. 어리석은 짓을 자위하면서 다른 늙은이들의 사정이 떠올랐다. 노인정에서 허풍을 떨고 밀어붙이는 속임수의 상술에 넘어가서 몇십만 원짜리 가짜 건강식품과 보너스로 주는 휴지 한 꾸러미를 금덩어리처럼 안고 왔다는 박 영감네 할머니, 시골 고가(古家)의 기와집 할머니가 외출하는데 멀쑥하게 차린 사내들이 집 구경하러 왔다니까 잘 보고 가라고 했는데, 돌아와서 보니까 여닫이 살창 문짝을 죄다 뜯어 가버렸다던 이야기, 보이스피싱에 걸려서 잘 키워준다는 말을 믿고, 그들이 시키는 대로 예금 1억 원 찾아다가 냉장고에 넣어두었는데 잠깐 집을 비운 사이에 몽땅 날린 강 영감의 서글픈 사연이 있었다.

　그럼 누구를 믿고 세상을 어떻게 살아야 하는지 막막하다. 뇌세포가 죽어가면서 뇌 기능이 줄어들어서인지 사고(思考)의 폭이 좁아지고 더 소심해졌다. 그래도 닳아빠진 감정 쪼가리가 아직은 조금은 붙어있는지 뒷입맛이 떨떠름하다.

웃음꽃빛

3장

울타리

기대불안(期待不安)

어른들이 흔히 쓰던 말인데, 누가 별로 쓸모없는 말이나 기우(杞憂)를 지껄이는 걸 들으면 곁에서 입바른 사람이 으레 핀잔용으로 쏘아대는 말이 있었다.

"자네는 걱정도 팔자(八字)야."

산업 혁명시대에 사는 현대인들한테는 어울리지 않고 격세지감이 두꺼운 속담이다. 그래도 오가는 말끝에 더러 들먹이는 걸 보면 사주팔자에도 없는 걱정이라는 게 우습고 값어치가 없다는 비유가 된다. 그 말을 하는 사람의 입장에서 보면 주관적인 판단과 나름대로 기준을 가지고 있어서 상대의 말을 가로막거나 다분히 무시하는 통제수단이었다. 더 번질지 모를 허튼소리를 가로막는 장치이기도 했다.

아내의 막역한 고향 동무인 '맹덕이'는 비행기를 못 타기 때문에

웃음꽃빛

쥐나 개나 다 나간다는 그 흔해 빠진 해외여행 한 번도 못 가고 세
상을 떠났다. 정말 걱정도 팔자였다. 하늘 높이 날아다니는 비행기
가 혹시 떨어지면 박살이 날 거라는 걱정을 미리 하고는 '비행기는
떨어질 수 있는 위험한 물체다'라는 지배적인 통념에 사로잡혀 있
었다. 그게 튼튼한 고정관념으로 자리를 잡으면서 무서워서 벌벌
떨게 만들었다. 그녀의 언어방식인데 투박한 사투리와 혼합해서
엮어보자면 이렇게 말할 듯했다.

'비행기는 겁나게 무서운 것이란께.'

그것도 실실 웃으면서 애교가 섞이는데 곁에서 들어보면 불안해
하는 생각이 안타까웠지만 밉지는 않았다. 정말 기대불안의 본보
기다.

아들 친구 재중이 아버지는 남자인데도 코미디언 같았던가 보
다. 정년퇴직 무렵에도 겁은 쉽사리 사라지지 않았다. 언젠가는 외
향적인 아내가 졸라서 난생처음으로 퇴직기념 해외여행 길을 나섰
다. 겨우 제주도가 목적지였다. 비행기가 목적지 공항 활주로에 닿
을 무렵 신기해 보이는 풍경을 창틈으로 살펴본 아내가 외쳤다.

"와! 재중이 아빠, 저것 좀 봐요. 재미있는데요. 비행기라는 녀석
그 큰 몸뚱이가 신통하게도 땅에 살짝 주저앉았어요."

남자는 질겁하면서 한사코 외면을 했다. 난생처음 타본 비행기
인데 착지(着地) 중 쏟아지는 소음 때문에 귀가 멍멍하면서 정신
이 달아났다.

"이 사람이 겁도 없는가보다."

잔뜩 웅크리고 있었던 남편의 응수는 질겁해서 투덜거리는 소리로 떨리고 있었다. 자칫하면 비행기가 어디에 곤두박질칠지도 모를 거라면서 질겁했는데 어디를 보겠느냐고 엄청난 걱정에 빠져있었다.

건강을 챙기는 시대가 되었다. 상식이 홍수처럼 범람하고 속설도 넘치는 세상이 되면서 사람들은 막연한 걱정을 달고 산다. 내 친구는 같이 점심을 먹다가 돌솥밥 속에 들어있던 새우 한 마리를 슬그머니 꺼내어 놓았다. 나는 얼핏 보고 속단을 했다.

"자네 당 수치가 올라갈까 봐 무서워서 안 먹지?"

그건 농담이었는데 단숨에 정곡을 찔렸다고 생각하는 듯 그는 힐끔 쳐다보았다. 무안한 표정으로 보였다. 그래서 한마디를 더 거들었다.

"그게 혈당수치를 끌어올리려면 한 트럭쯤 먹어야 해. 이건 염려 말고 그냥 먹어도 괜찮은 거야. 맛있게 먹어 둬. 그럼 보약이 되는 거야."

그러자 겨우 껍질을 까고 먹는데 가까스로 드는 젓가락질이 무거워 보였다. 키토산을 함유한 껍질을 같이 먹으면 걱정을 덜 거라는 말은 끝내 들어주지 않았다.

언젠가 같이 저녁을 먹던 친구는 불고기가 조금 타서 까맣게 된 부분을 일일이 뜯고 있었다. 불에 탄 식품은 발암물질이라는 의료

정보가 보편화되면서 사람들이 겁을 먹고 있는 상식이다. 나는 웃으면서 과속으로 앞서가는 친구의 보호본능을 한번 찔러주었다.

"그런 거 조금 먹어서는 절대로 암에 안 걸린다."

정결한 식품이 위생적이고 건강을 챙기는 방법일 테지만 지나친 결벽은 오히려 겁쟁이라고 생각했다. 두 사람은 똑같이 웃고 말았다.

그런데 남들 앞에서는 떵떵거리는 척하던 나도 실은 겁을 먹고 사는 듯하다. 엊그제는 밤에 잠자리에 들어갔는데 머릿속에서 송곳에 찔린 듯 짜릿한 자극이 스쳐갔다.

'엇, 이것 좀 봐. 아니 내가 요즘 언어감각이 둔해지면서 말하기가 조금 불편하다고 느꼈는데 이건 또 뭐지?'

상비약으로 가지고 있는 한방 '구심(救心)'을 꺼내었다. 약 상자에 적힌 효능을 다시 읽었다. '심계항진, 숨이 참, 정신몽롱'이라는 증상을 확인했다. 용량은 한 알갱이가 좁쌀만 한 크기인데 1회에 두 알씩 먹으라고 적혀있다. 때마침 아내가 들어 오길래 증상을 들먹였더니 당장 '우황청심환'을 가지고 왔다. 순간적으로 두 사람의 촌극이 벌어졌다. 아침에 일어나면서 혼자 코웃음을 웃었다.

봄이 오면 강바닥에 얼어있던 얼음이 소리 없이 녹아서 위험천만하다. 겨울에 마음 놓고 걷던 강촌 사람들이 상습적으로 걷던 빙판의 진단을 잘못하고 걷다가 큰 낭패를 당했다던 뉴스를 기억하고 있다. 그건 불안하면 걸을 수 없는 길이다. 그래도 해빙기에는 조심스럽게 걷는다던데, 언제 깨질지 모를 빙판을 두려워하는 발걸음이다. 예상되는 불행한 사태를 알고 있어서 걸어가면서도 조바심하는 길이다. 적절한 표현은 기대불안이다.

첨단 과학기술을 동원하거나 유전자를 조작하고 신약을 투입한다고 떠들썩하지만, 사람들이 맞이하는 생명의 일몰은 비껴갈 수 없는 게 숙명이다. 내 친구는 그 나이가 되어 방황하는 사람들은 초조해서 신앙을 의지하는 게 수순이라고 했다. 임종 무렵 호스피스를 찾아가는 것도 두려움과 불안을 해소하려는 방법일 거라고 생각해 본다. 대개 임종할 무렵은 의식이 날아가 버리고 없어서 허사일 텐데 그런 걸 상비약쯤으로 여기고 대비하는 생각조차도 죽음을 예상하면서 겁내는 기대불안이 아닐 수 없다.

그보다는 멋진 할머니를 발견했다. 나이 75세, 영국에서 호스피스 전문병원 병동 간호사였던 그는 신병에 시달리다가 안락사를 결심했다. 늙는다는 것은 암울하고 끔찍하다고도 했다. 보행기로 행인들의 길을 가로막는 늙은이가 되기 싫다면서 가족들을 모아 놓고 자기의 뜻을 밝혔다. 남편은 라인 강변 고급 식당에서 송별회처럼 만찬을 베풀었다.

당시 영국에는 안락사법이 없었다. 할머니는 안락사를 하려고 스위스로 갔다. 훗날 '선데이타임즈'에서는 그녀가 대상포진으로 고통을 겪었다고 알려주었다. 아무리 그랬어도 그에게 죽음이 두렵다는 불안 따위는 그림자도 얼씬거리지 못했을 사례이다. 죽음의 불안을 내색하지 않는 담대한 사람이다.

웃음꽃빛

이것저것 다 날려버린 뒤 머릿속을 백지처럼 하얗게 비우고 사는 것은 유일하게 걱정이나 불안에서 해방되는 방법일 게다. 정말 그렇게 사는 사람들을 더러 본다. 이혼, 재산 상실, 병고, 복잡한 생활고 등의 고뇌를 탈피하고 깊은 산 속에 들어가서 혼자 사는 사람들의 화면을 더러 본다. 세속의 오욕(五欲)이라는 속박을 벗어난 자기 생활의 달인들이다.

하늘을 날아다니는 맹금류 말똥가리는 먹이 사냥을 하려고 한 가지 목표물을 발견하면 집요하게 집중적으로 노려보다가 쏜살같이 쫓아가서 후닥닥 낚아챈다. 목적의식이 뚜렷한 생활이면서 현실을 충실하게 챙기는 행동이다. 그처럼 적극적으로 사는 데는 불행이나 불안 따위가 기웃거릴 틈새가 없어 탈 없이 사는 생활방식이라고 짚어본다. 나는 다행히 내일을 걱정하지 않으려고 든다. 운명한테 맡겨놓은 셈 치고 산다.

'뜻대로 하세요(As you like it).'

셰익스피어 희곡 제목이다. 인생 7막에 이르면 제2의 천진함을 갖게 된다는 데에 귀를 기울인다.

울타리

말씀 두 마디의 여운

건강관리를 위해 정기적으로 다니는 병원의 진료를 받는 날이었
다. 우리 부부는 슬그머니 가려고 공론했다. 때마침 비가 내렸다.
다시 생각을 바꾸었다. 보행이 불편한 아내는 집에 있고 내가 혼
자 뛰어가서 처방과 약을 받아오기로 했다. 그렇게도 가능했다.

그날이 오면 딸의 관심이 도맡은 일처럼 반사적으로 작용하는데
차편 제공은 물론 뒷바라지를 도맡아서 손발처럼 거들어 주었다.
나는 대중교통의 이용이 가능하다. 딸의 호의는 고맙지만 늘 신세
를 너무 지는 것이 부담스러워서 슬그머니 '창 너머로 달아난 할아
버지'가 되고 싶었다. 그런데 기어이 들통이 나고 말았다. 딸이 미
리 나타나서 여지없이 신세를 지고 말았다.

진료예약, 아침 9시 30분. 분당서울대학교 제2병동 노인 의료팀

웃음꽃빛

19호 진료실에서 한 박사를 만나는 차례를 기다렸다. 순서는 여유가 있었다. 따라간 외손자 민혁이는 빵을 사다가 먹었다. 나는 대기실 서가에서 책 '미생'을 찾아서 훑어보다가 딸이 대기석으로 가자는 말에 이동했다. 드디어 한 박사를 만났다. 우리는 멋진 진료를 한다. 내가 도맡아서 두 사람의 진료를 받는다. 먼저 내 차례였다. 2개월분의 처방을 받는데 건강 상태의 변화가 없으므로 먼저 처방을 복사하는 수준으로 끝났다. 다음은 아내의 처방인데 한 박사는 본인이 눈에 띄지 않아도 문진으로 증상을 챙기고는 처방을 해 주었다. 이미 처방할 수 있는 환자 상태가 의사의 머릿속에 입력이 되어 있었다. 몇 마디의 문진이면 진료는 충분했다. 나는 그걸 인간관계와 환자의 상태가 이미 교감(交感)이 되어 있었던 열매라고 생각했다. 매우 고마웠다. 차트를 보고 가족이 전달하는 말로 진료를 해결할 수 있을 만큼 신뢰가 형성된 거라면서 자부했다. 나는 그다음 말에 가슴이 뭉클했다.

"다른 불편한 데는 없으세요?"

"척추관 협착 때문에 어제도 의사를 만나고 갔어요."

한 박사는 잠시 차트를 들여다보았다. 나는 고통의 실상과 방황하는 사정을 토로했다. 바로 전날, 그 병원 신경외과에서 진료를 받았는데 한 박사는 그 기록을 살핀 듯했다.

"그 수술 후 재활기간이 석 달쯤은 걸리거든요. 그런데 겨우 1년 뒤 재수술이라면 너무 힘들겠는데요."

가족이 걱정하는 부분의 정곡을 들추었다. 마취와 수술과 재활은 환자의 몫인데 고통이다. 아내는 이미 진행된 뼈 조직의 퇴화가 수술을 감당하기에 부담이 될 듯해서 염려를 한다. 노령에 그런 고통을 어떻게 극복할지 걱정스러우면서 예후를 예상할 수 없어 더 큰 부담이 되었다.

한 박사를 만나고 집에 돌아오면서 생각은 자꾸 맴돌았다. 환자를 진심으로 챙기는 의사를 만난 게 살아있는 천사를 만난 듯한 감동을 받았다. '각박한 세상에서 가슴이 따뜻한 의사가 내 곁에도 있다'고 반추를 하면서 무디어진 감정과 머릿속에서 기쁨의 물질이 쏟아지는 기분을 누렸다.

무료병원을 운영했던 장기려 박사의 인간애나 아프리카의 성자라던 슈바이처는 이미 위인전기 속 인물에 갇혀서 책장에 쌓아놓은 고전이 되었다. 한 박사는 내가 살고 있는 현실에서 직접 만났다. 실감하게 된 현장이 생활극의 한 장면이 되었다.

우리 곁에는 아직 가정의(家庭醫) 제도가 보이지 않는다. 더러는 개인적으로 가졌는지 모르지만 그게 현실화되면 편리할 텐데. 동네에서 치료를 받으려면 나는 T 가정의학과 전 원장을 잘 찾아간다. 아이들 말로 '초치기'라는 것처럼 큰 병원의 뚝딱 진료에 진력이 나서 다소 차분히 봐주는 의사를 찾다가 만난 게 전 원장이다. 내심으로는 가정의라고 믿는다. 진료기록이 쌓여 있어서 바쁜 틈에 일일이 들여다볼 겨를이야 없다지만 혹시 필요할 때 들추어보면 참고가 될 자료가 쌓여 있어서 환자의 입장에서는 다행이다.

웃음꽃빛

나는 오래전부터 무릎관절이 말썽을 부렸는데 정형외과 의사는 이제 보존적 치료는 그만하고 치환수술을 하라고 밀어냈다. 평생 수술이라고는 간단한 걸 한 번밖에 해본 일이 없다. 종아리에 돋은 정맥류가 더러 통증을 일으켜서 A병원 혈관외과 의사 김 박사한테 보였더니 진단은 한마디로 간단명료했다.

"따 버립시다."

그게 특진의 전부였다.

"알았어요."

그냥 그처럼 따라갔다. 며칠 뒤 정말 수술을 했다. 전문의가 능숙한 솜씨로 간단히 처리해 주어서 이틀 입원해 본 게 평생 수술 치료의 전부가 되고 말았다. 그런데 무릎 치환수술이라고 하니 피상적으로나마 여러 상상을 하면서 겁을 먹었다. 무릎 위아래를 두 동강으로 김장용 무 토막 자르듯 잘라버리고 쇠붙이인지 플라스틱인지 모를 이물질을 접합해서 새 무릎을 만든다는 게 무서웠다. 더 불안해한 이유는 지체가 약한 편인데 수술을 감당해 주려는지 의문이었다. 망설이는 사이에 전 원장을 만났다.

"다소 고통이 따르더라도 수술 후에는 편할 걸요."

그처럼 위로를 해주고 은근히 권유하는 눈치였다. 작심하고 수술을 하겠다고 했지만 소심벽은 따라다녔다. 수술대에 오르면서도 집도의한테 시술을 안 하면 안 되느냐고 물었다. 의사는 콧방귀도 뀌지 않았다. 일사천리로 밀어붙였다.

울타리

나는 고통을 극복하려는 의지보다는 불안이 앞장서 있었다. 의사의 지시를 따라간다고 믿었는데 재활치료가 여의치 않았다. 남들은 석 달이 지나면서 한고비를 넘겼다던데 나는 다섯 달이 되어도 통증이 떠나지 않고 호전될 기미가 보이지 않았다. 병원 간호부장을 만나는 기회에 물어보았더니 그 통증은 2년까지도 간다고 했다. 여유 있게 기다려야 할 거라는 환자의 생각을 가르쳐 주는 듯했다.

동네 의원에 갈 일이 있었다. 성급한 취미는 의사를 만나서 처방을 받기보다는 간호사한테 먼젓번 그대로 달라고 떠맡기는 버릇이 있다. 그게 묵계가 된 듯이 간호사는 받아주고 그렇게 곧잘 처방을 얻는다.

요전 날은 원장을 만날 일이 있었다. 차례를 기다리다가 진료실에 들어갔다. 전 원장은 여전히 반겨주었다. 아내의 설사가 잘 낫지 않아서 상담을 했다. 장마 때문에 습도가 높고 대장 기능에 문제가 발생했다면서 처방을 주었다. 그러면서 뜬금없이 혈압계를 챙기더니 내 혈압을 체크했다. 결과는 반가운 소식이었다.

"정상인데요."

그러자 나는 마치 옛날 어머니 앞에서 응석을 부리듯 무릎의 통증을 호소했다. 전 원장은 바지를 걷어 올리면서 수술 상처를 만져보았다. 눈길에서 위로의 빛이 묻어나는 듯했다. 한 마디가 날아왔다.

"열감이 있네요."

웃음꽃빛

나는 재활운동을 하거나 걷기를 하면 무릎은 여지없이 부어오르고 열이 난다고 했다. 전 원장의 그다음 반응은 무언으로 끝났다. 그래도 이심전심으로 깨달은 게 있었다.

'시간이 가면 나을 거예요.'

그렇게 조언하는 것 같았다. 수술부위의 회복과 자연치유라는 요법은 시간이 흐르면서 판가름하는 치료가 될 거라고 깨달았다. 그런데 신통하게 안심이 되고 조바심하던 통증이 한 걸음 물러서서 달아났는지 덜 아프다고 느껴졌다.

'인간의 마음은 무척 얄팍한 거다. 그만큼의 위안이 치유에 한 줌의 보탬이 되는 걸 보면…'

집에 오면서 그런 생각에 젖어서 곰곰 생각하게 되었다. 전 원장의 관심과 호의가 끈끈하게 매달려서 따라왔다.

나의 기쁨은 마치 아르키메데스가 왕관의 황금 함량을 감정해 달라는 부탁을 받고 고심 끝에 욕탕에 들어가다가 넘치는 물을 보고 질량의 비율을 깨달으면서 '유레카'를 외치고 알몸으로 거리를 뛰어다닐 때와 버금가는 듯했다. 나만의 감성으로 느낀 가슴을 안고 걸어왔다.

명창 안숙선

　나는 언제부턴가 명창 안숙선의 완창 판소리를 한번 듣고 싶었다. 본디 국악에 심취하거나 뿌리가 깊은 것은 아니다. 서울에 사는 덕택으로 외국의 유명한 오케스트라, 오페라, 무용, 공연과 그림, 조각, 사진전 등을 부지런히 찾아다니던 시절이 있었다. 그냥 섭렵하는 수준이었지만 나름대로 취미생활이었다.

　그 가운데서 점점 자란 것이 무관심한 관심이랄까? 한국화는 저절로 눈에 띄었다. 남종화의 여백에서 눈을 쉬면서 한국화를 가까이하기 시작해 전시회를 자주 가보고, 더러는 인사동에 가서 구입을 시작하면서 관심의 비중은 점점 더 자라고 있었다. 대가의 작품에서는 화폭에 묻어있는 묵향과 작가의 혼이 넘치는 것을 맛보고 즐기면서 자주 기웃거렸다.

웃음꽃빛

젊어서는 국악이란 어딘지 모르게 슬프고 궁색한 가락이라는 어설픈 선입견을 가지고 있었다. 늘어진 리듬과 애타는 듯한 음정이 겨레가 모두 가난하고 힘든 시대를 살면서 상처와 한(恨)을 안고 살아온 탓인지 귀와 가슴에 닿지 않고 머리가 무거웠다. 내가 성장한 시기는 일제와 광복 전후 그리고 한국동란을 겪으면서 궁핍의 연속이었다. 그런 성장배경 때문에 넉넉한 사회의 화려하고 발랄한 서양 예술에 더 호감이 갔는지도 모른다.

그런데 이상한 일이 일어났다. 나도 모르게 무상한 세월이 흐르면서 저절로 그 색깔이 변질되었다. TV에서 국악프로를 귀담아듣기 시작했다. 급기야 명창 판소리를 한번 듣고 싶다고 별렀다.

내 관심은 발전해서 욕심이 발동했다. 여류 명창의 공연도 한번 감상하고 싶었다. 기웃거리다가 드디어 안숙선 명창이라고 낙점하면서 자꾸 눈여겨 살폈다. 그게 근 10년을 더듬거리다가 마침내 지난 연말, 국립극장의 완창 판소리 12월 '안숙선 만정제(흥보가), 오후 8시, 달오름 극장'의 공연 정보를 발견했다. 나는 단박에 예약했다.

하필 연말, 미국에서 아들이 휴가를 왔다가 신정에 귀국하게 되었다. 아내는 뒷바라지를 하고 싶어서 꼬리를 뺐다. 나는 선수(先手)를 쳤다. 공개적인 큰 소리로 아들의 구원을 요청했다.

"어머니가 생애 한번 기회를 얻은 정말 귀한 판소리 감상을 가려는데 어때?"

그건 정답을 불러주는 시험지 답안과 흡사한 작전이었다. 아들은 여지없이 걱정하지 말고 다녀오시라고 했다.

　달오름 극장은 국악 전용관인데 아담했다. 외국인도 눈에 띄고, 젊은이들이 많았다. 내 곁에는 푸른 눈동자의 외국인이 한국인 연인과 함께 앉았다. "Where are you from?" 하고 수인사를 던졌다. 곁에서 프랑스인 피아니스트라고 소개했다. 그런데 백건우를 아느냐니까 어리둥절했다. '아니 이건 땡땡이 피아니스트 아냐?' 나는 코웃음을 치면서 갸웃했다. 아무튼, 우리 국악을 감상하러 왔다는 것만으로도 신기해서 '우리 문화를 사랑해 주어서 고맙다'는 칭찬을 했다. 드디어 기대하던 막이 올랐다. 최종민 단장이 달변으로 간단한 해설을 했다. 이어서 안숙선 명창이 등장하는데 눈부시게 노란색 계통의 한복을 우아하게 갖추어 입었다. 오프닝 멘트가 너무 멋있고 구수한 애교가 흘러넘쳤다.

　"무대 뒤에 서서 기다리는데 어찌나 떨리는지 이렇게 떨었어요."

　치맛자락을 붙잡고 몸을 좌우로 흔들었다. 관중은 덩달아 웃었다. 늘 무대에 서면서 떨린다는 말은 너무 볼륨이 낮아서 마이크 장치도 없는데 감상을 어떻게 할 것인지 염려를 하게 했지만 바로 공연을 시작하면서 기우는 사라졌다. 아담한 체구에서 쏟아지는 가락은 무대에 가득 찼다. 아니 극장을 가득 채웠다. 혼신의 열연이었다. 첫인상이 탄성으로 쏟아졌다.

　"과연 명인이다. 소리가 무르익었다."

　곁에 있는 아내에게 속살거렸다. 명창은 솟아오른 게 아니다. 우수한 유전인자도 가지고 태어났겠지만 스스로 피눈물 흘리면서 노력도 기울였을 거라고 미루어 보았다.

파바로티의 공연도 두 번을 들었는데, 목소리가 악기라는 성악가의 발성은 입 모양이 한결같이 갖추어지면서 소리가 탄생했다. 역시 국악도 똑같았다. 발성의 기본은 같다는 것을 발견했다. 안숙선 명창은 여자의 목소리이므로 고음이 쏟아져도 부드럽다. 입모양도 여성스러웠다. 남창 박동진과는 판이했다. 더러 들어본 조상현이나 신영희의 소리하고는 달랐다.

그가 자란 환경에는 외삼촌인 동편제 판소리 명창 강동근, 가야금 명창인 이모 강순영이 있었다. 이모 집을 자주 드나들면서 학습 환경에 접근했다. 9살 때, 이모가 시동(始動)의 열쇠를 걸었다.

"숙선아 가야금을 꺼내 보아라."

그게 명창 탄생의 효시라고 한다. 어린 손에서 피가 날 지경인데도 '아프겠다'는 한마디 없이 가르쳤다. 숙선은 학교에 가서는 수업시간에도 한 손은 책상 밑에서 가야금 짚는 연습을 했다. 이모를 따라가서 주광덕 선생을 만났다. 단가와 토막 소리를 배웠다. 선생의 소리를 듣고 익히면서 한번 들으면 잊지 않아서 '인간 녹음기'라는 별명이 따랐다.

창극단원 시절, 혼자 소극장 지하 보일러실에 가서 밤늦도록 연습을 하는데 어느 날, 수위한테 들켜서 귀신으로 오해받기도 했다. 1시간이라도 허투루 보내면 하늘이 무너지는 줄 알았다고 한다.

내 귀가 뚫려서 국악을 감상할 실력은 아니지만, 혼화가 되었다.

가난한 흥부는 매품을 팔러 갔다.

〈아니리〉

"여보, 영감, 어디 좀 봅시다. 얼마나 맞았소?"

"날 건드리지 마오. 요망한 계집이 밤새도록

울더니 돈 한 푼 못 벌고,

매 한 대를 맞았으면 인사불성 쇠 아들 놈이세."

〈중중모리〉

흥부 마누라가 좋아라고 얼시구절시구.

"부디 매를 맞지 말고 무사히 돌아오시라고

하느님 전에 빌었더니 마 아니 맞고 돌아오시니

어찌 아니 즐거운가? 얼시구절시구!"

흥취를 돋우는 중중모리 북장단도 빠르게 두들겼다. 활보를 따라서 춤은 저절로 멋이 흘러넘쳤다.

완창은 고수를 바꾸는 순간을 제외하고는 휴식 시간도 없이 2시간 10분을 이어서 불렀다. 끝나면서 곁에 있는 아내를 보는데 눈물을 훔친다. 그래서 어떤 장면에 감동이 되었느냐고 물어보았다.

"가난 속에서도 부부가 알뜰하게 챙기는 애정 표현이 눈물겹던

웃음꽃빛

데요."

명창의 판소리 감상은 정말 잘했다. 추임새 한마디도 던질 줄 모르는 관객이었지만 감읍이라는 서정의 표출은 고귀하다고 생각했다.

1부가 끝나고 막간은 20분 동안 휴식인데 우리는 집이 멀어서 일어섰다. 로비에 나오니까 뜻밖의 음식이 차려진 게 뒤풀이였다. 안 선생이 마련한 것인지 아니면 국악원에서 준비한 것인지 모르는데 제야가 가까운 무렵 호박을 넣은 찰시루떡과 귤과 음료와 신통하게도 김치를 곁들여 놓았다. 후출한 시간이라 우리 부부를 비롯해서 관객 모두가 맛있게 나누어 먹는데 그렇게 꿀맛일 수가 없었다. 별미이고 특식이었다. 극장을 나오면서 우리 문화를 배경으로 김치 냄새를 풍기면서 장식한 발상이라고 감탄했다. 그것조차도 판소리 공연의 여운으로 함께 상승작용을 해서 긴 꼬리를 물고 따라왔다. 우리들의 기호에 가장 익숙한 향수처럼 그게 바로 우리 체질이라고 생각했다. 활달한 가락에 빠져서 몸과 마음이 심취한 시간이 흘렀다.

뒤풀이 잔상으로 가슴이 부푼 서정은 아무리 서양문화를 들추어도 품질이 다른 독특한 우리 정서와 문화를 절감하기에 이르렀다. 집에 도착하니까 자정이 넘었지만, 명품 국악감상의 여운이 따라왔다.

백지(白紙)

집에 배달된 조간(朝刊)을 들추면서 삽입한 전단지가 쏟아지면 뒤적이는 취미를 가지고 있다. 하루는 그 가운데 한 장을 펼치는데 하얀 이면이 드러났다. 눈길이 끌려서 집어 들었다. 아트지인데 어디다가 쓸 것인지 계획도 없으면서 무조건적인 반사 행동은 챙기고 보았다. 요리조리 살펴보다가 겨우 쓸모가 있어서 선택된 것은 '백지'라는 수필 제목을 쓰는 데 이용했다. 순백의 색깔이 어딘지 모르게 마음을 끌었다. 그다음은 흰 종이에다가 바로 '수필'이라고 쓰고 정말 수필을 쓰고 싶어서 메모를 하기 시작했다. 결정적인 용도의 선택은 거기서 끝났다.

그러면서 나는 관심의 추이(推移)를 더듬어 보았다. 내가 백지와 얽힌 사연이 떠오르고, 생활 속에서 종이와 어떤 인연을 가지고 있었는지도 이것저것 반추해 보았다. 결론은 백지에 대한 관심의

웃음꽃빛

깊이가 되는 셈이다.

- 백지를 보면 무조건 집어서 모아두었다.
- 크기나 지질을 가리지 않고 챙겼다.
- 요즘 시습작(詩習作)을 한다면서 새 종이가 아까워 그걸 연습장으로 활용했다.
- 가정용 메모용지로도 활용했다.
- 요사이 이면지를 사용하는 것이 일반화되어서 헌 종이를 재활용하는 게 상식으로 통하므로 천하게 보이지 않는다.
- 새 종이를 아끼려고 그보다는 덜 아깝다는 생각으로 사용한다.
- 작품 구상을 하면서 헌 종이를 쓰면 멀쩡한 백지보다는 거부감이나 부담이 적어서 생각이 더 활발하게 움직인다.
- 원고지와 평생을 함께 살아서 헌 종이를 보면 무조건 아깝다는 생각을 먼저 한다.

하얀 종이를 보고 우선 집는 버릇은 무관심한 관심이다. 쓸모는 그다음에 생각해본다. 한동안 소비가 미덕이라는 말이 유행하던 때가 있었다. 요즘 아이들은 그처럼 낭비를 일삼는다. 집 앞에 마을 건너편 중학교 학생들이 걸어가는 샛길이 있다. 그들의 소행인데, 더러는 멀쩡한 노트나 수첩을 팽개친 게 눈에 띈다. 아깝다고 생각하면서 집어보면 쓸 수 있는 여백이 많이 남아 있다.

'배가 부른 세상이다. 이게 얼마나 귀한 것인 줄 모르고. 너무

아깝다.'

그런 군소리를 하면서 먼지를 털어 주머니에 넣는다. 주인을 찾아줄 길이 없으므로 그 수밖에 없다. 아까운 건 결국 내 차지가 되어 재활용하게 된다. 아이들이 버리는 개념은 쓰레기인데 그걸 주우면서 그들의 습성을 짚어 보고는 한다.

'잘못 가르친 탓이다. 귀한 것이 없고, 아까운 줄 모르고, 학비를 대는 부모한테 고마운 줄도 모르고 사는 세상이 되었다. 그러니까 함부로 버리지.'

그런 넋두리를 늘어놓는다. 다른 표현은 푸념이고, 겨우 혼자 터뜨리는 군소리 수준이지만 접근동기(接近動機)이다.

절약의 이면에는 이런 추억과 함께 내 성장배경이 숨어있다. 소학교 4학년 때까지는 일제 치하에서 성장했으므로 세계 2차 대전의 전쟁 종반이라고 해도 학용품은 쓸 수 있었다. 그런데 1945년 해방이 되면서부터 충격적인 궁핍이 시작되었다. 그때, 우리나라의 자원 환경은 정말 제로베이스였다. 학교에서 공부를 하는데 기본적인 학용품 가운데 마분지(馬糞紙)라는 재생 종이로 만든 공책, 백로지(白鷺紙)라는 갱지로 찍었다지만 지질은 힘이 없어 곧 닳고 찢어지는 교과서 용지, 연필은 깎이지도 않는 목질, 흑연 심은 이물질(異物質)이 섞여서 공책을 찢어먹거나 밤낮 부러지면서 경도(硬度)조절의 기술 부족으로 침을 발라서 써야 글자가 보이고, 자칫하면 부러져서 글자를 쓸 수 없는 제품이었다. 지워지지 않고 까

웃음꽃빛

맗게 먹칠만 하는 지우개, 개떡처럼 덕지덕지 뭉갠 듯 달라붙는 크레용이나 크레파스가 떠오른다. 정말 수난시대였다. 그것도 희귀해서 아까워하며 아껴 쓰는 습성이 체질이 되었다.

　나는 월남 후 전입학한 학교에서 4학년 담임 고훈석 선생을 만났다. 날마다 교육과정이 천편일률이었다. 국어공부랍시고 칠판에다 낱말 몇 개를 쓰거나 국어책 '한글 첫걸음'에 인쇄된 한 페이지 분량의 낱말 몇 개를 하루 종일 가르치면 끝인데 고작 읽고 쓰는 것이 하루 분량의 수업이었다. 그래도 정리단계에서 받아쓰기 시험을 보는데 그 잘난 공책을 한 장씩 찢어서 쓰라고 했다. 바로 자급자족하는 시험지였다. 명칭은 마분지가 말똥으로 만든 종이라는 뜻이지만 표백이 안 되어 회갈색 빛이 된 재생지였다. 그마저도 금싸라기처럼 귀한 대접을 받는 시대였다. 그런 궁핍 후유증은 지금도 백지 조각을 보면 소중하게 여기지 않을 수 없다.
　나는 글을 쓰면서 일차적인 작업은 모아둔 메모지를 곧잘 활용한다. 방송작가가 선행 작업이라면서 쓱싹 콘티를 다루는 재간처럼 흉내 낼 수는 없다. 얼마간 생각을 굴린다. 척척 그려내지 못하고 주무르는 게 버릇이다. 먼저 발상(發想)은 제목과 착상이 주로 동시에 오버랩이 되어 다발적으로도 이루어진다. 사람마다 글 쓰는 습관은 다를 텐데 나는 이런 방식이 통용되었다. 조금 다른 경우도 있다. 그것을 정리해보면 두 가지 형식이 성립된다. 생각을 자꾸 메모지에다가 메모를 한다. 그럴 때 반듯한 새 종이보다는 허술한 내용이나 이면지가 허물없다. 새 양복을 입고 작업을 하려면 다소 거북한 경우와 마찬가지라고 보면 된다. 생각은 이렇게 다듬어 간다.

- 대개는 제목을 먼저 선택한다.
- 떠오르는 생각을 가지고 어떻게 쓸 것인지 글감을 엮어간다.
- 쓰고 주무르면서 붙잡고 몸살을 한다.

얼마나 재간이 좋으면 그러는지 어떤 사람은 방송에서 한 시간에 책을 한 권 쓴다고 뻐기는 소리를 들었다. 나는 더듬거리면서 시작한 글쓰기가 반세기를 넘었다. 내가 생각을 다듬는 버릇은 두 줄기 산맥을 이루었다. 아날로그 시대라고 하던데, 원고지(原稿紙)에다가 한 글자씩 또박또박 글자를 써서 작품을 만들던 세상에서도 종이를 아꼈다. 지금처럼 오자(誤字)를 지우는 화이트가 없으므로 깨끗한 원고를 만들려면 한 글자만 틀려도 다시 써야 하는데 그러면 새 종이 한 장을 또 써야 한다. 버린다는 생각을 없애고 시간적인 수고를 절약하려고 편법을 동원했다. 틀린 글자만 땜질했다. 한 칸 크기의 종이를 오려서 붙이고 다시 쓰면 아리송했다. 그게 나만의 전매특허라고 믿었는데 착각이었다. 나보다 훨씬 선배인 소설가 박화성 선생이 그런 기법을 이미 사용했다고 자랑하는 걸 들었다. TV 화면에 등장한 가짜 작가는 잘못 쓴 원고지를 마구 구겨서 던져버리는 걸 보았다. 나는 원고지를 구겨서 던져본 적

웃음꽃빛

이 없다. 종이를 버리면 내 눈길이 나를 째려볼 것 같아서 도저히 못 한다.

특히 사사(師事)를 받으려고 스승을 찾아가면서는 더 정성을 들였다. 목포에서 서울까지 마해송 선생을 찾아갈 때 짊어지고 가는 원고 한 편이 겨우 30장쯤 되는 소품이었다. 그렇지만 정말 한 글자도 오자가 없게 정성을 쏟았다. 정성의 무게는 몇 킬로그램이라고 해도 과언이 아니었다. 하얀 종이에 검정 잉크를 쓰면 원고지에서 풍기는 인상이 칙칙해 보인다. 주로 만년필을 쓰면서 일부러 밝은 청색을 골라서 사다가 썼다.

원고량이 많으면 펜이 잘 굴러서 속도가 붙어야 하기 때문에 펜촉이 뭉툭한 미제(美製) 파카 만년필을 택했다. 차분히 쓰는 것은 펜촉이 가느다란 일제(日製) 파이롯트 만년필을 택했는데 글자가 더 날렵해서 산뜻해 보였다. 종이와 잉크 색깔의 궁합을 배려한 것은 나름대로의 비방(秘方)이었다.

2백 자 원고지에 필사 원고를 쓰면서 내가 쓰는 사제(私製)는 전지(全紙)를 20 등분(等分)한 20절 원고지 인쇄를 주문했다. 전지(全紙) 1련은 5백 장인데, 그걸 다 찍으면 가로 19.5cm×14.8cm 크기의 2백자 원고지 1만 장이 나온다. 아담한 크기가 마음에 들고, 많이 쓰는 원고는 글자 크기가 작아져서 노력이 절약되었다. 그걸 '원고지의 골든 사이즈'라고 생각하면서 좋아했다.

울타리

나처럼 백지를 모아두는 것과 유사한 취미를 가진 사람들은 주로 아날로그 세대일 게다. 아끼고 모으고 버리지 못하는 게 생활 속에서 굳어진 습벽(習癖)이 된 사람들이다. 그건 지극히 심한 경우를 말하는 것일 텐데, 요즘 정신과 의사는 주로 노인들이 모으기만 하는 버릇을 꼬집어서 '수집벽'이라는 딱지를 붙였다. 치매 노인들이 하는 짓 가운데서 발견되기도 한다.

이런 장면을 묘사하면서 혼자 코웃음을 웃었다. 시쳇말로 웃기는 짓이다. 코미디는 멀쩡한 사람이 병신 짓을 꾸며낸 것이라면 힘없는 사람들의 생활력은 헌 종이처럼 퇴화한 산물이고 백지 쪼가리나 다름없어 쓸모조차 희미한 인생의 부산물이다.

하얀 종이의 사연은 더 있다. 백지 동맹도 있고, 백지 수표도 있다. 내가 사범학교에 다닐 때 겪은 일이다. 화학 담당 S 선생이 가르치는 건 시원찮은데 학생들을 함부로 대하고 그걸 저항하는 듯한 학생들이 미워서 시험 문제를 고약하게 출제하는 게 다반사였다. 가을학기 시험이었다. 누가 주동했는지는 잊었지만, 모두 백지 시험지를 내놓고 나가버리자는 공론이 돌았다. 그 결과 교사는 펄펄 뛰면서 얼굴이 까맣게 타버렸던 것을 보았다.

백지 수표는 정주영 주변에서 떠돌던 소문이다. 호감을 가진 연애를 성사한 보상으로 백지 수표를 던졌다고 했다. 연인은 과감하게 아파트 한 채 값을 썼다던데 믿거나 말거나 수준의 풍문이다.

내가 아침에 주운 백지는 팔자가 전단지라는 신세로 끝나고 말

앉을 텐데 운명이 바뀌게 되었다. 작가의 곁에서 등극이 된 셈이다. 폐품 수거하는 날 쓰레기 집하장으로 직행하지 않아서 좋겠다고 다독거려 주었다.

울타리

우리 집에도 울타리가 있다. 아들 둘과 딸이 그 실체다. 큰아들은 미생물 박사, 다국적기업체에 다니는데 '듀퐁'(새이름 '다우')에서 임원(任員)으로 일한다. 지금도 끄떡하면 야근한다는 말을 듣곤하는데 고생하는 것으로 보인다. 작은아들은 화학박사인데 '실리콘밸리'의 역시 다국적 기업체인 '세르모'에서 신제품 연구개발 요원으로 뛴다. 정시에 퇴근한다는 걸 보면 다소 편하게 산다.

나는 아버지지만 그들을 잘 모른다. 한 번도 외지에서 근무한 적이 없고 집에서 출퇴근했으면서도 아이들을 잘 모른다는 것이 어불성설이지만 그게 사실이다. 서로 다른 물에서 살았기 때문이다. 내가 하는 일은 밖에 나가서 직장생활을 하고 집에 와서는 원고를 쓰는 작업인데 어려서부터 서로 영역을 침해하는 일이 없었다. 어린 아들딸들이 크는 데도 내가 원고 쓰기 작업을 시작하는 눈치

웃음꽃빛

가 보이면 아내는 으레 쉬쉬했다. 우리의 사이는 소원해졌다.

되새겨 보면 늘 조심스러운 환경을 만들어준 엄마의 계엄령과 더불어 자기 일만 헤쳐나가는 아버지의 무관심 속에서 자랐기 때문일 것이다. 또 한 가지는 내가 스킨십이라는 사랑의 손을 내밀어 정을 베풀 줄 몰랐던 무자격 아빠인 탓일 줄 안다.

저희들이 진학공부에 매달리면서는 한눈을 팔지 않고 우등생으로 공부하는 열성에 매달려서 내가 시야 밖으로 밀려난 게 사실이다. 대학과 박사 과정을 모두 장학금으로 채웠다. 큰아들은 석사 과정을 마치고 취업하더니 제가 벌어서 6년간이나 붙잡힌 고려대학 대학원에서 박사학위를 땄다. 작은아들은 유학을 갔는데 그 학교에서 조교라는 일감을 얻어서 돈을 벌어가지고 학비를 충당했다. 교포들의 가정에서 학생들의 과외공부를 돕는 아르바이트도 했다.

그때가 하필 IMF 때라서 우리는 날뛰는 환율과 송금하는 번거로움을 덜어보려고 학비를 한꺼번에 맡겼다. 5년간 공부를 하고 나서 박사학위를 따고 취업 후 집에 다니러 와서는 미리 맡겼던 학비를 웃으면서 고스란히 엄마한테 반환했다.

이제는 그들이 장성해서 아들 둘은 50대 초반이 되었고, 딸은 40대 끄트머리의 장년(壯年)이 되었다. 세월이 흘러도 아들딸들을 챙기지 못하는 내 실력은 한결같다. 그들이 자리를 잡기까지 눈코 뜰 새 없이 매달린 걸 알면서도 등짝 한번 다독거리고 격려한 흔적이 없다. 임계치에 달하면서 아버지의 정체를 여지없이 들키고 말았다.

삼부자 셋이 손잡고 이제 와서 목욕탕에 가자고 말을 꺼내면 얼굴을 빤히 쳐다볼 듯하다. 나는 지금은 회한만 쌓이고, 낙엽이 떨어진 나목(裸木)이 되고 말았다. 아들은 둘 다 다국적 기업이라서 근무하면서 고생이야 말할 수 없겠지만 높은 보수를 받고 아껴 쓴 흔적이 보인다. 그들은 세대가 교체되면서 신분상승이라는 과업을 이루었다. 벌써 노후 대비까지 되어있는 듯한 정보가 흘러들어 왔다. 혼자서 쾌재를 불렀다.

"와! 참 장하다. 아니 훌륭하다."

찬사를 날려 보내는데 내 독백에는 메아리가 없다. 그들이 들을 수 없기 때문이다.

나는 지금도 눈에 선한 게 있다. 브라질 여행을 하면서 사막에는 더러 숭숭 꽂아놓은 나뭇가지 군락이 보였다. 그게 민가라고 했다. 그 울타리를 눈여겨보았다. 자세히 보니까 그건 울타리가 아니었다. 내 집이라는 건축물이었다. 살기 어려운 계층의 사람들이 온종일 일터에서 일하다가 밤이면 그곳으로 돌아와 잠을 잔다. 우리말로는 판잣집이다. 바로 내 집이라는 개념의 집 한 채였다. 비록 나뭇가지 몇 개가 다행히 그들의 생활을 떠받치는 큰 기둥 노릇을 하고 있었다.

우리 집 울타리는 그보다 화려하다. 지금 우리 부부가 고령이 되면서 쓰러져 가는 토막집 꼴이다. 아이들은 우리를 떠받치는 울타리 가운데 기둥이 틀림없다. 온 세상을 마당놀이처럼 뛰어다니면서 일을 하던데 어느 틈에 그런 걸 가꾸었는지 효성의 싹이 터를 잡고 있었다. 엄마가 아팠다. 허리 척추관협착을 비롯해서 여기저기 아픈 데가 쏟아졌다. 말 못하게 더 아픈 데가 또 생겼다. 지금은 유독 빈혈에 시달려 그 치료에 매달리고 있다. 아이들도 엄마의 치료에 매달렸다. 고맙게도 셋은 일체가 되었다. 엄마 구출작전을 펼쳤다. 환자는 주치의나 담당 의사에게 맡겼다. 그런데 의사들은 치료를 아무것도 해주는 게 없었다. 가족들은 숨 막히고 안달이 났다. 담당 의사가 한 달에 한 번 환자를 불러서 정기검진이라고 하지만 미리 혈액검사하고 CT 찍고 미팅이 이뤄지면 몇 마디 하는 게 고작이다. 가족은 안달이 났다. 못 견디게 답답했다. 아픈 사람을 마냥 바라볼 수만은 없었다. 무슨 약이라도 써봐야 한다는 강박감에 쌓였다. 마치 사법 고시생들의 시험공부처럼 매달려서 약을 찾았다. 흡사 메테르링크의 '파랑새 찾기'처럼 약품을 찾으러 나섰다.

일단 정보가 입수되면 셋이서 공론을 한다. 자기들의 전공이나 주변 실력을 감안하여 약물을 찾는데 최후 결정은 장남의 몫이다. 그 약물의 학술논문까지 뒤져보고 판정을 내린다. 그다음은 구입에 돌입한다. 한국에서 구하기 손쉬운 것은 딸이 맡는다. 미국에서 사는 게 더 유리하면 둘째가 구입하는데 좋은 약이라고 소문나면 가격이 만만찮아 보였다. 그건 개의치 않는 듯했다. 둘째가 구입하는 약은 비행기를 타고 오는데 항공속달 우편이라는 최고의 요금이 무서운 걸 아끼지 않았다.

"약을 보냅니다."

전화를 받고 나면 사흘 뒤쯤 집에 약이 도착한다. 모르긴 해도 한 번 구매한 대금은 만만찮아 보였다.

그 사이에 엄마가 빈혈 치료에 집중하고 있다. 담당 의사가 그렇게 챙긴다. 흔히 생각하기를 '빈혈'이란 말은 보통명사에 불과하지만, 실체는 사나운 질환인 걸 알게 되었다. 노령에 앓으면 큰 고역이다. 뒤따르는 증상도 만만치 않았다. 팔다리 저림, 식욕부진, 정신쇠약, 그 밖에도 활력이 모자라서 빌빌거리다가 자꾸 드러눕는다. 전문성이 없는 가족은 말로만 위로하면서 누워서 기진맥진하는 걸 보고 걱정을 쏟아놓은 게 고작이다.

엄마의 보조치료제는 다행히 탈이 없었다. 계속 투여하면서 병원에는 알리지 못했다. 소화기 내과 민 박사와 더러 상담하면서 그의 조언을 들었다.

"탈이 없으면 먹여 보세요,"

그 말을 믿고 아이들은 찾은 약을 열심히 공급하고, 환자는 정성껏 먹었다.

나는 '근감소증(筋減少症)'을 도우려고 단백질 공급을 맡았다. 때 맞추어 식사를 챙기고 과일과 채소까지 골고루 공급했다. 참으로 고맙게도 증상은 더 악화되지 않고 미세하게 조금씩 나아가는 듯했다. 단백질은 주로 쇠고기, 한우 1등육, A+ 급인데 식육점 주인 아주머니도 내 사정을 듣고 좋은 고기를 골라주는 도움을 주었다.

올봄을 무사히 넘기면 그건 낡은 집을 떠받친 아들딸들, 울타리의 튼튼한 큰 기둥이 된 힘의 결실이다. 그들의 고마움을 되새기다 보면 말라빠진 눈물샘 밑바닥에서 조금 남은 눈물이 솟을 때가 있다. 요즘 세상에서 '작은 행복론'이 공론화되고 있던데 나는 그게 아니다. 귀한 내 눈물은 고맙고 뜨거운 감사, 나 혼자만 지닌 무게 있는 행복을 만끽하는 걸 표출하는 방식인 셈이다.

내가 믿는 우리 집의 울타리는 나만의 신앙이 틀림없다. 세속은 제 새끼들이나 제집 이야기를 입에 올리면 속물근성으로 취급하기 십상이다. 나는 그따위 감상적인 여론이란 잡음의 주파수는 떨쳐버렸다. 가슴에 맺힌 순수한 감정을 드러내는 건데 일종의 카타르시스가 되고 살아나는 방식인 셈이기도 하다. 사교(邪教)가 아닌 정교(正教)의 순고한 교리를 펴는 듯한 기분이다. 우리 아이들이 행동하는 정서가 세상의 온갖 못된 불효자들에게 건네는 수범 사례를 담은 메시지의 한 꼭지 제재(題材)가 되지 않을지 모르겠다.

나는 속인이므로 '세상을 섬기러 왔다'던 나사렛 성자의 순교정신은 따라갈 수는 없다. 성자의 어림도 없는 흉내 같지만 내 생각이 세상에 떨어져서 퍼지고 작은 잡초 씨앗만큼 또는 눈곱만한 풀빛이라도 되기를 염원한다.

웃음꽃빛

잊다와 잃다

사람들의 언어습관은 더러 '잊다'와 '잃다'를 혼동한다. 초성과 중성이 같아서인지 또는 무관심한 탓이랄까 별다른 생각을 하지 않고 쓰는 사례가 눈에 띈다. 아이들의 말버릇도 마찬가지다.

"어제, 숙제를 깜박 잃어버리고 안 했다."

숙제를 잘 잊어버리고 하지 않아서 곧잘 질책을 듣던 서준이가 아침에 하던 말이다. 그는 또래들이 쓰는 관습어로 '까먹고 숙제를 안 했다'는 변명을 했다. 그것도 실실 웃어가면서 다소 멋쩍은 표정을 지었다. 그건 양심의 가책인데 그쯤 하면 덜 밉다.

"학교에서 버스를 타고 갈 차비를 잊어버리고 울었다."

연준이는 호주머니와 책가방을 뒤집어엎고 털어보아도 전 재산인 교통비가 나타나지 않았다. 심각한 사태가 발생했다. 학교에서 집까지 한참 걸어가야 할 고통을 생각하면 걱정을 하지 않을 수 없는 상황이었다. 대출이나 융자를 받아서 위기를 메울 수 있는 사태도 아니었다.

처음 문장은 다시 물어볼 것도 없이 '잊어버리고 안 했다'라고 해야 바른 표현이다. 그다음은 '잃어버리고 울었다'라고 해야 바른말이 된다. 우리들이 상용하는 말은 생활도구이므로 무관심하게 별로 신경 쓰지 않고 구습(口習) 그대로 표출하기 때문에 벌어지는 일이다. 마치 일회용 휴지 상자에서 손쉽게 뽑아서 쓰면 그건 의례 버릴 줄 아는 것쯤으로 자리매김하고 있는 것과 비유가 된다.

60년대 시골에서 잔치를 하면 하객들이 대개 혼가를 찾아간다. 그러면 잔칫상을 차려주어 실컷 얻어먹고 나오면서 '부조기(扶助記)'에 축의금을 올리거나 혼주를 찾아 직접 드리는 형식을 택하는 게 풍속이던 시절이다. 부조금 먼저 받고 나중에 음식을 주는 현대의 야박한 인심하고는 달랐다. 정말 '부조'라는 뜻을 전하는 포근한 민심이 전근대 사회라고는 해도 미풍이면서 아름다웠다.

나는 퇴근을 하다가 최 씨 네 잔칫집을 들렀다. 그때나 지금이나 술을 잘 못하는 건 마찬가지인데 후출한 시간에 음식도 먹고 술도 한 잔 곁들였더니 정신이 어리어리했다. 혼주가 술 한 잔 더 마시고 가라는 인사말도 뿌리치고 나오면서 호주머니에 넣어 가지고 간 축의금 봉투를 꺼내어 무조건 내밀었다. 일단 그날은 그런 분위기로 기분 좋게 마무리를 지었다. 이튿날 아침, 출근을 하면서 바지를 갈아입고 주머니를 들추다가 이상한 것을 발견했다.

웃음꽃빛

"이거 뭐야? '축 결혼'이라니! 어제 축의금은 전달했는데 이게 무슨 망령이지?"

곰곰 생각해 보니까 다른 한쪽 주머니에 넣어두었던 편지가 없어졌다. 정신없이 축의금으로 넣어둔 봉투를 깜박 잊고 편지봉투를 내밀고 왔다. 혼가에서는 얼마나 웃었을까? 허물없는 처지가 아니었다면 정신없는 사람으로 여겼을 일이다. 퇴근길에 혼주를 만났는데 진짜 축의금을 받으면서 껄껄 웃었다. 나도 덩달아 웃을 수밖에 없었지만, 코미디언이 된 기분이었다.

논산훈련소는 입대하는 신병들이 떨떠름하게 여기는 건 두말할 것도 없지만, 주변 사람들의 생활 속에서도 우스운 말이 있었다. 여자아기가 울면서 그치지 않으면 다그치거나 큰소릴 지를 것 없이 한마디만 던지면 효과는 백 점이라고 했다.

"너 훈련병한테 시집보낼 거야!"

훈련병은 사람 축에도 못 끼는 듯이 들렸다. 겪어보니까 생활이 완전히 전복되는데 입소 전 경력이나 학력의 고하를 막론하고 거기서는 모두 영점 수준이 되었다. 회계이론에서 들먹이는 제로베이스가 되는 기회였다. 생활이 180도로 확 바뀌기 때문에 엄청난 스트레스를 받는데 교육장에만 가면 왜 그렇게 염치없는 졸음이 몰려드는지 정말 괴로웠다. 여름철 점심 직후 어떤 졸병을 교육장에 앉혀놓으면 여지없다. 화생방 교육장이라고 해도 꾸벅 졸다가 교관한테 들켰다. 교관은 "너! 점심 먹었어?" 하고 지적을 했다. 꾸벅 꾸벅 졸던 신병이 불끈 일어섰다. 졸지 않은 것처럼 큰 소리로 대답을 해야 얻어터지지 않는다.

"예, 잊었습니다."

"뭐야?"

교관이 비아냥거리는 말에 덩달아 동료들이 와 웃어버렸다. 뚱딴지같아도 우렁찬 대답이 아니면 피해를 당한다는 강박감과 매뉴얼 때문에 신병은 촌극을 벌였다.

작품을 쓰면서 만년필을 쓰던 때의 추억이다. 내가 가진 '파이롯트 만년필'도 촉이 가늘고 좋았다. 그게 2개나 있어서 원고는 몇만 장이라도 쓸 수 있었다. 그런데 교육실습생 '이순애'가 교육 실습록 검사를 받으러 오면서 파카 만년필을 쥐고 있었다. 무심히 만년필을 한번 보자고 했다. 펜촉이 잘 길든 좀 굵은 것이었다. 매끄럽게 굴러가는 촉감이 무척 마음에 들었다. 자꾸 만지작거리는 걸 이순애가 눈여겨 살폈던가 보다. 다음 날 아침 그는 곁에 와서 살며시 만년필을 내밀었다.

"선생님 쓰세요. 선생님은 글 쓰잖아요."

나는 뜻밖의 말에 놀라서 극구 사양했다. 그는 선물하려고 작심했던지 내가 거절해도 기어이 안겨주었다. 그걸 애지중지하면서 바로 글을 쓰기 시작했다. 그 뒤 사연을 들어보니까 연인이 월남전 참전을 하고 돌아오는 길에 사다 준 선물이란다. 나는 그 만년필을 가방에 넣고 다니면서 집에서도 작품을 썼는데, 어느 날 아침,

웃음꽃빛

늦어서 허겁지겁 나오다가 분명히 가방에 넣어둔 것이 어디로 사라졌다. 주변을 뒤지고, 틈을 내어 아침에 걸어온 길을 되짚어 걸어보면서 찾았지만 한번 잃어버린 것은 다시 나타나지 않았다. 만년필이 눈앞에 선했다. 머릿속에 각인된 아쉬움은 오래 지속이 되었다. 그게 언제 적 일인데 여태까지도 눈에 보인다.

경자는 1학년 교실에서 값싼 크레파스 한 개를 잃어버렸다. 하교 시간에 그걸 발견하고 엉엉 울었다. 왜 우느냐니까 사연이 구구절절했다.

"아빠가 졸업 때까지 쓰라고 사준 건데 크레파스를 잊어먹었어요."

그 말을 얼버무렸다.

"야, 그건 잃어버린 거다."

내가 정정해 주어도 아니란다. 굳이 잊어먹었다고 우긴다. 잃어버린 것은 다시 나타나지 않았다.

노후에 장모가 많이 편찮다는 기별이 날아왔다. 들리는 말로는 노인들의 병이라고 했다. 우리는 서울에 살고 있어서 아내는 먼 길 친정 나들이를 했다. 나이 든 여인이라도 친정을 찾아가는 시간은 즐거웠을 텐데 그게 아니었다. 어머니를 만났다.

"엄마 나왔어요!"

그래도 어머니는 반기는 내색을 보이지 않았다. 딸은 자신의 귀를 의심했다. 혹시 잘못 알아들었나보다고 생각하지 않았을까? 다시 자기 목소리를 다듬어서 말했다. 더 다가가면서 얼굴을 디밀었다. 그때 어머니는 엉뚱한 말을 했다.

"어―서 외겠소?(전라도 사투리=어디서 오셨소?)"

하고 희멀건 눈으로 딸을 살펴보았다.

"엄마, 나야 나."

어머니는 사랑하던 딸의 얼굴을 잊어버렸다. 누군지 알아보지 못했다. 인상을 까맣게 잊어버렸다. 딸이 자기를 소개했다. 그때 어머니는 겨우 아는 체하면서 시동이 걸리는 듯했다. 사랑했던 딸의 외모를 팔팔했을 때는 멀리서 보고도 직감할 만큼 친밀한 어머니가 형태를 식별하는 인지기능도 죄다 잃어버렸다. 너무 늙어버린 어머니의 모습을 보는 딸의 심정은 어떠했을까? 어머니의 머릿속 해마라는 기억을 관장하는 뇌 조직에서 역사는 날아가 버렸다. 아니다. 베타에밀로이드라는 치매 물질이 습격한 뒤 점령을 당한 것이다. 그저 겨우 '어떤 사람이 왔는가 보다' 정도의 형태를 지각하는 희미한 감각밖에 살아있지 않았다. 누구나 늙고 병든다는 것은 자연의 섭리이고 거역할 수 없는 운명인데, 그 끝에 사람들이 무엇을 잊어버리고, 또 다른 정신을 잃어버린다는 것은 극한 상황이다. 딸도 나이가 들었기 때문에 사람이 늙으면 손에 쥔 것도 잊어버리고 찾는다던데 죄다 그러는 것인가 보다고 서글펐을 것이다. '생각을 몽땅 잃어버리면 가야 할 종착역은 한 곳뿐이겠지' 하고 안타깝던 생각마저도 체념하고 돌아섰을 게다. 슬픈 역사는 잊어버리고 사는 게 마음 편한 장치인데 아내는 어떻게 처리했는지 오래된 일이지만 행여나 상처를 찌르는 일이 될까 봐 여태까지 차마 물어보지 못하고 산다.

웃음꽃빛

행복론

사람들이 불행하다는 말을 쉽게 입에 달고 산다. '내가 행복하다'고 뻐기는 말을 들어보기가 흔치 않다. 특히 우리는 나라 안의 정세가 동란을 겪었고, 지금도 북쪽에서 요란하게 퍼붓는 공포 분위기의 파장이 끝이 없는데, 국내 정치도 정쟁이 뒤얽혀 끊임없이 어수선한 사회 분위기, 들끓는 시위 따위 혼란 속에서 체감하는 정서는 불안할 수밖에 없다. 게다가 가계(家計)를 압박하는 엥겔계수며 고령화 사회에 들면서 불확실한 내일이 압박감으로 작용하는 가운데 행복감이 낮게 굴러떨어지는 건 당연해 보인다. 점점 절벽 수준으로 밀려가는 듯하다. 행복의 인자를 찾아보기가 어려운 현실에서 어쩔 수 없는 상황이라고 생각한다.

온 세상의 행복지수를 보면 우리보다도 훨씬 못사는 사람들이 오히려 더 높고 평안을 누리고 산다. 그런 현장에 접근하면서 정말 행복의 표본이라고 선망의 눈으로 바라본 추억이 있다.

몇 해 전 벼르고 있었던 중남미 여행을 떠났다. 브라질에 들렀을 때 흔해 빠진 극빈자들의 이모저모 생활현장을 목격하게 된 기회가 있었다. 그중에 한 군데에 눈길이 끌렸다. 막연하게 소득수준이 낮고 문명의 혜택을 누리지 못해서 사는 게 엉망일 거라고 지레짐작하던 착각이 뒤집혔다.

아뿔싸! 경건한 마음으로 주시했다. 그곳 판잣집이라는 게 희한해서 눈길이 쏠렸다. 동네 옆 공터가 죄다 사막인데 나뭇가지 몇 개를 주어다가 숭숭 꽂아놓은 것으로 자기가 차지한 영토가 되고, 일가족이 기거하는 유일한 스위트 홈의 건축물이 되었다. 그건 곧 그 사람들의 '판잣집'이었다. 등기이전도 모를 거고, 취득세도 불필요해서 마음 놓고 차지했을 텐데 그저 가슴속으로 누리고 사는 듯해서 호화주택 못지않아 보였다. 주택 소유를 재산목록 1호라고 여기고 더 크고 더 비싼 주택을 갈망하는 우리네 고정관념과는 정반대의 사람들이었다.

낮에는 일터를 찾아가서 일하고 밤이면 그것도 제집이라고 귀가하는 절차는 어디나 동일했다. 먹거리는 들어오면서 길거리나 시장에서 값싼 기성 식품 몇 가지를 사 가지고 오거나 근처에서 먹어 치우고, 입성(옷의 통속적인 말)에다가 손가락을 쓱쓱 문지르면 해결이 되었다. 귀가는 판잣집에 와서 눈만 붙이면 하루 일과는 끝이었다. 까치집만도 못한 것을 그래도 제집이라고 밤이 되면 찾아

든다. 침구도 무료로 제공받는 천연제품인데 한낮 열사에 가열된 모래 위에서 입고 있는 채 몸뚱이 그대로 뒹굴면서 하룻밤 자고 나면 사막에 아침 해가 뜨고 또 하루가 열린다. 조반도 간단하다. 시청에서 공급하는 급수차가 와서 배급하는 물을 받아다가 마시고 출근 준비를 뚝딱 해치운다. 저소득층의 생활이라서 편하게 사는 방식은 까만 얼굴에 로션도 바를 필요가 없어 보였다. 조반은 걸어가다가 만나는 손쉬운 길거리 음식으로 또 한 끼를 때우면 끝이다. 내 착각을 바르게 수정하고 소재를 제공한 기회가 되었다.

이를테면 그들은 자연과의 편리공생인 셈이다. 얼굴에는 안도감과 웃음기가 붙어있고 누구를 보더라도 슬픈 표정이 없어 보였다. 예금통장이 있는지 몰라도 감출 데가 없었다. 우리들의 관념으로 보면 극빈 생활계층인데 거리에서 시끌벅적하게 떠들면서 마치 유유자적하는 듯이 보이는 게 극락이었다. 그들 마음의 여유는 30억짜리 호화주택의 이를테면 선민(選民)들보다도 더 나은 것 같았다.

까치집만도 못한 주거지역이므로 경비원도 필요 없고 방범용 전자시스템도 없었는데 한 마디 물어볼 것도 없었다. 오늘도 내일도 걱정이 없다는 게 곧 '까치집 사람들의 표준형 판잣집 주택' 속에 담긴 행복의 관념이었다. 불안하거나 초조하지 않으니까 느긋하고 여유가 생기면서 사소한 웃음거리가 발생해도 가슴 속에서 쏟아지는 소리를 지르면서 정말 마음 편하게 살았다. 웃음의 색깔이 순수해 보였다.

'바로 저 울타리 안 까치집 궁전은 웃음의 보금자리이고, 더불어 저들은 행복할 거다!'

혼자 실없는 사람처럼 소리 없이 웃으면서 감탄했다. 그 생활방식이 에덴동산을 연상하면서 부러워 보였다. 그 말의 유래나 저변은 모르지만, 고대광실(高臺廣室)이라는 낱말이 있다. 지대가 높고 넓고 화려한 집을 일컫는다지만 그게 행복의 고유명사는 아닐 거라고 생각해 보았다.

집을 가지고 있고 시원찮아도 승용차까지 가지고 있는 나더러 누가 당신은 행복하냐고 묻는다면 당장 답변할 말이 떠오르지 않아서 곰곰 생각하게 될 거다. 한국인의 속성으로는 어쩔 수 없다. 차라리 행복이 무엇인지 모른다고 대답해야 알맞다. 여든이 다 되었지만, 아내가 생존해 있고, 아들딸 셋을 가졌다. 사회학에서 말하는 것처럼 차세대가 계층 이동을 이룬 셈이 되었으니 시각에 따라서는 걱정 없어 보인다. 남들도 대개 그렇게 간과한다. 그래도 내 행복을 어디 가서 찾아봐야 할지 모른다. 생애 가운데 퇴색한 길목에서 점점 밀려드는 어둠에 갇혀 방황하는 꼴이 되고 말라빠진 갈대만도 못하다고 비유해 본다. 자학이 아니라 절감하는 현실이다.

메테르링크는 행복의 상징이라는 '파랑새'를 집 밖으로 나가서 찾지 못했다. 실망하고 돌아왔을 때 집 앞에서 만난다. 행복의 이정

표를 가르쳐 주는 교과서와 같다. 아랑은 행복론에서 사람들이 자기 현실에 충실했을 때 행복하다고 했다. 유치환은 20년간 쓴 편지를 가지고 사후에 문집으로 엮으면서 편집자의 재간인 듯한데 '사랑하였으므로 행복하였네'라고 제목을 달았다.

철학으로 행복을 가르치는 '백 년을 행복하게 사는 법'에서는 결국 행복은 비움이라고 뜬구름 같은 결론을 제시한다. 그 밖에도 '내 행복은 내게 달렸다'는 설파가 쉽게 귀에 다가선다.

그보다는 아이들이 주머니 속에 간직한 스마트폰을 잃어버릴까 봐 챙기듯 손쉽게 말하는 행복이 있다. 천신만고 끝에 합격한 대학 입시 합격자 발표 가운데서 제 이름을 보고 기뻐서 날뛰는 순간의 환성과 희열, 이력서를 서른 번쯤 낸 끝에 그것도 대기업 입사 시험을 합격한 젊은이의 영광은 그 순간이 세상에서 혼자 차지한 지상 최대의 행복일 게다. 그러니까 행복은 결국 한 토막 크기의 순간적 기쁨이면서 자기의 감성이 차지한 축복이라고도 본다. 그게 어려운 철학적 해석보다는 손쉬운 생활 방편이면서 우리에게 더 밀접한 행복일 때가 있다. 손쉬운 행복은 자신의 울타리 안에서 사는 듯하다. 망상이 아닌 체득하는 노력의 결실과도 통한다. 자기가 가꾼 행복은 가슴 속 꽃밭에 핀 꽃이다.

나는 요즘에 즐겨보는 케이블 TV 프로가 있다. '나는 자연인이다'라는 문패를 붙였는데 대게 깊은 산 속이나 무인도에서 혼자 사는 사람들의 생활현장을 리포터가 탐방하는 기록물이다. 사실

울타리

은 작가가 선정된 대상을 미리 방문해서 시나리오를 만들었다. 작가와 대상 인물이 입을 맞춘 사전조율이 되었을 터인데 화면은 마치 산에서 혼자 사는 생경한 사람을 리포터가 산속을 헤매다가 슬쩍 탐방해서 만나는 척 꾸며 놓았다. 대상은 주로 중장년 남자가 태반이고 간혹 노인이나 여자가 떴다. 그들은 거개가 아무것도 가진 것 없이 출발한 사람들이다. 리포터는 한결같은 질문을 빠뜨리지 않는다.

"어떻게 산속에 오게 되었느냐?" 하고 입산 동기를 물었다. '사업에 실패했다'거나 '질병을 치료하려는 목적'이라거나, '생활에 실패한 뒤 산이나 무인도를 택했다'고 한다. 군상이 할거하는 세상에서 염증이나 실망을 느끼고 거개가 빈손으로 출발한 것은 공통분모와 같았다.

많은 사람이 출연한 것을 보았는데 여태까지 여유 있게 사는 사람은 딱 두 사람이다. 그것도 남자, 여자 한 사람씩이다. 남자는 '장관 보좌관'이라는 관직에 있었고, 여자는 신원을 엿볼 수 없었다. 대개는 로빈슨 크루소 표류기에서 개척생활처럼 스스로 먹고 사는 일을 해결하는 위대한 사람들이었다. 주거환경도 말쑥한 집을 짓고 사는 사람부터 비닐하우스에서 사는 사람까지 각양각색인데 길게는 20년 내외, 짧아도 방송에 선택된 사람들이라 그러는지 4, 5년을 기거했다. 겨우 몇 집이 전등을 켰다. 깊은 산 속이므로 거의 다 전등이 없는데 한 사람은 조그맣게 태양열 발전판을 이용해서 밤에만 잠깐 전등을 켠다고 했다. 또 한 집은 자동차 배

웃음꽃빛

터리를 이용해서 잠깐씩 조명을 켰다.

리포터가 그다음 질문으로 외롭지 않느냐고도 물었다. 답변의 공통점은 자기 생활을 개척한 달인답게 현장에 충실하면서 철저하게 적응한 탓인지 거개가 행복하다고 했다. 출발점 행동으로 겪었음직한 갈등이며 금단현상의 고통 따위는 지워버리고 살았다. 그건 역설인지 정답인지 내 힘으로 분간하기는 조금 어려웠다.

칠흑 같은 밤, 간혹 멧돼지의 기습도 무섭고 혹한과 폭설도 절대적인 악재인데 그 틈에서 살아간다는 게 행복하다는 건 기적으로 보였다. 또 한편으로는 욕심을 버리고, 바랄 것 없이 노동을 하면서 체념하지 않으면 생존을 지탱할 수 없는 열악한 현실에 박혀서 철저하게 밀착한 산물일 거라고도 생각해 보았다.

지구상에 있는 여러 나라의 국경처럼 사람들의 생활이나 행복은 가시적인 현상은 아니지만 저마다 행복의 울타리를 점유하고 산다. 뉴질랜드의 목축업자 머퍼드는 62살인데 아직 자기 소유의 땅끝이 어딘지 죄다 돌아보지 못했다고 했다. 손바닥만 한 자기 공간이 없어서 길거리에서 노숙하는 사람도 있다. 그처럼 인간의 소유가 천태만상이듯 형이상학이라는 행복도 자기 나름의 울타리를 지니고 산다. 그 속에서 느끼는 행복감도 크고 작은 차이가 각양각색인데 아무튼 색깔마저 다양하다는 걸 알 수 있다.

'행복추구권'이라는 법률용어가 있다. 누구나 동등하게 행복을 누릴 권리가 있다는 걸 챙겨주려는 장치일 게다. 그런데 세상살이는 누구에게나 '새옹지마(塞翁之馬)'처럼 한 치 앞도 알 수 없는 것이 현실이다. 내가 생각한 내 입장이기도 한 행복의 결론은 '사람의 행불행은 관 뚜껑을 덮기 전까지 아무도 모른다'는 게 정답일 듯싶다.

웃음꽃빛

참 고약한 과태료

나는 시끄러운 소리를 싫어한다. 음악도 관현악보다는 단순하고 조용한 미샤 마이스키의 첼로 연주 따위를 즐겨 듣는다. 단조로운 취향인지 모르지만 똑같은 곡을 되풀이해서 켜고는 한다.

직장생활을 할 때 회식을 하면 한 잔씩 하고 나서 거나한 기분이 될 때 한 가락씩 뽑는 문화가 기본적인 코스였다. 나는 그런 분위기를 감당하지 못하고 기회가 생기면 눈치껏 도망을 쳤다. 특히 단체 여행을 하는 관광버스에서 흔들고 노래하던 뽕짝 소음은 질색이었다. 남들이 즐기는 문화를 따라가지 못하는 것은 부실이면서 불완전한 탓일 게다. 지금은 애들도 삼삼오오 짝을 지어 간다는 노래방을 나는 여태까지 자발적으로 찾아간 역사가 없다.

취미라면 다소 엉뚱한데 아내가 외출하고 혼자 집을 지키는 날은 지극히 행복한 시간이라고 여겼다. 내 맘대로 자유 시간을 누릴 기회가 되기 때문이다. 그날은 대체로 외출을 하지 않고 대부분 내가 하던 일을 주무른다. 스스로 챙겨 먹어야 할 점심도 잊어버린 채 때를 놓치는 수가 있다. 그런 건 상관없었다.

지금은 자유 시간을 찾을 필요가 없다. 밤에도 자다가 할 일이 있으면 한숨 자고는 자정이 지나 깨는데 대개 2시경이다. 손댈 일감이 있어도 수면의 절대량이 모자란다 싶으면 기웃거리는 두통이 싫어서 그냥 뒹군다.

사람이 산다는 게 참 우습다. 마치 요지경 속을 닮았다. 춤꾼의 옷소매 자락이 너무 길어도 거추장스러워서 춤추기 어려운 것과 흡사하다.

나는 20여 년간 이명(耳鳴)에 시달리고 있다. 왼쪽 귓속에서 매미가 운다. 어떨 때는 겨울철 문풍지 소리 비슷하게 들린다. 지금은 더러 오른쪽 귀에서도 바리톤 음정의 시늉 같은 궁상스러운 소음이 발생한다. 그때는 불안해진다. 현대 의학이 발달했다지만 그건 아직 원인 규명조차도 제대로 하지 못했다. 초기에는 2년여 C 이비인후과에 다녔다. 동네 의원 수준인데 찾아가면 의사가 귓속을 들여다보면서 면봉 달린 꼬챙이로 쓱싹 한번 휘젓고 말았다. 병원에서 약을 주는데 도무지 낫질 않았다. 급기야 오래 붙잡고 있던 의사는 밀어내기 작전을 쓰는 것 같았다. '비타민 A와 C'라고 쓴 쪽지 한 장을 주면서 그걸 사다가 먹으라고 일러주었다. 의사들이 좀체 잘 하지 않는 선심을 썼다. 그거면 낫는 줄 알았다. 내 생각은 착각이었다. 이명 치료 전문의가 아닌데 매달린 게 잘못이었다.

이명은 나를 비웃듯 낫지 않았다. 달팽이관 수술을 전문으로 하는 의사도 만나 보았지만 소용없었다. 동네 이비인후과 의사가 큰 대학병원에 가보라고 해서 S 병원에서 특진을 받는데 의사는 안 보이고 인턴, 레지던트가 판을 쳤다. 뒤쪽에 있던 진짜 의사는 나타나서 슬쩍 들여다보는 척하다가 말았다. 그게 특진 진료의 전부였다. 그러면서 '소리 발생기'를 사서 귓속에 꽂으라고 했다. 병원에 그림자처럼 매달린 판매원이 쪼르르 다가와서 기구를 내밀었다. 그게 치료방법인가 싶어 물경 60만 원짜리 기구를 받았다. 2주간 사용해보고 싫으면 10%를 공제한 나머지는 환불도 받을 수 있다는 조건부였다. 그러나 신경이 예민한 내 귀는 이물질을 거부했다. 거추장스럽고 답답해서 꽂을 수가 없었다. 귓속에 꽂았던 소리 발생기는 휘파람처럼 소리를 만들어 쏘는데 거부감 때문에 견딜 수가 없었다.

일본 여행을 하면서 오사카에서 부자(父子)가 진료하는 이비인후과를 찾아갔다. 첫날은 검사하면서 귓속 엑스레이도 찍고, 메트로놈처럼 똑딱거리는 기계 소리 치료를 받았다. 거창하게 시작하는 듯해서 이튿날도 찾아갔는데 비슷한 치료를 하는 게 그런 치료로 나을성싶지 않았다. 예상은 빗나가지 않았다. 이명은 '나 잡아 봐라' 하고 비아냥거리는 듯 여전히 울었다. 의사는 한 달간 치료를

울타리

해보자는데 낫는다는 보장도 없는 걸 오래 머무를 수 없었다. '에라 모르겠다' 하고 포기했다.

이명을 다스리는 지혜를 터득하지 못한 때였다. 아내가 지인의 안내를 받아 분당 Y이비인후과를 찾아갔다. 병원 원장은 대뜸 나을 수 있다고 장담했다. 그때는 그게 영업 수완인 줄 몰랐다. 나 같은 환자가 소문을 듣고 전국에서 몰려들었다. 치료를 받는 게 마치 요술 구경을 하는 듯했다. 의사가 '고막주사'를 놓겠다고 해서 그게 어떤 것인지조차 모른 채 무작정 끌려가는 수밖에 없었다. 정맥주사도 꽂았다. 썩은 나무토막처럼 의사한테 몸뚱이를 맡겨버린 꼴이 되었다. 마치 푸닥거리를 하는 무당의 말재간처럼 의사는 만날 때마다 되물었다. 이제 생각해 보면 마치 최면술과 같았다.

"좋아졌지요?"

내가 묵묵부답으로 바라보면 의사는 군소리를 했다.

"좋아질 텐데…"

귓속에는 물경 일곱 번의 고막 주사를, 팔에는 비싼 비타민C 정맥 주사를 수없이 맞았다. 치료비도 만만치 않았다. 의사가 연속적으로 암시하는 최면에 걸렸던지 자꾸 그러니까 조금 나은 것인가 싶어 갸웃거렸다. 시간이 흐른 뒤 상태는 선무당의 푸닥거리를 구경하다가 그친 꼴이 되었다. 뒤늦게 고막주사라는 것이 무서운 스테로이드 주사라는 걸 알았다. 반짝 효과는 있을지 모르지만, 면역기능의 손상을 입힌다는데 역기능은 고려하지도 않고 마구 찌른 상술이 무서웠다. 내 이명은 고질이면서 청신경에 문제가 있

웃음꽃빛

는 듯했다. 귓속의 바람 소리는 쉽사리 물러설 기미를 보이지 않았다. 그러면서 그림자처럼 난청이 달라붙었다.

인터넷으로 난청 치료 의사를 찾다가 B 병원 의사를 발견했다. 의사는 이틀간 검사를 하면서 몸살이 나도록 만들더니 초록색 알약 한 톨을 처방해 주었다. 타나민정 같았다. 그러면서 1년 뒤 보청기 처방을 받으러 오라고 하는 게 난청 치료의 전부였다.

'싱겁다. 누가 이명 치료를 해 달랬나? 엉뚱하게 이명 검사를 하고 말았구나. 먼 길을 찾아간 수고가 아깝다.'

그런 푸념을 하면서 다시는 그 병원에 가지 않았다.

'이젠 이명 다음에 찾아온 난청도 포기하는 수밖에 없겠구나.'

그처럼 체념하기에 이르렀다.

첨단 과학의 힘을 입은 의료장비들이 쏟아지는 세상에 살면서도 어설픈 치료만 받았다. 그건 못 고치는 병인가 보다고 손을 놓고 있을 즈음, 아내가 나들이를 나갔다가 일산 B 병원 P 원장을 소개받았다. 그는 독일에서 이비인후과를 공부하고 해외병원의 진료경력까지 있었다. 우리 집에서 일산까지는 먼 길이다. 거길 찾아갔더니 의사는 난청에 대한 내 호소는 듣는 둥 마는 둥 하더니 엉뚱한 처방전을 던져 주었다. 의사의 표정은 정신과 의사의 수필집에서 본 '무감동'의 표본이었다. 지금 생각하면 '글쎄 그런 의사가 치료를 잘해줄 수 있을까?' 하고 의심할 정황이었다.

'또 이명 치료약이야? 이명은 포기하고 난청 치료를 원했는데.'

다소 못마땅했지만, 환자의 입장은 달고 쓰다는 말을 쉽사리 표현할 수 없는 게 통념이다. 그 뒤 청력이 더 나빠졌다. 어쩔 수 없이 독일 의학이라는 매력에 끌려서 P 원장이 퇴직해서 역삼동에 개원한 곳을 또 찾아갔다. 난청을 봐달라고 호소한 뒤 처방전을 받는데 원장은 이런 말을 덧붙였다.

"그 약 꾸준히 드세요. 치매도 예방하고 시력도 좋아져요."

이제 난청 치료는 포기하고 치매 예방을 붙잡는 듯했다.

설마 그럴까 하며 이명이나 난청 치료는 불가능하다고 여기면서 치매 예방이라는 말에 혹해 약을 먹었다.

그 사이에 딸이 이명 치료에 도움이 된다며 사준 건강보조식품 'Ring stop'을 처방약과 같이 먹었다. 기대를 하면 실망도 큰 법이다. 무심하게 Ring stop 180알을 다 먹었을 때 변화가 찾아왔다. 드문드문 이명이 멎기 시작하더니 어느 날 아침은 어딘지 모르게 귀가 시원한 느낌이 들면서 매미 소리가 멎었다. 그전에도 소리가 쉬어가는 듯 간혹 멎었는데 더 편한 기분이라고 아내한테 넌지시 한 마디를 던졌더니 고개를 저었다.

"그런 말 귀가 들으면 삐기는 게 보기 싫다고 재발할지도 모르잖아요."

실은 일시의 휴화산(休火山)인데 언제 또 어떤 폭발을 할지 모른다. 늘 그랬으니까. 그건 당연한 기대불안이다. 내가 살아온 일생이라는 게 그처럼 모호한 혼란의 연속이었다는 게 문득 떠올랐다. 15년간 시달리던 고통이 잠시 멎은 걸 가지고 해낙낙할 건 아

웃음꽃빛

니었다.

  '언젠가는 또 울겠지?'

  기우(杞憂)는 불안(不安)과 예감(豫感)의 혼합물(混合物)이다. 오랜만에 만났던 고요는 반짝 효과에 불과했다. 또다시 이명과 난청의 합동작전이 벌어진 꼴이 되었다. 이제는 난청을 걱정한다. 청신경이 달아나버리면 보청기도 쓸 수 없다는 말을 듣고 이비인후과에 가서 검사를 받았지만 청력검사가 부실해 보였다. 보청기를 끼려고 청력검사를 했더니 청력사가 하는 말은, '난청 3단계의 중간'에 닿았다고 한다. 퇴화가 진행 중이므로 청신경이 죄다 죽기 전에 보청기를 껴야 한다는 말이었다. 상술에 끌려 맞추고 말았지만 사용하기 시작하면서 적응훈련이나 보청기의 습도 관리가 또 다른 숙제가 되었다. 숙제는 죄다 빼먹었다. 드문드문 끼어보는데 전지가 쉽게 소모되어서 그것도 귀찮은 일감이 되었다. 양쪽 귀를 다 꽂았다가 뽑으면 청력은 깜깜한 토굴 속과 같아진다. 더러 한쪽만 끼어본다.

  이명이나 난청은 낫지 않는 고질이다. 개구쟁이처럼 지금도 제멋대로 울고 있다. 쏟아지는 바람 소리가 파상공격을 한다. 고요는 어쩌다가 쉬어가는 듯 잠깐 맛보기로 던져주고 달아난다. 이제는 점점 난청이 앞으로 나선다. 남들이 손쉽게 위로하는 말은 "그러려니 체념하고 동행하라"는 말이다. 신체적인 자연현상이라고 하지만 사람의 생각이라는 게 단선구조(單線構造)가 아니다. 체념이나 극복은 엎치락뒤치락하며 변덕을 부린다. 실은 매달리는 소음이 귀찮을 때가 많다. 요즘은 웃어버릴 한 가지 방안이 떠올랐다.

'내가 먼저 간 친구들보다는 오래 살면서 부담해야 할 과태료(過怠料)쯤 되는 벌금을 부담하는가 보다.'

그렇게라도 자위해 본다.

웃음꽃빛

4장

웃음꽃빛

샘물

겨우 일어나서 창을 열고 내다보는데 아침 풍경이 몰려온다. 해가 떠 눈부시게 빛나면서 황홀하다.

우리 시대의 산업문화가 그처럼 꽃을 피웠다. 몇 해 전 아끼하바라 전자제품 상가를 돌아보면서 놀랐던 기억이 있다. 낯선 제품이 널려있는데 어디다가 손댈 줄 몰라서 눈만 팔다가 돌아섰다. 이제 우리도 그런 시대가 되었다. 세상의 변화는 쏜살처럼 달려가고 있다.

지금은 시골 마을 대부분이 상수도 시설이 되어 있어서 샘물을 길어다가 마시는 집은 극히 드문 세상이 되어 다소 아쉽다. 샘물이라는 어감이 아주 좋다. 오래잖은 추억으로 비록 수질 검사를 하지는 않았지만 '좋은 샘'이라고 이름난 샘물은 늘 마르지 않고 물이 철철 넘쳐서 동네 사람들을 먹여 살렸다.

웃음꽃빛

해방 후 내가 살던 동네는 비녀산이 둘러싸고 있고 그 아래 중심에 샘이 있었다. 풍수설로 따진다면 손꼽을 명당에 해당하는 터였다. 주변에 있는 마을 이름이 내동(內洞)인데 온 동네 사람들이 그 물을 길어다 마셨다. 우리 집은 샘에서 5백여 미터나 떨어져 있었지만, 그 샘물을 이용하는 수밖에 없었다.

시대가 바뀌면서 그런 인심은 사라졌다. 그때는 무료로 아무나 새벽에 가서 물을 뜰 수 있고, 한밤에 물을 퍼간다고 해도 시비가 있을 수 없다. 많이 퍼가도 괜찮고, 하루에 몇 번을 떠가도 누가 상관하지 않았다. 하룻밤을 새우면 새 물이 차올라 감쪽같이 기본 수량을 채워놓았다. 그러니까 물 때문에 싸울 일이 없었다.

좋은 샘물은 가뭄을 타지 않는다. 게다가 사용료를 내라고 손을 벌리는 일도 절대로 없었다. 수돗물은 사용요금이 체납되면 단수를 한다고 겁을 주거나 과태료를 물리던데 샘물이 그런 꼴을 본다면 포복절도할 일이다.

요즘 영악스러운 인심을 기준으로 평가한다면 샘물을 보고 촌스럽다고 할 테지만, 그게 아니라 순수하고 자랑스러운 전통 인심의 표본이라고 하는 편이 옳다. 샘은 이제 까마득한 향수를 안고 우리의 시야에서 사라졌다. 소문났던 샘도 거의 폐정(廢井)이 되어 실족사를 방지하기 위해 뚜껑을 덮은 채 흔적만 남아있다. 거의 문화유산 수준이 되었다.

웃음꽃빛

불가리아에는 러시아 정교 신도들이 1년에 한 번 모시는 아르즈모 축제가 있다. 작은 오두막처럼 보이는 교회당 안에 여러 점의 이콘 성화(聖畵)를 모셔놓았다. 제사장이 아니면 누구도 절대로 들어갈 수 없는 신성한 곳이다. 축일에 신도들이 모여든다. 파리 떼처럼 관광객도 꼽사리꾼으로 끼어든다. 그들은 이콘을 앞장세우고 줄줄이 울타리 안에 있는 샘물로 간다. 오래된 샘물이 싱싱하다. 그 물을 떠서 성수(聖水)로 받들고 성화 언저리에 뿌린다. 신도들에게도 뿌려준 뒤 나중에는 성수를 분배한다. 신도들은 황공한 듯 두 손으로 물을 받으면 먼저 얼굴을 씻어서 정결을 유지한다. 그다음에는 한 모금 마시면서 음복을 한다.

샘물의 역사를 모르지만, 성화의 몰골이나 교회당의 낡은 모습으로 보아 꽤 오래된 샘물이 틀림없다. 샘물은 솟아오르는 생수가 아니면 썩는다. 영험한 힘인지 모르지만 변질이 되지 않아서 지금도 축제일은 그 물을 마시고 있었다. 그건 생명력이 숨어있는 샘물 같았다. 영험한 종교의 힘인지 아니면 초자연적인 조건이 특수해서 그런지 모르지만, 흐르는 물이 아니고 갇힌 샘물인데도 오래도록 변질되지 않는다는 것은 신통해 보였다. 실은 그 속에 과학이 숨어있다.

겨우 60여 년이 지났는데 먼 옛날이야기처럼 떠오르는 게 있다. 친구 양문렬이 폐결핵을 앓았다. 요양을 한다면서 자연산 장어 고장인 '명산(明山)'으로 치료하겠다고 떠났다. 거기는 영산강 하류인

208

웃음꽃빛

데 자연산 장어가 잡혀서 명산지로 소문이 났었다. 그때 사람들은 흔한 폐병에 걸리면 미신인 줄 모르고 장어를 먹으면 낫는 치료제라고 믿었다.

8월 한더위에 나는 친구의 문병을 하러 갔다. 그곳이 몽탄면의 한 지역인데 단순히 명산이라는 지명만 가지고 아침에 출발했다. 기차를 타고 명산역에서 내렸다. 농촌인데 드문드문 인가가 있고 그 밖에는 산과 허허 들판이었다. 정말 아날로그 사고방식의 표본이 됨직해 보이는 무모한 행동이었다. 예감으로 마을을 찾아다녔다. 인적이 드문데 정자 따위나 그늘막도 안 보여서 쉬어갈 데가 없었다. 무작정 진땀을 흘리면서 걸었는데 한낮이 설핏했다. 주머니에 용돈을 가지고 있었지만 전혀 쓸모가 없는 무용지물이었다. 그때 구세주와 같은 농부 부부를 만나게 되었다. 그들은 밭에서 일하다가 집으로 점심을 먹으러 가는 길이었다. 길을 물었더니 농부는 갸웃거리다가 한 마디를 던졌다.

"때가 되었으니 집에 가서 점심이나 한술 뜨고 가시오."

농부는 소박한 사투리로 선심을 썼다. 한낮이 훨씬 지났다. 그 말이 얼마나 고맙던지 의심할 여지없이 따라갔다. 농부의 초가집에 들어섰다. 잠시 마루에 앉았는데 아내가 밥상을 차려 나왔다. 정말 소박한 밥상이었다. 샘물 한 사발과 날된장 한 종지기, 풋고추 여남은 개가 전부였다. 밥은 농부가 마루 위 시렁에 걸어놓은 밥 바구니를 내려놓았다. 그것은 바깥 시원한 데서 쉬지 않게 관리하는 풍장고(風藏庫) 역할을 했다. 뚜껑을 열었다. 깡 보리밥이

웃음꽃빛

다. 솥에서 막 풀 때는 누렇던 게 시간이 지나면 거무스름하게 변색한다. 그걸 한 사발 담아주었다. 주인처럼 찬물에 말아서 먹는 보리밥은 진미(珍味)였다. 꽁보리밥이라는 첫인상은 착각이었다. 반찬이 단순 메뉴인 풋고추 몇 개라고 보았던 눈빛은 어디로 숨어버렸다. 그 샘물은 어쩌면 그렇게 달달하고 시원했던지 모른다. 반세기가 지나도록 간직한 추억은 고마운 감정만 살아남았다. 음식을 달게 먹는 것은 감식(甘食)이다. 마해송 선생의 수필에 등장하는 식도락이 있다.

"맛있게 먹으면 진미(珍味)이고, 모처럼 먹으면 별미(別味)이다."

가득 쌓인 음식을 산해진미라고 하던데 요즘 호텔의 뷔페가 거기에 해당할 줄 안다. 그보다도 추억의 보리밥을 예찬하면서 소찬(素餐)과 소식(素食)을 그리워한다.

우물가에서 '지나가는 나그네한테 물 한 바가지 떠주고 웃은 죄밖에'라는 시 구절은 조상들의 미덕이면서 여유로운 정서의 표현이다. 소박한 인심의 표본이라고 믿는다. 나는 서울에서 언젠가 민속상가 골목을 지나다가 약을 먹어야 할 시각이 되었다. 가게에 들어가 빤히 보이는 물병을 보고 약봉지를 들추면서 물 한 잔을 달라고 청한 적이 있다.

"가게에 가서 생수를 사서 마셔요."

그처럼 여자 주인이 또렷하게 가르쳐 주는 말을 들었다. 가장 현대적인 현명한 처방이라고 생각하면서도 샘물과 수돗물 시대의 생활문화가 그렇게 변했다는 색깔의 차이를 발견했다. 주변에 가게가 없고, 시간 맞추어 먹는 약 때문에 아쉬운 소리를 했는데, 주기 싫으면 차라리 물이 없다고 해도 될 것을 야박한 소리까지 쏘는 것은 듣기 싫었다.

　서울시장은 수돗물 '아리수'가 좋다고 마시는 원맨쇼를 보이던데 그 말이 믿어지지 않았다. 팔당 취수장을 가보면 누가 권한다고 해도, 아무리 정수가 잘 되었다고 우겨도 꿀꺽꿀꺽 마실 엄두가 나지 않는다.

　서울에 살면서는 배달해 주는 20리터 생수 큰 병을 사서 마셨는데 여러 회사의 제품을 이용해 보다가 선택한 것이 제주도에서 실어오는 삼다수 물맛이 구미에 맞았다. 수입품 생수 에비앙은 값이 비싼데 내 구미에 물맛은 별로였다. 빛 고운 개살구라는 말이 맞다. 프랑스 여행을 하면서는 그 물밖에 살 수가 없었다. 지겹게 에비앙만 마시는데 삼다수가 그리웠다. 그건 우리의 샘물이다. 우리 동네는 그 물을 슈퍼마켓에서 파는데 2리터짜리 병 포장밖에 없어서 사오면 마실 게 없다. 더울 때는 몇 번 안 마셔도 빈 병이 된다. 한꺼번에 30병씩 들여놓아도 어느새 동나버린다. 그렇게라도 그리운 샘물의 향수를 달래면서 살아간다. 추억의 끄나풀로 겨우 명맥을 잇고 사는 꼴이 되었다.

웃음꽃빛

웃음소리

나는 마음 편하게 웃는 웃음을 미학이라고 생각한다.

엊그제 슈퍼마켓에 갔는데 계산원들이 모여서 깔깔깔 맛있게 웃는 걸 보고 부러웠다. 젊은 사람의 투명하고 힘 있는 웃음소리가 예쁘게 들려서 나도 모르게 한참 바라보았다. 힘든 틈에 깃든 행복한 순간인데 활력이 넘치고 있었다. 뭐가 그렇게 즐거운지 차마 물어보지 못했지만, 곁에서 보기만 했는데도 그 기분과 웃는 색깔이 물들었다.

요즘 사람들은 혼란스럽고 힘든 생활에 묻혀 대체로 웃음을 잃어버린 듯이 보인다. 찌푸린 사람들이 흔히 눈에 띈다. 한때 앵그리 영맨(angry young man)이라는 말이 나돌았는데 요새 분위기에도 어울리는 시사적인 용어이다. '짜증난 사람들'이라고 의역해

웃음꽃빛

보았다. 사는 게 답답하면 정서가 삭막해지면서 쉽게 큰소리를 지르거나 잘 싸우고 곧잘 역정을 내는 걸 본다. 먹고살기 위해 속임수도 늘어난다. 마음의 여유가 사라지고 우울한 기분이 퍼지면서 불면증도 느는 추세라는데 큰 사회문제이다. 고통이 솟구치면서 생명을 버리는 사람도 느는데 OECD 나라 가운데서 우리나라가 자살률 최고라는 통계를 보았다. 이처럼 그늘이 차지한 부담은 숨막히고 폐허가 된 공간 같아서 웃음이 사라지는 것은 당연하다. 더불어 웃음이 점점 시들어가는 세력이 짙게 번지는 것 같다.

그리운 고향처럼 아기들의 순수하고 소리 없는 웃음, 미소는 아름답다. 또 다른 소문난 미소는 파리 루브르 박물관의 그림 모나리자 앞에서도 만났다. 구름처럼 몰려든 사람들에게 잔잔한 미소가 전이되었다. 웃음기가 감염되듯 번져가서 공감하는 것으로 보였다. 그런데 아무리 기다려도 웃음소리가 흘러나오지 않았다. 비싼 그림 속에는 웃음은 살고 있지 않았다. 웃고 싶으면 웃는 장면에 빠지거나 가슴 속에 숨어 있는 감정을 끌어내는 게 숙제와 같다. 웃음은 어떤 것이든지 절대적으로 자기 몫이다.

하루에 웃음 한 번만 잘 웃어도 심간(心肝)이 편하다는 말이 있다. 웃으면 복이 온다는 말과 통한다. 웃음의 메커니즘은 한번 웃을 때 우리 몸에서 231개의 근육이 동원되는데 그게 온몸 근육 전체의 30%라고 한다. 웃는 사이에 행복의 호르몬 세로토닌이 분

웃음꽃빛

출된다. 그 위력은 지우개와 같아서 걱정을 지우며 재미를 느끼게 한다. 미운 사람도 짜증도 지워지며 설령 가난하다 해도 청빈낙도(淸貧樂道)하게 되어 정말 마음 편하다. 웃음이 온몸을 진동하면 체내로 산소공급이 늘어나면서 혈액순환과 심장박동을 돕는다. 덤으로 건강을 챙기면서 스트레스도 지워진다. 즐거운 웃음은 남에게 행복을 선사한다. 날마다 웃으면 불로장수한다는데 양생법(養生法)은 결코 어려운 것이 아니다. 웃음소리를 실상은 내가 안고 사는 셈이다.

웃음치료사는 억지로라도 웃으라고 권한다. 골빈 사람처럼 헛웃음을 1분만 크게 웃어도 울적한 기분을 달래는 데 도움이 되고 더구나 기쁘기까지 한다는 걸 심리학 '안면 피드백 이론'이 뒷받침하고 있다. 치료사들은 정말 크게 웃을 줄 아는 재간이 있다. 그들을 따라가면 금세 감염이 된다. 실험은 못 해 봤지만 싸우려는 사람도 웃으면 무장해제시킬 수 있다고 한다.

맹숭맹숭한 기분으로 각박한 세상을 겨우 살아가자면 재미가 없어서 별로 웃을 일이 없다. 그러면 쓸쓸한 그늘이 마음 한구석을 점령한다. 젊은 사람들은 스마트 폰에 빠져서 웃음을 팽개쳤다. 그러면 젊은 노안(老眼)이라고 하는 시력의 저하가 오고 목 디스크가 침범한다. 웃을 줄 아는 정서를 잃어버린 대가(代價)이자 무서운 부산물이다.

웃음꽃빛

내가 아는 김 선생은 얼굴 생김새가 마치 불두(佛頭)를 닮았다. 직장에 출근하면 입을 꼭 다물고 사는 처지였다. 출근할 때 마나님이 점심값으로 짜장면 한 사발 값과 교통 실비를 쥐여주었다. 그래도 그저 공공기관이어서 탈 없이 묻혀 살았다.

한번은 옆구리를 찔렀다.

"영감, 날마다 웃지도 않고, 말도 안 하면 답답하지 않아요?"

"괜찮아요."

대뜸 대답하는 그의 심경은 무감각해서 남들의 눈치는 아랑곳없었다.

오후에는 누가 보든지 말든지 웃통을 훌렁 벗고 한 시간쯤 마당을 뛰었다. 일과는 그것으로 끝이었다. 대화나 웃음소리가 문을 닫고 달아나 버린 사람 같았다.

나는 젊어서 웃음을 참지 못해 난감했던 추억이 있다. 결국은 킬킬거리고 말았다. 자유당 시절, 요직에 있는 직장인데 재간 있는 사람들은 백그라운드를 빌어서 자리를 밀고 들어섰다. 시쳇말로는 백을 들이댄 영전이다. 간신이 일 년을 버티면 그다음 해는 여지없이 몰아내는 판국이었다. 한번은 장 선생이 딱 일 년 만에 쫓겨 가면서 이임 인사말을 했다.

"부임 인사를 한 지 꼭 일 년 만인데 이 자리에 또 선 것은 감개무량합니다."

'엇! 저 사람 좀 봐. 뭐가 감개무량하다는 거야? 일 년 만에 쫓겨 가면서.'

그 말을 곧이곧대로 들으면서 킬킬 웃음을 터뜨렸다. 겨우 일 년을 살고 쫓기는 신세가 감개무량하다니 어불성설이다. 조용한 분위기가 깨졌는데 기관장이 쳐다보았다. 그 뒤 틀림없이 채신없다고 채근할 줄 알았는데 무사통과였다. 내심으로는 같이 웃었는지 모른다.

착한 여직원이 피식피식 헤프게 웃는 걸 보았다. 자기조절이 안 되는지 남의 눈치를 볼 줄 몰랐다. 처음에는 애교로 봐 넘겼지만 빈번해지면서 실성(失性)한 웃음소리라는 걸 알았다.
'이건 문제가 있는데.'
행여 상처를 받을까 봐 섣불리 말하기가 어려웠다. 점점 섬뜩한 웃음소리가 커졌다. 위험 수준이었을 때 집에 연락했더니 어머니가 와서 데려갔는데 정신과 질환 '섬망' 같았다. 인생이 꽃피는 시절, 자기를 잃어버린 뒤 내는 헛웃음 소리는 안타까웠다.

나는 지금도 잠 못 이루는 밤에 라디오를 켠다. 한밤인데 잠든 아내가 깰까 봐 바싹 귀 가까이 대고 들으면서 더러는 옛날, MBC 라디오에서 흘러나오던 아나운서 허건영이 진행하던 '별이 빛나는 밤에'의 시그널 음악을 진하게 떠올렸다.
우리 집은 난청 지역이어서 공영방송 딱 한 채널만 잡히는데 우선 라디오가 골동품이다. 그것도 방송사가 애청자의 사연을 받아서 띄워주고 보상선물로 준 건데 이어폰을 끼울 데도 없고 주파수 맞추기도 힘들지만 공짜라서 그냥 듣는다. 간밤에는 인문학 프로를 맡은 아나운서가 진행을 하다가 출연자하고 죽이 맞아서 터뜨린 웃음소리가 쏟아졌다. 한밤에 여자의 크고 긴 웃음소리는 오싹하게 신경을 자극했다. 방송은 뒷전으로 밀려났다. 그래도 한편으로는 터놓고 웃을 수 있는 젊은이의 힘이 부러웠다.

'목소리는 예쁜데 웃음소리를 그게 아니다.'

혼자 군소리를 하다가 볼륨을 줄였다. 해결방법은 그뿐이었다. 그러면서 예쁜 웃음을 손꼽아 보았다. 알맞은 소리 크기, 잠깐 사이 고운 색깔의 웃음은 행복을 선사한다고 생각했다.

나는 웃음을 파는 직업인 가운데 정서가 통하는 구봉서를 좋아한다. 남들을 웃게 하는 일도 힘든 직업이라는 입심 좋은 개그맨의 객담을 들은 적이 있다. 굿판에서 관객이 웃어주어야 밥벌이가 되는데 한순간 청중의 반응이 바짝 식어버린 것을 볼 때가 있다면서 그때는 무척 당황한다고 했다. 그 순간 등골이 오싹한 위기감을 느끼는 상황일 거라고 짐작해 본다. 웃음소리도 때에 따라서는 사람을 잡는 무서운 마력(魔力)을 지녔다.

나는 TV에서 더러 코미디 프로를 보는데 거기에도 세대교체가 나타났다. 지금은 석양이 된 노년층과 중년 그룹을 거쳐 요즘 젊은 또래까지 흐름을 보았다. 노년과 중년 그룹이 던지는 개그는 익살이라는 메시지가 쉽게 전달되고, 같이 웃는 공감대가 형성되었다. 그런데 신세대의 떠들썩한 연기는 시끄러운 소리로만 들린다.

그래도 젊은 관객들은 숨 가쁘게 따라 웃고 푹 빠지는 재미를 만끽하는 걸 보면 웃음도 세대차이가 크게 벌어져 있다.

마치 고속 기차가 달리는 시대에 편승하지 못하는 것처럼 신식 희극에서 웃음소리에 동조하기 어려운 것은 내가 낙후한 탓인지 모르겠다. 이제 조용한 음악, 아늑한 분위기를 선호하는 취향은 어쩔 수 없는 일인가 보다. 떠들썩한 웃음소리에 적응해서 무미한 타성을 털어버리고 웃을 수 있는 것도 축복일 텐데.

한참 살다가 보니까 웃음을 잃어버린 때를 만났다. 웃지 못하는 것처럼 정서도 메마르고 점점 변화되었다. 시끄러운 웃음소리라도 자꾸 기웃거리면서 넘어다보아야 하는 것을 숙제라고 여기고 접근해야 할 계절을 만났다.

웃음꽃빛

청석(靑石)문화론

내가 비척거리는 걸 알뜰하게 붙잡아주는 청석은 지혜로 똘똘 뭉친 사람이다. 더러 그 지혜의 밀도를 엿보고 부러워서 주무르는 말이 있다. 오랫동안 쌓아온 교분 가운데서 집힌 것인데 이건 순전히 내 소견이다.

'이 사람은 예리하고 정확한 판단력이라는 잣대를 가지고 있다. 누구에게나 귀하게 보이는 다이아몬드 같은 매력을 가졌는데 나도 남들처럼 보석 같은 그를 바라본다.'

사람들의 생활은 곧 처신이다. 엉성하면 허점이 드러나서 이런저런 말썽을 피운다. 생활이 궤도를 벗어나면 스스로 서글퍼진다. 그건 보편적인 사고방식이다. 그런 걸 모르고 사는 사람은 얼마나 다

웃음꽃빛

행인지 모른다. 생각은 더 나아가서 그를 오차가 없는 생활인으로 바라보았다. 그처럼 생각을 주무르는 발상 가운데 초점은 나를 조명했다. 점점 허술해지는 내 곁에서 짱짱한 울타리 구실을 하는 그를 짚어 보다가 느닷없이 '청석의 문화'라는 이미지가 떠올랐다.

평전(評傳)도 아닌데 집필에 손을 대자 어딘지 모를 압박감이 느껴지면서 눌변처럼 더듬거리는 게 결코 쉬운 작업이 아니었다. 한 번 쓰다가는 지워버렸다. 내가 쓰던 글을 버리는 일은 흔하지 않다. 너무 짠해서 다시 쓰기 시작했다. 얼기설기 초고를 엮은 뒤 뭐가 되는 성싶었다. 성급하게 청석한테 초고라면서 보여 준 뒤 다시 읽어보니까 아뿔싸! 과유불급(過猶不及)이었는지 청석은 아무 말도 하지 않았다. 그건 그의 신사도라고 믿었다.

사람은 자기 색깔을 가지고 말과 행동을 표출한다. 그 색깔은 자기중심적이면서 인성의 특성으로 자리매김을 할 수 있다. 이를테면 나름의 생활방식이 내면에 숨어 있다가 행동으로 표출되기 마련이다. 남과 접촉할 때 의견이 맞지 않으면 불쾌한 감정을 유발한다. 그때 그걸 너무 높이 주장하면 형평을 잃는 독주가 된다. 수평이면서 정평을 받는다는 것이 결코 쉬운 일이 아니다. 그게 보이는 듯해도 맴도는 생각의 수준이다. 잘 모르는 척하면서 얼버무리는 것도 무난한 방법인데 정말 시험답안지의 정답을 찍기처럼 찍어 맞추기가 어렵다.

웃음꽃빛

그는 자기의 인생을 마치 돌탑 쌓기처럼 살아왔다. 초석을 든든하게 받치고, 돌멩이를 잘 괴어서 이룩한 탑을 쌓았다. 나는 그 바탕을 성실이라고 더듬어 추측해 보았다.

며칠 전 케이블 TV에서 24년간 하릴없이 돌탑을 쌓는 영감을 보았다. 지리산 자락에 박혀서 밤낮 그 일만 했다는데 수없이 많은 탑을 쌓으면서 기술이 발전했다. 지금은 형상을 갖춘 탑을 쌓는다. 남대문도 쌓고, 높은 탑도 쌓았다. 돌멩이 한 개를 잘못 놓으면 전체가 쓰러지거나 볼품이 없을 텐데 그 영감의 재간은 예술가의 수준이었다. 잘 쌓으려는 절실한 욕망이 실력을 향상했다. 더 잘 쌓으려는 집념은 기술 개발을 유도했다. 천착이라는 노력도 수반했다. 거기에는 또 하나의 수식어가 따라다닌다. 진실한 마음으로 똘똘 뭉친 집중력이 있어야 발전한다. 청석이 그처럼 주어진 일에 매달린 걸 안다.

사람의 행동은 대뇌라는 사령탑에서 지령을 받는다. 거기에 치밀하게 내 것이라는 정확한 회로가 형성되어 있다. 평범한 시민이 자기 생활의 패턴을 챙기기는 쉬운 일이 아니다. 그런 생활은 평소에 켜켜이 쌓여서 축적되어 있다가 드러난다. 그 재간도 연마가 필요한데, 콩 심은 데 콩 난다는 속담처럼 결국 착한 사람은 착한 일만 한다. 실수를 범하지 않는다. 내 생활방식은 곧 체질이므로 내 것이 되면 종점은 머릿속 전두엽에 쌓인다. 뇌과학자는 그걸 잠재의식이라고 한다. 사람의 충실한 내심과 정직한 행동은 잘 다듬어서 만든 작품과 같다. 주변에서 그런 케이스의 생활인을 만나기는 쉽지 않다. 청석의 생활력은 시행착오를 거치면서 다듬은 흔적이 역력하다.

나는 반 고흐의 그림을 좋아한다. 그의 작품에 드러난 묘사나 채색이 활달하다. 우선 정통 미술교육의 기회를 거치지 않아서 기법이 자유분방한 게 마음에 들었다. 방만한 채색 표현은 그의 개성이다. 친구 고갱의 농담에 현혹되어 자기의 귀를 잘라서 자화상의 귀와 실물을 대조해 볼 만큼의 착한 사람이라는 일화처럼 그림에도 꾸밈이 없는 것을 보면 볼수록 가슴이 열린다. 소박한 소재를 소탈하고 손쉽게 그린 듯이 보인다. 마치 칼질을 해서 주물러 놓은 성형 미인과 대조가 된다. 평론가들이야 뭐라고 알아들을 수 없는 소리로 까탈을 부렸겠지만 나는 거기에다가 청석의 소박한 면을 나란히 세워보곤 한다.

사람의 행동이 다른 사람과 잘 얽히면 신뢰가 쌓이고 두꺼운 결정(結晶)이 형성된다. 그런 형질은 절대로 쉽게 만들어지지 않는다. 그가 오랫동안 근속했다는 기업체 '조선내화' 이훈동 명예회장과의 인연을 여담으로 들어보았다. 거기서 그의 면모를 유추할 수 있었는데 35여 년간 참모 역할을 했다는 것은 그의 실력의 인증샷인 셈이다. 마치 올바른 궤도를 똑바로 달리는 수레 위에 손님이 안심하고 몸을 맡긴 모습과 같았다.

웃음꽃빛

우리나라에서 복잡한 생존경쟁에 매달리는 기업인들이 때로는 날카롭고 비정한 단면을 보여주기도 한다. 그 틈에서 장기근속이라는 노동은 혹한을 견디는 것과 같았을 테고 비바람도 극복해야 했을 텐데 결국은 등정(登頂)의 영예를 얻은, 이를테면 청석은 무난히 정년퇴직이라는 결승선에 다다라 금메달리스트가 되었다. 경기장의 손뼉 소리가 들리는 듯하다.

획득한 메달은 하나부터 열까지 신뢰라는 구슬을 엮어서 만든 그의 수제품이다. 크고 작은 것을 불문하고 '신뢰하는 사람'으로 관계 형성을 굳힌 게 그의 인상이나 위상에서 고스란히 드러난다.

나는 20여 년간의 관리직을 맡았는데 심복을 만나지 못해 아쉬웠다. 내 심복의 개념은 부하라는 통념이 아닌 가슴으로 통하는 동료를 지칭한다. 비록 직장에서 만난 인연일지라도 따뜻한 가슴이 통할 수 있었다면 평생을 동행했을 텐데 거의 사무적으로 면종(面從)하는 행위에서 그치고 인연이라는 연결고리로 형성되지 못했다. 내 습벽인데 과업 우선이라는 욕심과 순환근무 제도로 어쩔 수 없이 긴 시간을 정속하지 못한 여건도 약점이었다. 아쉽게도 인간의 체취를 발굴해서 붙잡지 못했다.

청석의 생활정신은 기업인의 눈높이에 적합 판정을 받았음직하다. 절대로 쉬운 일이 아니다. 이훈동이 자녀들에게 기업 총수 위치인 회장 자리를 양도하면서 명예회장으로 물러서는데 청석은 그를 보필하는 위치가 되었다. 어찌 보면 아들보다도 더 신뢰하는 전

조등(前照燈)의 대접을 받았음직하다.

　명예회장 부인의 영결식을 청석한테 맡겨서 가족들이 보기에 탐탁하게 치른 뒤에 벌어진 일이 더욱 가관이다. 회장이 된 아들은 그 뒤 아버지의 장례식까지도 청석한테 추진을 의뢰했다는 것은 그만큼 그를 인정한 결과라고 보았다.

　장례식을 치른 회장은 청석을 극진히 대접했다. 예우는 거기서 한 걸음 더 나갔다. 정년이 된 청석을 2년간 고문이라는 직함을 붙여 대접했다. 인연 때문에 생긴 특별 보너스라고 보았지만 돌탑처럼 스스로 쌓아서 이룩한 덕(德)이다. 정말 인간승리의 비싼 열매가 틀림없다. 나는 인정이 각박한 세상에서 보기 드문 일이라면서 청석이 일구어 놓은 소중한 산물이라고 부러워한다.

　곰곰 생각해 보면 청석은 무던한 사람이다. 자신이 만든 청석 문화의 반석 위에 소리 없이 올라앉은 사람이다.

　그는 또 한 꼭지의 삽화를 가지고 있다. 핵가족 사회가 되면서 요즘 아이들은 친할아버지 할머니를 팽개쳤다. 아니 그 위상이 추락한 셈이다. 청석만은 끈끈한 할아버지의 위상을 가꾸고 있다. 그것도 인기가 있는 존재라던데 격대교육(隔代敎育)의 수범 사례가 된다.

　청석은 거추장스러운 방법이 아닌 순수한 입김으로 사랑의 탑을 쌓고 교분을 이루어간다. 집에서 친손녀를 돌봐준다는데 주말이면 외손자까지 온다고 한다. 그들은 잠잘 때 서로 할아버지 품을 차지하고 싶어 안달이란다. '우리 할아버지 만세' 쯤의 대성공이다. 뿌리를 내리기 바라는 인간 미학의 산물이기도 하다. 그건 할아버지 위상의 성공뿐만이 아닌 인간승리라는 등대의 불빛처럼 보인다. 그런 보람은 스스로 가꾸어서 생산하고 간직하게 된 소중한 선물이 틀림없다.

명시(名詩) 두 편

시(詩)는 시인의 가슴 속에서 시상(詩想)이라는 뜨거운 감동을 품으면서부터 태동한다. 시가 탄생하는 과정은 곧 세상에 떠도는 흔한 말 가운데서 시인이 마음에 드는 말을 뽑아다가 자기 나름대로 다듬고 빚는 연금술의 과정이다. 특히 동시인은 그런 재간 가운데 정성스럽게 알맞고 쉬운 말을 고르고 생각을 다듬어서 주옥 같은 작품을 낳는 재간을 지닌 연금술사와 같다.

더러 시인들이 쓴 시는 독창성과 개성을 내세우지만 아무리 뒤적여 봐도 무슨 뜻인지 터득할 수 없을 때가 있다. 감성도 예사롭지 않고 지성도 남다르지만, 개성이라는 핑계를 대고 멋대로 후려갈긴 탓은 아닐까?

그러나 동시는 다정하고 다소곳하다. 쉬운 글이어서 누가 읽어도 손쉽게 가슴에 와 닿고 작품 속 감동도 곧장 건너와서 공감을

웃음꽃빛

이룬다. 전이(轉移)의 효과가 그처럼 곱고 쉽게 이루어진다. 세상 사람들이 지닌 정서의 공통분모를 찾아서 눈높이를 맞춘다.

나는 보물처럼 여기는 두 편의 시를 가지고 있다. 두 꼭지의 시는 특별한 시인의 능력으로 빚었기 때문에 사람들의 눈에 닿으면 빠르게 번지는 예리한 감성을 갖추었다. 두 시인은 똑같이 인생의 경륜과 시력(詩歷)을 지녔기에 인생과 자연을 꿰뚫어 보는 안목이며 관조하는 힘이 강하다. 게다가 뜨거운 통찰력까지 지녔다. 그들의 남다른 투시안(透視眼)은 곧 시작품에 반영되어 누가 읽어도 쉽게 공감하는 작품으로 승화되었다. 정말 시를 받은 감회가 남다르다. 시작품에 흐르는 통심정(通心情)을 되새겨 보면 선물의 값어치는 한층 더 격상이 된다.

내 일생의 가장 큰 선물인 명작 명시 두 편은 막역한 가촌 이상현 학형(學兄)이 쓴 '부부 스케치'와 남천 엄기원 사백(詞伯)이 쓴 '인연'이다. 두 편이 모두 축하의 메시지를 담은 축시(祝詩)여서 더욱 뜻깊다.

'부부 스케치'를 써 준 가촌 이상현 시인은 내 혼자 생각으로 '국제 신사'라고 받들던 분인데 내가 문학상 받는 것을 축하한다고 동시(童詩) 한 편을 써 주셨다. 그의 선물은 너무나 귀하다. 더구나 자필 붓글씨로 썼다. 훌륭한 동시 작품이어서 지금도 그가 써준 그대로 서재 벽에다가 꽂아놓고 읽는다. 가촌의 시 문장은 동시이므로 당연히 쉽다. 내공이 쌓인 시인의 역량이 넘치는데, 가뭄에도

깊어서 마르지 않는 샘물처럼 시원한 시상과 끈끈한 시정(詩情)이
며 독특한 기량이 넘친다. 나는 그것을 시인의 체력이자 향기라고
도 표현한다. 거듭 읽을수록 가슴 속으로 파고들어서 더 사랑한다.

부부 스케치

이상현

산새들이 날아와 아침을 여는 곳
부부는 텃밭에서
해와 달과 별을 심는다.

동화작가 초강 차원재 선생
그의 곁 색동옷 같은 오금희 여사

두 아들 모두 최고의 명문대 박사
꽃보다 곱게 시집보낸 딸

이 보다 더 크고 풍성한
대지(大地)의 주인은 없으리.

2011. 5. 31
제12회 김영일 아동문학상 수상을 축하하며

웃음꽃빛

남촌 엄기원 시인은 '우정'을 써주었다. 50년 지기(知己) 남천(南川)이 내가 박경종 문학상 받는 날, '우정(友情)'을 족자에다가 자필로 곱게 담아 선물로 주었다. 원래 인품을 닮은 달필은 잘 가꾸어서 만발한 꽃밭 같았다.

글이 운율을 갖추었기 때문에 시인한테 물어보지도 않고 내 나름대로 '시(詩)'라는 문패를 달았다.

작품 가운데 나더러 '웃음을 달고 사는 사내'라고 표현한 구절이 눈에 띄었다. 그건 과찬이다. 사실은 내가 아닌 남천이 더 그러하다. 늘 웃으면서 부드럽게 사람을 대하는 그는 문학과 인생으로 보아 세상을 달관한 시인이다. 게다가 마치 추사의 서체가 무르익어서 한 예술가의 생명으로 자리 잡은 듯 자기류의 시 세계와 시작(詩作)의 훌륭한 시 정신을 가지고 있다. 그의 시 정신은 높은 산봉우리에 빗댈 수 있다.

지금 지구촌은 어수선하다. 세파를 헤치고 살아가는 사람들의 얼굴에는 그늘이 짙다. 남천의 동시는 웃는 얼굴로 걱정, 불안 따위를 지워주는 내심의 방향제, 혹은 마음을 열어주는 향기로운 꽃밭이라고 믿는다. 덕분에 우리 집에도 그가 심어준 고상한 시의 꽃[詩花]이 피었다. 거실 벽면 눈높이에다가 걸어두고 오가면서 읽는다.

인연 - 초강(艸江)과 남천(南川) 의 우정(友情) 50년

엄기원

마해송 선생님이 맺어주신 글벗 인연
남쪽 끝 목포 사는 웃음단지 차원재와
동해안 강릉 시골 놈 좀 어벙한 엄기원

두 사람 사귄 우정 반세기를 훌쩍 넘어
이제는 머리 하얀 늙은이가 되었어도
만나면 명주꾸리 풀 듯 쏟아지는 덕담, 농담

차원재 호는 초강 엄기원 호는 남천
두 사람 모나지 않아 바람처럼 물처럼
명예도 욕심도 놓고 글쟁이로 만족하네

세상엔 이런저런 인연도 많다지만
초강과 남천처럼 한결같은 그 우정
하늘나라 마해송 선생님도 흐뭇해 웃으실 걸

　　　　2014. 5. 24
　　　　초강 차원재 작가
　　　　제9회 박경종 문학상 수상을 축하면서 (글. 글씨 엄기원)

웃음꽃빛

거울

　더러 '마음의 거울'이라는 말이 좋아서 쓰는데 작은 국어사전에는 없고 '큰사전'을 펼치면 '心鏡'이라는 단어가 뜬다. 추상적인 의미를 챙기면서 쓰는 말인데 순수한 우리말 마음의 거울이 더 소중한 뜻을 지녔다. 서치라이트는 물체를 조명하지만 마음의 거울은 인간의 마음을 들여다볼 수 있다고 생각한다.

　이솝 이야기 가운데 닳고 닳아빠진 이야기지만 게 이야기는 쓸모가 많다.
　옆으로만 걷는 어미 게가 아이한테 큰소리를 쳤다.
　"야, 너 지금 걷는 꼴이 그게 뭐니?"
　아기 게가 반문을 했다.
　"왜요?"

어미 게가 꼭 하고 싶었던 말을 쏟아냈다. 본보기라는 말인 롤모델의 역할은 잊어버렸다.

"똑바로 좀 걸어라. 옆으로만 걷지 말고."

그러자 아기 게의 비난이 폭발했다. 늘 어미 게를 보고 생활하면서 배운 것인데 뜻밖의 질책에 놀랐다.

"애걔걔! 엄마도 옆으로 걸어가면서."

비아냥거리면서 코웃음을 쳤을 아기 게의 모습과 난처했을 어미 게의 처지를 짚어볼 수 있다. 어미 게를 양식(良識)이 있는 수준이라고 가정하고 그때 황당한 꼴을 눈앞에 그려 본다.

선생이 학생을, 부모가 자녀를 가르칠 경우의 입장을 설명한 한 토막의 이솝우화다. 이건 이야기라기보다도 깊은 뿌리를 가진 교훈이라고 해야 알맞을 성싶다.

동일시(同一視 Identification)는 정신분석에서 쓰이는 말이다. 아기 게가 어미 게한테 배운 학습이 곧 동일시라고 할 수 있다.

그럴 때 부모의 역할기대(役割期待)를 생각해 보게 한다. 부모는 마땅히 자기 몫의 역할이 있다는 뜻을 가진 말이다. 요새는 자녀들이 눈치도 빠르고 입김도 세졌다. 무조건반사 같은 반격은 무섭다. 우선 자녀를 기르는 동안 부모는 빤히 자기 노출을 하기 때문에 직접 보고 판단하고 비판을 당하는 수세에 몰린 입장이다. 부모가 마땅한 사고방식이나 생활 자세가 쓸모 있게 잡혀 있어야 자

웃음꽃빛

녀들한테 스며들거나 옮아가는 효과적인 전이(轉移)가 이루어지게 된다. 하지만 언제 어디서나 가르치려는 입장이 우선이다. 게다가 자신은 상위라고 착각한다. 권위주의 시대의 유물을 지키려는 듯 부모한테서 물려받은 방식 그대로다. 더러는 손쉽게 '이렇게 해라, 저렇게 해라' 하고 가르치려는 과욕을 성급하게 부린다. 다급한 상황에서는 간혹 따귀도 때린다. 그건 구식이면서 빛바랜 착각이다. 빗나가면서 과녁을 잃어버린 화살이 허공으로 날아가는 꼴과도 같다.

속담에 재미있는 말이 있다.

"똥 묻은 개가 재 묻은 개를 나무란다."

여기에는 조상들의 체험에서 솟아난 고귀한 진리가 배어있다. 학교 선생이나 젊은 세대 부모가 자신의 몸차림 또는 처신은 차치하고 학생이나 자녀를 마구잡이로 가르친다고 나서는 것을 더러 볼 수 있다. 이해나 공감이 선결과제이다. 항상 권위라는 마음 또는 정신적인 정장을 갖추고 있어야 교육이라는 교호작용이 이루어진다.

국시와는 반대 색깔로 물들어 북쪽을 숭앙하면서 국가의 급료를 받아먹는 교사를 본다. 북한이 대포를 쏘았다니까 학생들 앞에서 누가 보았느냐고 뒷걸음질하는 교사가 있었다. 학생이 그건 틀렸다고 신고를 했다. 그런 교사는 뭘 가르치려고 학생들 앞에 서는지 모를 일이다. 막가파처럼 나가는 부모도 자녀를 기른다. 멘토처럼 나서서 쓸데없는 군소리며 헛짓거리나 하지 않는지 모르겠다. 학교나 가정과 같은 교육의 현장이 윤리며 본질의 빛이 바래면서 나라가 혼란의 도가니에 빠져 헤매고 있다. 학교가 죽었다는 말이 알맞다. 가르치지 못하고 배우지 않는 현장이 되었다.

나는 영국의 이튼스쿨을 들여다보고 감탄한 추억이 있다. 단순하고 보수적인 내 생각일망정 그게 민주주의의 산실이라고 생각한다.

"저게 학교 교육의 정수이면서 가장 충실한 원리를 따르고 있구나!"

학생도 교사도 정복을 입었다. 4백 년이나 되었다는 낡아빠진 책걸상을 그대로 쓰고 있었다. 커리큘럼도 소련이 우주선 스푸트니크호를 쏘아 올린 뒤 과학 부분만 조금 바꿨단다. 아니다. 디지털 시대의 교육과정을 얼마나 바꿨는지는 잘 모른다. 그전은 완전한 보수형이었다.

노후의 생계자금으로 딸 이름을 빌려서 차명계좌로 예금을 조금 묻어둔 게 있었다. 벌써 만기가 지난 것을 발견하고 딸과 함께 은행에 갔다. 우리 부부는 크게 쓸 데가 없으니 본인이 활용하는 게 좋겠다고 의견을 모았다. 딸 통장에 넣어 주고 싶어서 제 통장을 가져오라고 했다. 은행에 가서 통장을 달라고 했는데 딸이 딴소리를 했다.

웃음꽃빛

"그냥 아버지 통장에 넣어서 쓰세요."

나는 그 말을 귀담아들었다. 부담 없는 단순한 말이었는데 가슴으로 스며들었다. 순수하다는 생각도 따라왔다.

우리들의 주변에서는 부모가 가진 경제 능력을 알게 되면 어떤 가정의 자녀들은 수단 방법을 가리지 않고 똥파리 떼처럼 덤벼드는 꼴을 본다. 제 몫을 달라고 싸우거나 소송도 마다하지 않는 세태가 되었다. 심지어는 길거리에 나앉게 생겼다느니, 돈 안 주면 한강에 빠져 죽겠다고 엄포를 놓는 경우, 또는 손을 내밀었다가 불합격하면 가차 없이 두들겨 패는 사례도 늘었다. 2008년부터 2010년 사이의 존속상해 통계는 2천1백 건이란다. 심지어는 부지기수의 살해 보도도 읽었다.

송 시인은 45년간 교직 생활 끝에 일시불로 받은 퇴직금 냄새를 맡고 아들 녀석이 덤벼들었다. 손을 벌리는 자식이 사자라면 부모는 생쥐쯤이다. 송 시인은 손을 벌린 자식한테 울며 겨자 먹기로 노후기금을 몽땅 투자했다가 송두리째 날려버리고 말았다. 그 후 생계가 꽉 막혔다. 기력이 떨어진 노인이 돈벌이를 할 길도 없고 실의에 빠지면서 그는 얼마나 고심했을까. 최후의 극한상황으로 절망하다가 자살로 생을 마감해버리고 말았다.

집에 와서 아내와 둘이 딸 이야기를 했다. 퍽 어지러운 세상에서 우리는 아이들이 잘 자랐다고 되새겨 보았다. 급료가 낮은 시대를 살아오면서 남들은 자녀의 대학 진학도 포기하는 경우가 있었는데 알뜰하게 가계를 꾸려준 아내 덕택으로 아들 둘은 명문 대학에 진학해서 장학금을 받았으니 그건 상부상조가 되었다. 입학이 어렵던 시절, 청바지에 구멍이 뻥 뚫리도록 도서관 의자를 깔고 뭉개면서 노력하는 아이들이었고, 용돈을 필요할 때만 달라고 하고 꼭 필요한 액수를 청구하던 아이들이었다. 언젠가 작은 녀석은 용돈 5천 원이 필요하다기에 엄마가 1만 원짜리를 주었다. 그게 아니고 5천 원만 필요하다고 했다. 이웃집에서 바꿔 주는데 아들을 잘 아는 그 댁은 그걸 다 받지 그러느냐고 웃으면서 한마디를 거들었다는데 그 말은 칭찬이었을 게다.

옛날이다. 100만 원도 못 받는 내 월급에서 아내는 15%를 떼어 매월 부모의 생활비를 드렸다. 그래도 결혼 이후 용케 이웃집으로 돈을 빌리러 간 적이 한 번도 없다. 이웃은 증권회사 전무인데 그 댁에서는 더러 우리 집으로 용돈이며 반찬거리를 빌리러 왔다. 아내는 반반한 옷 한 가지 입지 않고 잠실에서 경동 시장까지 버스를 타고 가서 값싼 찬거리를 사서 날랐다. 팔이 빠지게 들고 다닌 각고의 노력으로 아이들을 가르치고 노후 대비까지 했다.

내가 집에서 원고를 쓰거나 책을 읽으면 엄마는 아이들한테 늘 조용히 하라고 가르쳤다. 알뜰하게 조용히 하는 생활방식을 물려준 셈이 되었다. 클래식 음악을 즐기는 취미도 전수가 되었다.

그런데 자신 없는 것 한 가지가 있다. '행복한 사람'으로 사는 법을 가르친 기억이 없다. 내가 행복을 누리고 살면서 그런 생활 속

236

에서 아이들이 체험하듯 맛보고 젖었어야 하는데, 행복을 맛본 체험학습의 장을 마련한 기억이 없다. 죽도록 일만 하고 사는 꼴만 가르친 셈이 되었다. 재미없게 살았다고 후회하는 아내, 바쁘다면서 덤덤하게 사는 아이들을 보면서 '절반의 성공, 절반의 실패'라는 직업생활을 반추해본 자전(自傳) 에세이집의 제목이 멋쩍다.

생활 방식, 생활수준, 사고방식, 인종에 따른 식성 등등 사람이 사는 세상은 다채롭다. 그 속에는 어디서나 종족 보존이라는 섭리 때문에 자녀들이 매달려 자란다. 그들은 모두 부모의 거울을 보고 날마다 성장한다. 부모 노릇 잘하기란 세상에서 가장 어려운 숙제가 아닐 수 없다.

웃음꽃빛

꽃병

꽃을 사랑하는 것은 인간이 지닌 특성 가운데 한 가지라고 생각한다. 아니 본능에 가깝다고 표현해야 알맞은 말일 듯하다. 풀을 뜯어 먹고 사는 초식동물은 먹잇감으로 풀을 만나면 풀이거나 꽃이거나 닥치는 대로 뜯어 먹지 않을까 싶다. 이건 풀이고 저건 꽃이고를 가려서 잡숫는다는 말을 들어본 적이 없다.

꽃을 사랑하는 마음은 내 아내가 유별나다. 집에서 가꾸는 화분은 묘목 수준의 어린나무부터 기른다. 어려서부터 길러야 정성과 더불어 정이 자란다는 지론을 가지고 있다. 지난겨울 우리 마을 골목에서 아이들이 장난을 치다가 버린성싶은 손가락만 한 고무나무 가지 한 토막을 주워가지고 들어온 적이 있다. 나는 별다른 생각이 없었는데 아내는 금세 물병에 꽂아놓았다. 꺾꽂이를 한 셈이다. 겨울이라 기온이 낮은 시기이므로 그게 뿌리를 내릴까 미

웃음꽃빛

심쩍었지만, 아내는 틈만 나면 열심히 들여다보았다. 고무나무 가지는 주인의 발걸음 소리를 듣는 순간이면서 주인의 사랑이 번져가는 입김을 흡입하는 기회였으리라. 그 후 얼마 만에 아내는 기쁜 음색으로 톱뉴스를 전했다.

"여보! 하얀 실뿌리가 내렸어요."

웃는 얼굴에서 감탄이 쏟아졌다. 얼굴에 잔뜩 미소를 지으면서 공감을 요청하는 분위기였다. 그럼 나는 당연히 추임새처럼 한마디를 던지면서 따라간다. 이건 차례를 뒤바꾼 부수부창(婦隨夫唱)이다.

"그 녀석이 한겨울인데도 추위를 녹여버린 할머니의 정성에 보답하는구먼."

물병의 물도 갈아주고 소중하게 관리해서 이른 봄에 뿌리털은 3cm쯤 자랐다. 그때는 땅에다가 정식(定植)을 해야 한다. 화분을 찾아서 상토를 넣고 고무나무를 심었다. 땅 맛 붙이기를 활착(活着)이라고 한다. 흙과 더불어 살려면 몸살하는 시간이 걸린다. 잠시 잊어버린 사이에 속잎이 두어 장 솟아올랐다.

지난겨울, 우리는 병원에 가서 현관에 있는 나이 든 고무나무를 발견했다. 대개는 잎이 타원형인데 이건 처음 본 달걀형 둥근 잎이었다. 아내는 호기심이 발동했던지 집에 와서 그걸 한 가지만 얻어다 기르고 싶다고 했다. 다음번에 병원에 가면 직원에게 말해 보자고 했다. 정말 정확하게 병원에 간 날, 아내는 어느새 접수 여직원한테 부탁했는데 흔쾌히 승낙하면서 가지를 잘라준다고 손가위를 들고 나와 큰 줄기를 붙잡고 씨름을 했다. 목질을 종이나 자르는 손가위로 자르는 것은 어림없는 일이다. 나는 그럴 줄 알고 미리 전정가위를 준비했다가 무거워서 커터칼로 바꿔 주머니에 가지고 갔었다. 내가 자르겠다면서 나무 모양새에 전혀 무리가 되지 않게 큰 나무의 아래쪽에서 작은 가지 한 개를 골라서 싹둑 잘랐다. 아내는 무슨 보물을 얻은 듯 기뻐했다. 그걸 집에 가지고 와서 또 물병에 꽂아 열심히 가꾸었다. 어린 꽃을 기르는 재미를 맛보고 다 자라면 기쁨을 누리는 성취감은 생활의 여백을 미화하는 독자적인 삶의 기법이라고 믿었다.

재작년에 내가 농협 앞 이동 꽃 트럭에서 3천 원을 주고 사다 준 알로카시아는 겨울인데도 키가 얼마나 자랐는지 아파트 천장에 닿을 만큼 웃자라서 즐거운 비명이 쏟아졌다.

"저걸 어떻게 해요. 너무 커버렸는데. 잎도 10여 장이 되어버렸어요."

활개를 쫙 편 독수리처럼 기를 쓰고 자라는 것을 어쩔 수 없이 바라보는 수밖에 없었다. 잎이 베란다 한쪽을 몽땅 점령해 버렸다. 겨울이 유별나게 혹한이어서 밤에는 기온이 사정없이 떨어지는 추위에 동상을 입을까 봐 아내는 부직포나 헌 이불을 둘러서 방한 장치를 해 주었다. 귀찮지도 않은지 해가 지면 무대처럼 장치를 하고 해가 뜨면 걷어주는 수고를 해동(解凍)이 될 때까지 하루도 절

웃음꽃빛

대로 거르는 일이 없었다.

작년 가을, 진천에 다녀올 기회가 있었다. 향기가 나는 하얀 국화라면서 어린 싹 셋을 얻어왔다. 소중하게 여기고 화분에 심어서 겨울을 났는데 봄에는 고맙다는 양 튼실한 국화 모종이 솟았다. 가지가 퍼지기를 바라면서 꼭대기 순을 잘라주었다. 나는 국화를 가꾸어 보아서 알고 있다. 날씨가 더울 때 그런 식물이 집안에 있으면 진딧물이 억수로 끼고 잘 자라지 않는다. 곧 텃밭에 옮겨 심어서 여름철 내내 가꾸다가 가을에 화분으로 옮겨 심으면 집에서 완전한 국화를 볼 수 있을 것이라고 제안했다. 비가 오기 전날 내다가 심었다.

몇 해 전, 아내는 식물연구를 하는 전의식 교장 댁에서 '밤의 여왕'이라는 공작선인장류의 다육식물 한 가지를 얻어왔다. 말만 들었을 뿐 꽃을 본 일도 없는데 꽃이 밤에 핀다고만 들어왔다. 바로 삽목을 해서 가꾸었다. 마음대로 자라라고 애당초 커다란 질그릇 화분에 심었다. 점점 가지가 퍼지는데 정신이 없었다. 내버려두면 꼭대기가 천정을 뚫고 나갈 기세였다. 위로 솟는 가지를 끄집어내려 둘둘 말기도 하고 가지 사이를 벌려서 범위를 넓혀 보았다. 겨우 1년을 자라고는 여름에 꽃망울이 맺혔다. 눈곱만한 걸 발견한 아내는 감동이었다. 꽃눈을 보라고 끌어당겼다. 너무 작아서 저게 무슨 밤의 여왕이 될까 싶었다. 꽃송이는 성큼성큼 자라면서 어느 날 갑자기 축 늘어지는데 마치 오이꽃이 떨어진 뒤 1일쯤 자란 크기와 같았다. 아내는 밤에 꽃이 필 것 같다면서 지켜보자고 했다. 카메라를 준비하고 마루에 전등을 켰다. 아니나 다를까 꽃은 밤 9시가 지나면서 점점 벌어지는데 달맞이꽃처럼 성큼성큼 피었다. 공작선인장을 똑 닮은 꽃인데 더 쉬운 비유는 나팔꽃과 흡사하지만, 나팔꽃보다 더 길었다. 처녀 개화인데 4송이가 피었다. 부부가 화사한 꽃 모양과 은근한 향기를 맡으면서 한없이 들여다보는데 곧 실망이 따라왔다. 두어 시간이 지나면서 꽃은 시들기 시작했다. 갑자기 무거워 보이는 꽃송이가 아래로 축 처졌다. 드디어 운명의 시간이었다. 아내는 다음 날 아침 아깝다면서 꽃송이를 말리고 싶어 손을 썼는데 살찐 꽃은 마른 꽃(Dry flower)을 만들 수 없었다. 아내가 꽃 사진을 보여주고 아는 사람을 만나면 자꾸 잘라다 주었지만 꽃을 가꾸어 예쁜 꽃을 보았다는 뉴스는 돌아오지 않았다.

우리 집에는 꽃을 사랑하는 마음이 여지없이 드러나는 현장이 있다. 아내가 꽃을 아끼고 사랑하니 나는 더러 결혼식 주례를 서거나 문학회 등 행사장에 가서 윗주머니에 꽂아주는 꽃을 청승맞게 거의 다 집으로 가져간다. 그것도 상처가 나지 않게 소중하게 모셔오는 셈이다. 그러면 아내는 테이프로 밑동을 꽁꽁 결박해 놓은 것을 일삼아 풀어낸다. 얼굴만 돋보이려고 꽃대를 바싹 잘라버려서 대개는 물병에 꽂꽂이용으로는 부적격이다. 그걸 잘 달래듯이 살려서 꽃꽂이를 한다. 김영일 선생 문학상 시상식에 갔는데

웃음꽃빛

심사위원이라면서 꽃을 꽂아주었다. 가촌 선생도 함께 심사를 해서 두 사람이 모두 꽃을 꽂았다. 집에 올 때 보니까 가촌은 버리고 갈 기세였다. 말없이 내가 쓸어 담았다. 집에 와서 내놓으니까 아내는 여지없이 꽃을 손질했다. 와! 꽃이 푸짐했다. 그런 꽃을 꽂기에 안성맞춤인 병을 우리 집은 가지고 있다. 크리스털 꽃병, 파키스탄 옥돌 꽃병, 백자 꽃병, 태국산 도기 꽃병 등 다양해도 용도가 각기 다르다. 이건 재활용품인데 왜국에서 고노와다(해삼 창자 젓갈)를 사다 먹고 얻은 건데 밑동이 두텁고 몸통은 퉁퉁 살이 쪄서 크기나 모양으로 보아 딱 안성맞춤인 작은 원통형 꽃병이다. 그것도 꽃꽂이 꽃병으로 동원한다. 어찌 보면 청승맞은 일이 아니냐고 시각을 낮추었다가도 정말 꽃의 생명을 사랑하는 마음이 틀림없다고 눈금을 수정했다.

불교 신도라서 자비를 몸에 익힌 탓으로 동물이 아닌 식물에 이르기까지 생명은 귀하다는 미학을 실천하는 정서는 꽃잎이 시들 때까지는 생명이 지속하는 시간이라고 바라본다. 그때까지 꽃을 자른 잔인한 인간의 과오를 비는 마음이 담긴 건 아닐까? 히포크라테스 선서를 한 의사선생이 꺼져가는 생명을 붙잡고 안락사를 두려워하는 심정과 일맥상통할 거라고 비유해 본다.

웃음꽃빛

도둑이 사는 세상

도둑질도 차등이 있다. 왕창 한 줌 집는 건 대도(大盜)인데 다르게는 '왕도둑'이라고 표현해도 좋겠다. 미국에서 총을 들이대고 무자비하게 훔치는 큰 도둑 갱(gang)이 있다는데 그런 건 소문만 들었고, 좀도둑에 대해서는 내가 경험한 추억이 있다.

시골에서 살 때 우리 집에 하룻밤 도둑이 들었다. 벽을 뚫고 들어와서 김장용 마른 고추를 싹쓸이해 갔다. 또 한 번은 비 오는 날 밤, 바로 내 방 머리가 빗장으로 여는 대문인데 깜깜한 밤중에 달그락거려서 손전등을 비췄더니 발가벗은 사내 녀석이 문 앞에 우뚝 서 있었다. 나하고 눈이 마주치면서 도둑은 놀라서 달아났다. 아침에 보니까 어느 틈에 내 신발을 집어 갔다. 흔히 보는 좀도둑의 소행이다.

아침에 신문을 읽었는데 퇴역 참모총장이 군사기밀을 빼돌려서

웃음꽃빛

거액을 거머쥐었다는데 그건 큰 도둑이다. 판결은 10년형의 징역과 벌금, 추징금을 받았고, 끌어들인 아들도 공범으로 법정 구속되었다. 그 주변의 사령관까지 한 그물에 싸였던 고기는 나라를 파먹는 한 무리의 슈퍼박테리아 수준이다. 훔친 돈이 국민의 혈세인 줄 모를 리 없다. 군사 기밀이 나라의 안위를 좌우하는 큰 문제이면서 불행한 사태가 벌어지면 국민이 왕창 희생되는 건 삼척동자도 죄다 아는 상식이다. 사관학교 출신일 텐데 어깨에 달고 다니던 4개나 되는 별과 명예가 쓰레기처럼 보였다.

며칠 전 승강기에서 위층에 사는 초등학교 4학년 예진이를 만났다. 예뻐서 요다음 미스코리아가 되면 좋겠다고 덕담 한마디를 던졌다. 대답은 조건반사처럼 눈 깜짝할 사이에 날아왔는데 군살이 없는 언어능력이 발동했다. 말은 지식의 넓이를 나타내는 거울과 같다.

"과찬의 말씀인데요."

와! 10살짜리의 언어지식은 또렷했다. 지능이 높아진 요즘 아이들의 현주소를 보게 되었다. 꼴불견이 된 참모총장의 사건을 던져 보면 뭐라고 대답할지 궁금했지만 순수한 가슴을 다칠까 봐 차마 그 말을 꺼내기가 부끄러웠다. 나는 소재를 주무르는 취미로 혼자 머릿속에서 이리저리 굴리다가 말았다.

대장은 제복만 봐도 으리으리하고 품위의 무게가 두툼하게 보인다. 운전병이 딸린 승용차, 고액의 급료와 퇴역하면 받는 넉넉한 연금. 그래도 탐욕이 발동했던가 보다. 뉴스를 보면 그들과는 대조적으로 취약계층 가운데 연금 등 손에 쥐는 생계비가 겨우 20여만 원 내외의 노인들이 있다. 더러는 종일 죽을 둥 살 둥 힘을 쏟아서 폐지를 주워 모아 3천 원쯤 벌면 라면을 사서 끼니를 때우고 나머지는 아껴서 이웃돕기를 하는 사례가 있었다. 대장처럼 기밀은 만질 수도 없고 죽어도 그런 짓은 안 할 사람들이다.

도둑 패거리는 뻔뻔하다. 스물아홉 살 때 김지하 시인이 쓴 담론 형식의 시 '오적(五賊)'은 권력층의 부패를 까뒤집어 세상을 놀라게 했었다. 그때 보니까 겁을 먹은 권력은 치졸했다. 그를 느닷없는 반공법 위반으로 때려잡았다. 시(詩)는 도둑을 후려갈기는 작품이어서 독자들의 공감대와 대리 만족감이 형성되고 메아리가 퍼졌다. 오적을 게재했던 교양잡지 '사상계'가 단박에 날개 돋친 듯 팔렸단다.

그러자 발광하듯 혈안이 된 권력은 핑계를 들이댔다. 시인을 '반공법 위반'이라는 족쇄를 채우고, 잡지는 폐간당하는 수난을 겪는 걸 보았다. 우리는 권력을 쥔 도둑을 도둑이라고 손가락질하면 '너 이놈'하고 잡아다가 주리를 틀고 호통치는 세상을 살아왔다. 눈물겹게 벌어서 세금을 내는 민초의 수난이었다. 결과는 늘 도둑들한테 밀려난 세상을 살아온 꼴이다.

요즘 매스컴은 네거티브한 현장을 잘 다루기 때문에 크고 작은 도둑도 알게 되면서 사회 불안이 들끓는 것을 본다. 홍수처럼 넘쳐서 소름이 끼친다. '세상이 너무 변질했다. 나라의 앞날이 걱정이다.' 그런 푸념은 '서민적 에네르기(energy)'란 말이 적합하다. 이범석의 소설 제목인데 '오발탄'도 숨 막히는 현실을 대변하는 어휘이다. 민초의 염려는 기우이거나 군소리에 불과하다지만 걱정은 용도폐기가 된 쓰레기라고 해도 나라를 걱정하는 마음은 아날로그 세대만의 차지가 되었다. 신세대나 똑똑하다는 선량은 아예 그런 머리 아픈 걱정을 하지 않는 이분법이 적용된 세태가 되었다. 온갖 도둑이 세상을 병들게 만들어도 걱정하지 않는다. 신세대는 왜 그런 쓸데없는 걱정을 하고 사느냐고 핀잔을 던진다.

세상에는 이런 일도 있었다. 미국의 흘러간 영화배우 비비안 리의 전성기 때의 일화이다. 집에 도둑이 들어와서 비싼 보석을 훔쳐 갔다. 보석은 20캐럿쯤 되는 다이아몬드로 그녀의 애장품이었던가 보다.

도둑을 맞고도 그는 기가 막힌 발상을 했다. 신문에다가 광고를 냈다. 당황해 하거나 흥분하더라는 기사는 뜨지 않았다. 애틋한 호소였을 텐데 여유가 있었다. 우리는 생각할 수 없는 그들만의 사고방식인지 모른다.

"Mr thief

Thief. please don't lose the precious stone.

be suer to bring it back to me!"

"도둑님, 그것은 제게 아주 소중한 보석이에요. 제발 돌려주세요."

그때 토픽 뉴스로 뜬 것을 어렴풋이 기억하고 있어서 문안을 만들고 영역(英譯)은 가족들의 도움을 받았다. 아쉽게도 후문은 듣지 못했다. 도둑이 간절한 호소를 듣고 돌려주었다면 얼마나 좋았을까, 혼자 주무르는 생각의 우화(寓話) 한 편이다.

"주인님, 제가 귀한 건 줄 모르고 내 욕심을 부려서 훔쳤어요. 자! 여기 있어요."

그런 여유를 보여주었다면 먼저 토픽보다도 더 큰 뉴스의 태풍을 탔음직한 사건이 되었을 게다. 훔친 것을 돌려줄 만한 여유가 있는 신사적인 도둑이 세상에 어디에 있을지 모르겠다.

이건 나 혼자 차지한 걱정이다. 정치인, 공직자나 군인 등 힘 있는 사람들이 법망에 걸리면 처벌은 대부분 장난 수준이다. 그들은 법정에 서면 한결같이 처음에는 모른다고 잡아떼었다. 증거가 잡히면 슬그머니 물러서는데, 성경과 백합꽃을 들이대고 결백을 주장하다가 꼼짝없이 걸린 얌체 정객을 보았다. 요새 법은 대개는 솜방망이 처벌이라는 속설이 적절해 보였다.

30여 년 전쯤의 일이다. 한 기업인은 아파트 장사를 해서 떼돈을 벌더니 제철공장을 차린다고 나섰다. 어떤 수단을 동원했는지 은행에서 5조 원이라는 엄청난 거액을 대출받았는데 슬그머니 부도를 내고 사라졌다. 잘 짜인 각본으로 꾸민 연극으로 보였다. 도둑은 붙잡혀서 법정에 나올 때 트레이드마크처럼 마스크를 쓰고 휠체어를 타더니 곧 죽어가는 시늉을 했다. 법원을 오가면서 어물어물하다가 그는 이웃 나라로 달아났는데 사법기관은 잡아오지 않았다. 그의 수법은 완전 범죄이다. 평소에 붙잡히면 빠져나갈 비상통로나 방호벽을 미리미리 튼튼하게 구축해 놓았으리라. 해외 도피처에 가서 어깨를 펴고 잘살 수 있는 멍석을 깔아놓았을 것이다.

그런 연출은 군사정보를 집어가는 수준의 우직스러운 동작이 아니고 조직적이면서 치밀한 작전처럼 보였다. 원래 작전계획은 군사용인데 오히려 사업가가 더 잘 써먹는 수법으로 둔갑했다. 지금도 잘살고 있는 게 보이는데 체포하고 처벌해야 할 법은 한 걸음 물러서서 구경만 하고 있다. 공소시효가 지났다거나 묘하게 엮어서 수사가 종결이 되면 범인은 자유가 되기도 했다.

그들과는 대조되는 딱한 사정도 보았다. 얼마 전 한 중학생이 돈 2만 원을 훔쳤는데 처벌은 실형 2년이었다. 좀도둑 처벌은 냉엄하고 가혹했다. 법 이론이 뭐라고 변명해도 수긍이 가지 않는다. 어떤 국방장관은 군대의 비리 가운데 생계형이 있다면서 두둔하는 말을 했다. 도둑을 엄호하는 것은 한통속으로 보이고 도둑의 세력을 도와주어 무서운 결과를 키운다는 것을 모르는 착각이었다. 널브러진 범행과 솜방망이 처벌을 보면 뒤죽박죽 헝클어진 세상이 되었다.

세상에는 멋진 도둑도 있었다. 이건 실화인데 부부가 잠든 사이에 집안으로 절도범이 들어갔다. 여자는 홀랑 벗고 자는데 남자가 깨면서 도둑을 잡으라고 외쳤다. 도둑이 달아나는 사이에 부부는 엉겹결에 같이 추격했다. 정신없이 달아나던 도둑은 여자를 보고 별안간 기지가 발동했다. 홱 뒤돌아서서 한마디를 던졌다.

"에잇, 팬티나 입고 쫓아오지."

여자가 두 손으로 아래를 가리면서 안절부절못하는 사이에 도둑은 천천히 달아났다. 그는 여유와 윤리의식을 지닌 똑똑한 도둑이었다. 분별력이 없는 대장도둑과는 달랐다.

몇 해 전 사라진 부산저축은행 부도 사건의 책임자들도 실은 큰 도둑이다. 그들은 지능적이어서 먼저 수탁금을 훔쳐다가 뿌려서 배경을 만들고 입을 틀어막는 작전을 편 것으로 보였다. 도피 경로나 후원 세력인 우군(友軍)을 미리 구축했을 것이다. 자금을 가급적 폭넓게 뿌렸던지 쥐약을 먹고 감염된 주변은 울타리로 변질된 듯했다. 도둑을 잡아야 할 때 나리들은 먼 산만 바라보는 듯했다. 그들은 영업정지 전날도 1조 원을 불법 인출했다. 큰 도둑은 공직이거나 기관, 개인을 막론하고 한탕 치고 싶은 과욕 때문에 대담한 수법을 동원하는 걸 보았다. 저축은행 사건도 수사 자료가 손에 닿는 데도 안 잡는 것을 보면 '눈 가리고 아웅'하는 치안행정으

웃음꽃빛

로 보였다. 도둑을 안 잡고 싶은 꼴이었다. 사건은 미궁에 빠진 것처럼 굴러갔다.

우리가 사는 세상 어느 한 편은 도둑이 들끓는 벌집인 듯이 보인다. 점점 살아가기가 힘들고 무서워졌다. 날뛰는 범죄가 널려 있는데 수사와 처벌이라는 법망은 무기력하고 절뚝거린다. 편안히 잘 살기는 힘들어 보인다.

웃음꽃빛

생활방식

요새는 영어로 라이프스타일(Lifestyle)이라고 해야 쉽게 알아듣는 계층이 늘어났다. 우리말로 옮기면 '사는 양식' 또는 '생활양식'이란다. 사전적 풀이를 뒤져보면 라이프스타일에 꼬리를 달고 있는 말이 많다. 이를테면 한울타리일 텐데 '생활 유관병', '건강한 삶', '건강한 생활방식', '생활양식의 위험요소', '일상 활동을 통한 위험요소' 등등 수두룩하다.

나는 생활양식을 더 쉽게 '생활방식'이라는 말로 의역(意譯)해 보았다. 그래 봤자 그게 그것이다.

나는 문학수업을 하면서 거의 10년간 목포에서 서울 마해송 선생 댁까지 찾아가서 지도를 받았다. 작품 한 꼭지를 쓰면서 온갖 정성을 다 들였다. 차분히 뜸을 들이는 듯 생각하고 쓴 것을 다듬

웃음꽃빛

었다. 심지어 원고지에다가 펜으로 쓰는 시절인데 틀린 글자 한 자라도 보이지 않으려고 눈을 부릅떴다. 마 선생을 뵙는 건 사사(師事)이면서 한편으로는 사숙(私淑)이기도 했다. 혜화동에 사는 마 선생 댁에 가면 항상 계셨다. 특별한 일이 아니면 나들이를 하지 않는 성미였다. 외부에 원고를 보내거나 사소한 볼 일은 작가 박홍근 선생이 늘 드나들면서 거들었다. 나는 혼자 조용하게 사는 마 선생의 생활방식에 물들었다.

선생은 댁에서는 날마다 원고를 쓰는데 원고지 딱 2장 크기의 통영반을 방바닥에 놓고 쪼그리고 앉아서 하루에 반드시 4장만 쓰는 절제형이었다. 어느 때 쓰는지는 모른다.

방 한편 장롱 위에는 항상 2리터짜리 막소주 병이 보이는데 위에는 술잔이 씌워져 있었다. 내가 있어도 생각나면 혼자서 홀짝 한잔 마시고 곁에 놓인 깡통에서 땅콩 두세 알을 집어서 안주 삼아 입가심을 했다. 목포의 명주라는 보해 소주를 갖다 드려도 여전했다.

손님이 있어도 아랑곳하지 않고 혼자만의 생활방식을 고수하는 것은 개성(開城)상인 정신이 나타나는 듯하다면서 지역적 특성의 기질이라고도 보았다. 그때 꼭 백양 담배만 고집하며 하루에 2갑을 피우는 일까지가 일과였다. 무척 단조롭게 보이고 심심해 보였는데 젊어서 화려했다던 과거는 흔적도 안 보이고 현실에 안주(安住)하는 모습이었다.

내가 쓴 글을 보여드리면 열심히 읽어보았다. 그다음은 절벽이었다. 입 다물고 말씀이 없었다. 철저한 언어 절약이었다. 그때는 무심하다고 생각했다. 근간에 마 선생을 알고 있는 시인 남천과 그 이야기를 했는데 그는 작품지도의 방법으로 그게 최고라고 찬탄했다. 내가 내 작품을 개발하고 자립하기를 기다리는 숙성의 방법이라고 판단했다. 그러면서도 아무 말 없이 진로는 열어주었다. 무명인데 한국일보에 연재의 기회를 개인 추천으로 열어주었다.

한 번 뵈러 갔더니 한국일보에 인사를 하러 들르라고 하셨다. 처음 가본 문화부는 부장이 예용해(민속학자)라는 당대의 거물이었다. 기자인 이영희(정치부장, 국회의원), 손기상(중앙일보 편집국장)을 뵈었다. 얼마나 시골뜨기였는지 인사를 하러 가서 차 대접도 할 줄 모르고 손 기자의 커피를 얻어 마시고 왔다.

마 선생은 외강내유한 분이었다. 후학을 위해 할 일은 하면서도 절대로 표현은 하지 않는 신사였다. 나름대로 생활방식이 뚜렷한 분이어서 자기가 아는 한 신춘문예 당선은 안 된다고 지인 박홍근 선생을 통해서 전해 주었다. 그 대신 직접 연재 발표를 추천해 주었다. 신춘문예 당선과 버금가는 것이라고 생각하는 뜻이 숨은 듯했다.

그 바람에 나는 기를 쓰고 습작에 매달렸다. 성숙하려고 무척 노력한 것을 돌이켜 보면 남천의 관점이 근사치 같았다. 마 선생은 철저한 '절제형' 생활인이었다.

내 친구 옥미조 시인은 거제도에서 민속 박물관을 하려고 집을

웃음꽃빛

꾸려놓고 달리기 선수의 신호대기 순간처럼 출발 호루라기 소리를 기다리는 듯한 사람이다. 폐교를 사서 교실 7칸에 박물관 자료를 가득 쟁여놓았다. 그러면서 농사도 짓는다. 또 난치병을 치료한다는 의료봉사도 한다. 그 틈에 기독교인이어서 해외에 나가서 전도도 한다. 자기 책을 위주로 발간하는 출판사도 가지고 있다. 그처럼 눈코 뜰 새 없이 바쁘게 산다. 그런 '개미 사촌형(四寸型)'도 있다.

바쁘게 사는 사람들한테 시간은 금싸라기처럼 귀한 것인데, 젊은 아낙네들의 생활상을 들어보면서 갸우뚱했다. 그러나 그다음에는 고개를 끄덕였다.

그것참, 팔자 좋은 사람이라고 생각하며 더 들어 보았다. 젊은 아낙네가 늦잠을 자는 사이에 남편이 출근하는데 조반을 챙기는 일은 아예 없다. 혼자 커피를 타서 마시고 나가는데 티스푼 달그락거리는 소리에 안면방해가 된다며 혼난 탓인지 나무젓가락으로 살살 저어서 마시고는 현관문을 소리 없이 따고 빠져나간다는 가장(家長) 이야기다. '호랑이형' 주부하고 사는가 보다고 짐작했다.

내가 아는, 키가 훤칠한 사장 댁에서는 부자(父子)가 모두 일찍 출근하는데 고부(姑婦)가 똑같이 아침을 챙기는 일이 절대로 없었다. 어느 날, 아들 사장이 출근하면서 초코파이를 물어뜯는 모습을 발견했다. 머리카락이 부스스한 게 간밤에 한잔하고 늦게 들어와서 저녁을 굶어 아침에 시장했던가 보다. 해장국을 대령한다는

건 꿈나라 이야기고, 전날, 사다 놓은 게 없었던지 우유 한 잔으로
는 공복을 채울 수 없어 대용식일 거라고 짐작해 보았다. 아버지
는 자취 경력이 풍부해서 손수 달걀프라이를 해 먹고 출근한단다.
그 댁 며느리 마나님은 애당초 결혼하면서 약조를 했다.

"나는 절대로 아침을 못 해줘요."

남자는 무슨 매력에 끌렸던지 그런 악조건도 수용했다. 더러 그
여인을 보는데 양귀비나 클레오파트라처럼 생긴 미모가 절대로 아
니었다. '백구야 날 살려라'의 설화를 닮아서 '백구형'이라고 생각해
본다.

재미있게 들었던 임 여사 주변 이야기가 있다. 그는 오랫동안 해
외 근무하는 아버지를 따라 일찍 외국 생활을 하면서 공부를 했
다. 넉넉해 보이는 집 마나님이 지금 승용차는 '아반테'를 탄다. 또
래 여인들의 첫 모임에 나가면서 그 차를 버젓이 타고 갔다. 외국
인들의 생활방식이 몸에 밴 탓이었을 게다. 그런데 날아오는 화살
처럼 집중공격을 받았다.

"야, 차가 그게 뭐야?"

'이게 뭐 어때서?'

여인들은 BMW, 벤츠가 주종이고 낮은 수준이라고 해도 혼다의
어코드는 되었을 성싶었다. 똥차 때문에 눈치를 주는 것일지도 모
른다고 생각했다. 유럽이나 미국 사람들은 차가 망가져서 덜컹거
려도 굴러만 가면 태연하게 타고 다닌다. 차가 신분이나 재력을 뽐

웃음꽃빛

내는 잣대는 절대로 아니다. 임 여사는 그다음 모임에 가면서 눈총을 피하려고 택시를 탔다. 이번에도 화살이 날아왔다.

"야, 그래 겨우 택시를 타고 다녀?"

그것도 우스갯거리가 되었다. 택시는 노동자도 타고 요즘은 학생들도 잘 타던데 자기네들과는 영 수준이 맞지 않는다고 왕따를 당하는 분위기였다.

"낯부끄럽게 그 따위 택시를 다 타냐?"

임 여사는 난감했다.

'아반테도 안 되고, 택시도 안 되면 다음에는 무엇을 타지?'

아무리 자신감이 있다고 자부하더라도 여자로서 구설에 오르는 것은 수난이다. 그녀는 성형외과 의사인 남편이 있었고, 영어 강사를 하면서 자기도 수입이 있었지만 알뜰하게 살았다. 그다음 모임이 다가올 때쯤 비상수단을 강구했다.

'이거면 되겠지? 이번에는 걸어서 가자.'

정말 걸어서 갔다.

"그 길을 걸어서 왔단 말이야? 세상에 너 참 딱한 사람이다."

말 많은 장면이 연상되었다. 깔보는 눈길, 입을 비죽거리면서 멸시하는 표정, 어처구니가 없다면서 고개를 들고 하늘을 쳐다보는 모습들이 상상이 되었다. 할 일이 그뿐인 이들은 아까운 시간을 1회용 휴지처럼 그렇게 짓밟고 살고 있었다. 한편은 젊어서 놀자는 '놀자파'이고 한편은 '신 알뜰생활파'라고 궁색한 이름표를 붙이고 싶다.

웃음꽃빛

더 멋지게 사는 사람들의 생활상도 전해 들었다. 누가 심심해서 그려놓은 풍속화가 아닌 세속화(世俗畵) 한 폭인 듯하다. 아침에 천천히 일어나서 시리얼에다가 우유를 부어 마신다. 큰 아이는 학교에 갔고 작은 것은 어린이집에 떠맡기면 오전 일과는 끝이다. 집안 청소나 가사 정리는 도우미 아줌마를 부린다. 때가 되면 그가 와서 이것저것 해주는데 그런 것도 큰 자랑거리다. 자기는 차를 끌고 나가서 또래들과 레스토랑이나 일식집이 아니면 번듯한 한정식 식당 등에서 노닥거리고 세월을 즐긴다.

대개 남자는 스트레스 받아가면서 죽기 아니면 살기로 직장에 매달려 일하는 시간이다. 점심은 값싸고 손쉽게 해결하는 자장면으로 때울 텐데…. 그게 흔해 빠진 돈 버는 기계라는 가장(家長)들의 일상일 거다. 여인들은 그다음에는 고급 커피숍에 모여서 노닥거리고, 어느 틈에는 예약한 뷰티숍에 가서 마사지를 한다. 그것도 수준에 맞는 손꼽는 가게를 골라잡아 놓고 끼리끼리 모이면 뻐기고 노닥거린다. 풍문에 따르면 한 달에 얼마짜리도 있다던데. 내가 목격한 사실은 아니다. 그처럼 시간을 짓이기고 사는 '풍선형'도 있단다.

나는 눈코 뜰 새 없이 일하면서 살았지만 시간이 모자라서 아쉽게도 못다 한 일이 있다. 아직 다 읽지 못한 책이 쌓여 있다. 이제는 신체의 변화 때문에 시간적 여유가 생겼는데도 여건이 나를 짓누른다. 눈을 부릅뜨고 읽어도 속도가 나지 않는다. 더러는 독해

웃음꽃빛

기능 때문에 다시 읽어야 하는 피드백(feedback)도 마다하지 않는다. 그런 건 숙명이다. 게다가 시력이 골칫거리다. 안과 의사는 '알레르기성 안염'이라고 진단했다. 그래도 아쉬워서 어쩔 수 없이 거북이걸음으로 쫓아간다. 성과는 별로 없다. 꽃이 없어도 열린 게 슬그머니 익으면 다디단, 남미가 원산지인 과일 '무화과형'이라고나 해야 할지 모르겠다. 내가 좋아하는 과일이다.

그래도 시간이 쓸모없어 쏟아버리는 팔자 좋은 사람들의 생활방식을 한 번도 부러워한 적이 없다.

웃음꽃빛

꽃을 사랑하는 아내

아내는 꽃을 사랑한다. 내가 젊었을 적, 잡동사니 꽃가지 분재를 가꾸다가 생활이 바쁜 틈에 슬그머니 밀어버렸다. 그녀는 말없이 도맡았다. 대농(大農) 가정에서 태어나 보릿고개를 모르는 환경에서 산과 들을 쏘다니며 송키(松肌=송기), 삐비(뻘기의 방언)도 뽑아서 먹어보고 자란 순수 자연산이다. 초목과는 친숙한 선행학습이 이루어져 있었다.

친정의 모심는 날은 근동(近洞)에서 자원한 일꾼들이 몰려들어 축제의 장이 되었다. 부모가 후덕(厚德)해서 늘 베풀던 인정이 회자(膾炙)된 분위기에서 보고 배운 건데 잔 재간을 부리거나 남에게 폐를 끼치지 않는 체질이다.

아내의 배려와 정성은 내게도 쏟아졌다. 글을 쓸 수 있는 시간과 분위기를 마련해 주었고, 몸을 챙겨주었다. 그 바람에 나는 지금도 그 일에 매달려서 반세기를 넘기고도 여태까지 주무르고 있다. 나와 막역하고 문명(文名)을 날리던 친구 윤삼하, 권일송, 서예 대가(大家) 서희환까지 모두 60살에 가버렸다. 나는 그들보다도 덤으로 30% 이상을 더 살고 있는데, 그건 자력이 아니라 아내가 절대적으로 지원한 선물이다.

한때는 검정콩을 열심히 챙겨주어 내 탈모한 모발이 돋았다. 이마 쪽에서 병아리 깃털처럼 보송보송한 머리카락이 흔들리고, 가마 꼭지 근처도 훤하게 빠졌던 머리카락이 보였다.

꽃 가꾸기 솜씨는 소리 없이 뻗어 가는 나무뿌리처럼 아무도 쳐다보지 않는 사이에 우리 집 새끼들을 잘 키운 것조차도 그 여세랄 수 있다. 그건 큰 보람인데 꽃을 사랑하는 모정의 가슴 속에서 곰삭은 정서가 침잠한 저력으로 밑거름이 되었을 거다.

빈 둥지 증후군

나는 농담으로 우리 집 주치의라고 들먹인다. 몇 해 전 여름, 아내의 엉덩이에 종기가 났다. 대추알만큼 자랐는데 외과에 가면 여지없이 메스를 들이댈 수술감이다. 수술을 기피해서 얼핏 떠오른 게 고약을 붙였던 전통 방법을 찾았다. 신세대는 기절할 원시적 요법인데, 아내가 수긍했고 나도 어려서 효험을 보았다.

약국에 갔더니 지금도 '이고약(李膏藥)'을 파는데 헐값이었다. 20 개를 사다가 내 손으로 열심히 번갈아 붙여주면서 종양의 근(根)을 녹이는 약까지 첨가했는데 두껍던 염증이 사라지고 드디어 새 살이 돋았다. 그는 돌팔이의 의료행위를 묵인하고 감수한 셈이다. 나는 지금도 그걸 주치의라고 뽐내는데 내심은 친밀을 다지는 말 장난이다.

아내는 결혼생활이라는 여정에서 만고풍상처럼 험한 시집살이를 겪었다. 분골쇄신(粉骨碎身)이라는 말처럼 몇천 평 원예작물 재배에 동원된 인부들의 다섯 끼 식사 뒷바라지와 그 밖의 가사노동을 눈코 뜰 새 없이 혼자 도맡아서 했다. 그 틈에도 손수 자식 셋을 업고 일하다가 젖을 물리면서 키운 것은 몇 겹으로 무거운 고역이었다.

노후를 맞은 아내는 고통의 홍수가 지나간 후유증과 혹독한 시집살이의 피해의식, 그밖에 가슴에 침전한 노폐물이 살아났다. 아이들을 키워서 내보낸 뒤 체력이 약화되고는 감당하기 힘든 감정도 물리적 변화처럼 변질이 되었다.

한 가닥은 외로움으로 탈바꿈하면서 '빈 둥지 증후군'이라는 꼬리표를 달고 찾아와 그러저러한 고통으로 아내를 몹시 괴롭혔다. 혹사한 무릎관절의 퇴행성 통증과 척추관 협착은 노인들의 큰 재앙이다. 아내도 그 때문에 잘 걷지 못했다. 울고 싶어도 눈물샘이

웃음꽃빛

마른 계절의 슬픈 사연은 더러 짜증으로 변질되어 쏟아졌다. 병식(病識)을 챙기지 못하는 수준의 고통이었다.

"지금 우리는 두말할 것도 없이 도란거리고 살다가 떠나야 할 운명이잖아요. 지구촌 인구의 60억만 명 가운데 오로지 단둘이거든요."

그런 설명은 쓸데없는 소리, 궁여지책이었을 뿐이다. 절대 의지할 관계이므로 서로 아끼고 챙길 때라고 했는데 어설픈 설교였다. 늙은 남자가 아내를 챙기는 건 절대적인 역할인데 실은 매달리는 거다. 여자의 가슴은 이미 자식을 더 금싸라기처럼 챙기는 쪽으로 기울어져 있다. 그처럼 생각의 초점이 다른 게 우리 집 노인 심리 특징이다.

그런 말을 하면 아내의 반응은 역방향으로 빠지는 듯했다. 생뚱맞은 표정을 보고 절실한 상황을 거듭 열거해 봐도 수용 태세는 일어서지 않았다. 착각이라는 딴생각을 거울에 비치면 영상은 난반사(亂反射)처럼 빗나간다. 딱하고 아쉬웠다. 당연한 줄 알면서도 답답해서 지켜보기만 했다. 자기 생각만 붙잡고 있는 게 특징이면서 힘든 증상이었다. 전문시설을 찾아가 건강 검진할 때, 머리 MRI를 촬영하고 조마조마해서 의사한테 별도로 판독을 부탁했다. 결과는 뇌실이 조금 넓어졌지만 나이 든 사람의 보편적 수준이라고 했다. 한 시름이 놓였다.

나는 단편적이지만 정신건강 책을 읽으면서 전문의를 통해서 상담을 해 보았어도 뾰족한 수는 없었다.

　아내가 중년에 울화를 다스리면서 한약의 효험을 보았다던 말이 떠올랐다. 그래서 경희대학 한방 병원의 의사를 만났다. 약을 복용하면서 기분이 조금 나은 듯해 보였다. 그 약을 거듭 받아와야 할 때 아내는 극구 거절했다. 전혀 걱정 없는데도 비싼 약값을 챙기는 눈치였다.

　그 뒤 '척추관협착' 때문에 자기가 원해서 분당의 한의원 치료를 받았다. 외국은 내과나 외과 의사들이 대체의학으로 침을 사용하는 걸 보았기 때문에 원장한테 울화를 다스리는 침술요법이 있는지 알아봐 달라고 부탁했다. 그건 혼자 마음 바쁘게 서두르면서 벌이는 뜬구름 잡기와 같은 몸살이었다.

　양약과 한약을 함께 쓰면서 아내는 더러 늦잠을 자는 듯했다. 그래도 탈기한 얼굴은 한결같이 초췌해 보였다. 그런 상태를 관찰하면서 기대수준은 잠만 잘 자게 되면 고통을 내려놓을 거라고 믿었다.

　그런데 잠은 또 어긋나기 시작했다. 건강한 사람의 수면은 일과성 생활이므로 하찮은 것이다. 불면증에 시달리게 되면 수반하는 부작용이 폭발한다. 누적된 수면부족의 피해는 곧 누룽지처럼 달라붙어서 걱정을 낳았다. 정신력의 혼미, 식욕부진, 소화불량, 더 힘든 건 따라오는 짜증이었다.

　시집살이가 힘들면서 시작된 아내의 수면부족은 호소할 기회도

웃음꽃빛

없어서 혼자 짓눌러가면서 살았다. 지독한 울화를 어쩔 수 없이 극복했는데 고질적인 울화를 그냥 보듬고 살 수밖에 없었기에 피해의식이 바위처럼 굳어졌던가 보다.

그게 피해망상으로 표출하면 전문의의 도움을 받아야 할 병변(病變)이 되는데, 한없이 퇴적하며 줄곧 체념하고 살아온 것이 그의 일생이었다. 그게 쌓이고 쌓여서 잠 못 자고 짜증을 유발한 고통의 씨앗이 될 줄은 몰랐을 게다. 참는다는 것은 미덕이 아니고 우직이다.

개방적인 성격이어서 적극적으로 쏟아버렸으면 좋았을 텐데 수줍고 온유한 성미는 혼자 보듬고 끙끙 앓는 틈에 속앓이가 생채기를 만들고 그렇게 누적된 고통은 불씨가 되었다. 인내력으로 극복하기만 하면 된다는 생각은 착각이었고 큰 고통의 원인이자 화근이 되고 말았다. 노인성 우울증이라는 활성 폭탄을 안고 3년여 S병원의 치료를 받았다. 병원이 이전하는 바람에 개인병원에서도 1년 이상의 치료를 했지만 허사였다.

물리적인 현상에서는 탄성한계가 있다. 고무줄을 기껏 잡아당기면 더 이상 버틸 힘이 없을 때 툭 끊어진다. 잔뜩 쌓인 고통이 인생 황혼기에 그처럼 터지는 듯했다.

그 틈에도 정신이 조금 들면 불자(佛者)라서 밤마다 열심히 기도를 했다. 조용한 빛이 보이면 나는 고작 아내의 등을 도닥거리는 것이 지상(至上)의 위무였다. 제발 파도는 거기서 끝이 나기를 기원

하면서도 가슴이 두근거렸다.

그 틈에 아내에게 바라는 기대와 염원이 있었다. 지극하고 당연한 소망이다. 대자연의 섭리는 저녁놀이 더 곱다. 우리도 그런 그림을 그리고 싶었다.

'심성이 고운 그에게 줄곧 웃는 얼굴로 여생을 보낼 수 있는 꽃이 피었으면…'

젖을 물리고 힘들게 업어서 기른 자식들은 아무것도 모르고 무관심하다. 딸이 손발 노릇을 했다. 곁에서 직접 챙기는 건 내 몫이다. 여태까지 나를 받들던 그의 정성을 따라가기란 역부족이지만 이제는 내가 손발이 되어 건강을 염원하면서 나름대로 챙겼다.

다시 만난 웃음꽃

노인이 앓는 병은 조금 나아진 것이 치료란다. 완치는 기대할 수 없다는데 그림자처럼 굴곡이 따라다닌다. 아내가 개인병원 의사의 치료를 받는 도중이었다. 약이 독하다면서 조절을 부탁했지만 거들떠보지도 않았다. 의사는 정말 '무감동'이었다. 무성의하게 똑같은 처방전만 던져주고 말았다. 그런 의사의 치료가 효험이 있을 리 없었다.

정신과 의사 윤 박사는 미국의사협회 보고서를 소개했다. 무감동을 '소진증후군'으로 나타나는 '회피반응'이라면서 지속될 때 발생하는 악성 증상이라고 했다. 그런 의사가 60%란다. 의사의 서비스는 치료에 직접 영향을 미친다는데 의사의 소행은 실망스러웠다.

아내는 얼굴이 붓고, 수면시간이 늘어지고, 기진맥진하는 게 불길했다. 어쩔 수 없어 자발적으로 약을 조절했다. 수면제와 안정제만 복용했는데 이번에는 엉뚱한 고통을 호소했다.

"속이 울렁거리고, 뜨거운 입김이 쏟아지는데 견딜 수 없다."

늦잠은 안 자는데 그런 엉뚱한 하소연이 떨어졌다. 난감한 문제였다. 행여 내과 소관인가 싶어 소화기 내과 권위자인 N 병원 민 원장을 찾아갔다. 친면이 있어서 안심하고 진찰을 받았는데 결과는 단번에 우울증이란다. 협력병원인 서울대학병원에 진료의뢰까지 해주었다. 특진을 기다릴 수 없어 일반 의사를 만나게 되었다. 병원에 가는 날, 딸이 나서면서 나는 메르스가 무섭다고 만류했다. 겨우 담당 의사인 한 박사에게 편지를 썼다.

"순한 약을 처방해 주세요. 필요하면 입원치료도 원해요. 더 좋은 비보험 약이 있으면 처방해 주세요."

무례했는지 모르지만 그런 다급한 주문은 소용없었다. 보험으로 결재하는 일반 환자용 약을 받아다가 그날 밤 딱 한 번 먹었다. 아침이 밝았다. 그전보다 편안하게 잠이 깨는 모습을 발견했다. 깜짝 놀랐다.

웃음꽃빛

"좀 어때요?"

안색을 살피면서 성급하게 우선 결과를 물었다.

"괜찮아요."

그 말을 반기면서도 긴 시간을 시달렸던 터라 눈 부릅뜨고 다시 물었다.

"정말 괜찮아요."

약 한 포의 효험은 위대했다. 밤사이에 고통은 안개처럼 사라지면서 신통하게 안정을 되찾은 기색이 역력했다. 꼭 꾀병을 앓던 사람의 변덕스러운 장난 같아 보였다. 다행이라고 생각하면서도 한편으로는 오랫동안 고통을 겪은 끝이라 혹시 또 모른다고 반신반의했다.

나는 두 번째 진료를 받는 날 동행했다. 한 박사는 젊고 친절한 의사였다. 진찰을 받고 나오면서 어떻게 보답할지 궁리를 하다가 얼핏 떠오르는 게 있었다. 전공의인데 몇 단계의 발전을 거듭하려면 유학을 하는 게 지름길이 아니겠느냐고 내가 덕담을 건넸는데, 다행히 본인도 수긍을 했다. 그때가 오면 내가 비행기 표를 사겠노라고 언약을 하면서 내가 병이 나면 딸한테 인계할 작정이라고 했다. 한 박사는 소리가 나게 웃었다.

소중한 웃음꽃이 피었다. 이건 시들지 않을 꽃이다. 그 뒤 노래 교실에도 나가고 한때는 마을 사람들과 어울려서 피톤치드가 쏟아지는 잣나무 숲길 산책도 했다.

웃음꽃빛

3년, 세월이 흘렀다. 여전히 안정을 누리는 몸과 마음으로 이제 초록빛이 물든 편안한 노후를 누리는데 그 웃음꽃이 오래 피어있기를 염원한다.

웃음꽃빛

누가 꺾어서 버린 웃음꽃

　'사람 팔자 시간문제'란 말이 누가 꼭 나를 겨냥해서 지어낸 듯하다. 어쩌면 이처럼 더럽게 생애를 마무리 짓게 되었는가 생각하면 기가 막힌다. 먼저 키우던 애완견 '유리' 팔자보다 훨씬 못하다.

　아내가 죽었다. '웃음꽃빛' 이야기의 대미(大尾)를 지을 무렵, 2018년 6월 4일, 새벽 4시 20분, 병원에서 급히 전화가 걸려왔다. 그날이 퇴원하는 날이어서 어리둥절해하며 달려가 보았지만 아내는 이미 호흡곤란으로 심장박동이 멎은 상태였다. 전날 입원실에서 "퇴원하고 내일 집에 가자."라고 얘기했는데 비보는 날벼락이었다.

　침상에 힘없이 누워있는 아내의 하얀 얼굴을 보며 나는 아직 잠에서 덜 깨어나 악몽을 꾸는 건 아닌지 착각했다. 누가 꺾어서 던져버린 '웃음꽃'은 물리적 변화가 스물스물 일어나기 시작했다. 대미(大尾)는 남은 생애 동안 잊지 못할 회한이 되었다.

아내가 죽기 얼마 전 일이다. 느닷없이 오래 살아왔던 집이 정리되면서 새집으로 이사 가고 싶다고 간절히 원했다. 아이들은 실리를 추구하면서 지금 부동산이 고공행진 중이라 주택을 매입할 시기가 아니라고 만류했지만 아내의 소원은 절실했다. 실리적인 주장인 걸 알고도 아이들의 만류를 뿌리치고 나는 아내의 소원을 수용하는 방향으로 과감히 결정했다. "어떤 손실을 감수하고라도 엄마한테 집을 사주고 싶다."고 단언했더니 아내가 기뻐했다.

"엄마가 원하는 것이니까 이해(利害)는 내가 떠맡는다. 집을 사자."

따라올 듯한 결손은 문제가 아니라고 수용했다.

성남 '섬마을'에 원하던 아담한 매물을 우연찮게 딸아이가 찾게 되고 통상적인 절차를 건너뛰며 계약을 해버렸다. 어물거리다가 놓친 적이 한두 번이 아니라서 서둘러 계약하고 제일 먼저 아내에게 알렸다.

우리 집을 마련했다는 말을 듣고 아내는 몹시 기뻐했다. 집을 서둘러 수리해서 7월 초에 이사하기로 계획을 세웠다.

그런데 뜻밖의 비보를 접하고는 무척 난감했다. 중도금도 이미 건너간 상태라 꼼짝없이 공동명의에서 내 앞으로 이전해야 할 판국이 되었다.

나는 영정하고 둘이 이사해야 할 신세가 되어 '영혼과의 동거'가
된 셈이다. 재수 없는 사나이는 거센 운명의 격랑을 만났다.

웃음꽃빛

그는 왜 그리 급히 하늘나라로 갔을까?

　담당의가 그날 퇴원할 거라고 했는데 비보 후 회진을 온 의사조차도 갑작스런 아내의 죽음에 의아해하며 뭐라 위로의 말을 해야 할지 몰라 막막해하는 표정이었다. 그 표정을 보면서 "왜 내 아내가 죽었느냐?"라고 한마디 물어볼 생각도 못했다. 바보, 바보! 그때까지도 아내의 죽음이 실감 나질 않아서였던 탓이었을까?

　바보 또 바보다. 아무런 사인(死因)도 모른 채 그저 사망진단서에 진행성위암(AGC)이라 적혀 있는 것만 보고 장례식을 준비했다. 제 몸 간수조차 힘들어 지팡이를 짚고 간신히 운구 행렬을 따라 아내가 마지막으로 가는 길을 묵묵히 지켜보기만 했다. 가슴속이 화산 폭발하듯 터지고 용암처럼 뜨거운 눈물이 줄줄 흘러내렸다. 1시간이 넘어서 아내는 한 줌의 재로 변했고 그걸 보고나서야 뒤늦게 후회를 했다. 아내는 왜 죽었을까. 사인도 모른 채 그저 진행성위암이라고만 여겼던 게 어리석었단 생각이 들었다. 내 아내가 왜 죽었는지 한마디라도 물었어야 했다.

"아니, 퇴원하라던 환자가 왜 죽었어요?"

사랑하던 아내의 죽음을 너무나 무관심, 무책임하게 넘긴 꼴이 되었다. 죽은 사람을 살려내라고 때를 쓰지는 못하더라도 사인(死因) 정도는 알고 싶다.

이상한 일

장성한 자녀들마저 나처럼 어미가 왜 죽었냐고 아무도 묻지 않았다. 이상한 일이었다. 무서운 지병을 이미 가지고 있었고 그게 커져 전이가 되면서 말썽을 부리지 않아 방심했다는 안일한 의식 같은 것일까?

'사람이 죽은 건 때가 되었으니 죽었을 뿐이다'라는 무관심의 발로라고도 생각이 들어 서운함이 밀려들었다. 나의 오해인지도 모른다. 그들도 어미를 잃었으니 내색만 하지 않을 뿐이라 생각은 들지만 나 같은 고분지통(叩盆之痛)은 아닐 테지.

아내를 가족 납골 묘에 안치하고 집에 왔다. 허전함이 심하게 밀려왔다. 그 후로도 텅 빈 방안을 들여다보거나 해가 질 무렵이면 새들도 제집을 찾아간다. 아내가 집에 있는 걸 당연으로 생각하고

살다가 사라져버리니 값비싼 다이아반지의 알맹이가 빠진 느낌이
었다.

　우울함, 불안함과 불면에 시달리는 나와 아내를 정성들여 치료
해왔던 정신과의사 한 박사에게 아내의 죽음을 얘기하며 눈물짓
자 한 박사는 나를 보면서 울고 싶을 땐 실컷 울어버리라고 티슈
를 내밀었다. 정신과 의사다운 처방이면서 권유였다. 그렇지 않아
도 혼자서 울 만큼 울었고 그래도 다 운 것 같지 않았는데. 그렇게
라도 해야 그리움이 눈물로 흘러 허무함이 지워지지 않을까? 한
박사는 그 그리움이 쉽게 지워지지 않을 거라며 전문의 방식의 위
무(慰撫)를 해 주었다.
　"한 일 년 넘게 지워지지 않을 겁니다."
　아무려면 그렇게 빨리 지워질까….

웃음꽃빛

슬픔 더 슬픔

　가족장으로 장례를 치른지라 진정으로 아내의 죽음을 애도하는 이들만 방문하였다. 상주는 두 아들과 나. 간밤에 샌프란시스코를 출발해 새벽에 도착한 아들은 근처에 사는 누이 집에서 정신없이 짐을 풀어 상복을 챙겨 입고 왔다. 아이들이 엄마의 마지막길이라며 캐딜락리무진에 엄마의 관을 싣고 화장터로 출발했다. 커다란 대형버스가 대령하고 있었는데, 버스에는 조촐하게 자식들과 며느리, 손자 손녀, 누이동생 부부가 멍하니 앉아있었다.

　시뻘건 불가마가 아귀처럼 입을 벌린 채 시신을 기다리고 있다. 그게 불가마의 임무다. 1천2백 도라는 불가마로 들어가는 아내의 관을 나는 차마 눈뜨고 볼 수 없었다. 그런데 잔인한 인생행로는 그 누구도 피할 수 없다. 인생역정(人生歷程)이라는 게 그처럼 잔

웃음꽃빛

인하다니. 평생 일하면서 험하게 죽도록 고생하고 살았는데 최후의 장식도 그렇게 화형(火刑)으로 마감된다고 생각하니 가슴이 찢어지듯 아팠다. 자식들은 아직도 실감이 나지 않는 듯 먹먹한 표정으로 유리문 너머 엄마와의 마지막 인사를 하고 있었다.

나는 죄인이지만 아무리 당연한 일이라고 해도 눈을 뜨고는 볼 수 없었다. 그 자리에 서서 볼 수가 없어 후들거리는 다리를 질질 끌고 피해버렸다. 화장은 시간 반쯤 걸려서 끝이 났다. 화부가 화덕 주변을 쓸고 대충 쓸어 담는 재가 화장의 마지막 코스였다. 미리 준비한 유골함에다 백지를 깔고 재를 담아주는 게 사랑하던 아내와 이승에서의 영원한 이별이었다.

'어쩔 수 없겠지. 나도 죽으면 저 길을 가야 할 게다.'

뒤돌아보면서 그런 회한을 남긴 채 화장장을 떠났다. 유골함이 인도되면서 내 인생의 단막극은 끝이 났다.

장지는 경기도 안성군 일죽면 우성공원묘지이다. 반반하고 한산한 도로를 조심스럽게 달린 영구차는 한 시간여 뒤 장지에 도착했다. 고요한 산세, 넓고 시원한 초여름 초원에 자리 잡은 묘지는 아늑하다. 아들딸이 준비해간 제물로 제단에 상을 차리더니 전통방식의 차례를 모셨다.

눈물을 모르는 햇살은 쨍쨍 비추었다. 묘지 인부가 달려와서 한

웃음꽃빛

칸의 묘지를 열고 분골항아리를 안치했다.

'이제는 정말 끝이다. 오금희여! 잘 가.

당신을 보고 싶어도 다시는 볼 수 없구나! 여기는 분골뿐이므로 내가 찍어서 만든 영정사진을 걸어두고 당신을 불러보는 길밖에 없구려!'

우리들의 최후는 그처럼 허무하게 끝이 났다. 웅성거리는 가족들 틈에선 아무런 생각이 없다가 상을 다 치르고 집에 가보니 텅 비어버린 집안은 아무리 불러도 메아리조차 없는 진공상태가 되었다.

나는 혼자가 되었다. 헛헛함이 마음속을 가득 채웠다.

'졸지에 홀아비가 되었네?'

이제 난 꼼짝없는 홀아비다.

무섭게 짓밟힌 생각

　그건 숙명인데 바보처럼 당하기만 하던 꼴을 한 발짝도 비켜설수 없다. 나도 죽은 셈이다.

　눈을 비벼본다. 머리를 흔들어 보았다. 아무런 대책이 떠오를 리없다. 짓밟힌 생각은 꿈쩍도 하지 않는다.

　아내는 이미 떠나버렸고 이젠 남은 내 아들들과 딸. 그렇게 엄마를 잃게 한 미안한 마음이 들어 그들을 바라볼 수 없었다. 평소에엄마가 떠나면 같이 떠나겠노라 두고두고 얘기를 해왔었는데, 자식들에게 아버지마저 잃고 나서 받을 충격을 생각하니 머릿속이하얘졌다. 머릿속이 뒤얽힌 생각들로 가득해 아무런 대책이라는것이 떠오르질 않았다. 그게 정석(定石)이다.

　'죽지 않으면 살아가는 걸까?'

　그런 명제가 머릿속에 간신히 걸렸다.

이제 시작은 분명히 바보의 행진이다. 바깥이 어둑어둑해지기 시작한다. 연극용어로는 암전(暗轉)이다. 썩은 머리 틈에 낡은 동요 한 꼭지가 걸쳐있다.

해는 져서 어두운데 찾아오는 사람 없어

밝은 달만 쳐다보니 외롭기 한이 없다.

내 동무 어디 두고 이 홀로 앉아서

이일 저 일을 생각하니 눈물만 흐른다.

고향 하늘 쳐다보니 별 떨기만 반짝거려

마음 없는 별을 보고 말 전해 무엇 하랴.

저 달도 서쪽 산을 다 넘어가건만

단잠 못 이뤄 애를 쓰니 이 밤을 어이해.

고향생각, 현제명 작사·작곡

"미리 간 금희여!

손바닥만 한 빈터가 눈에 띄거들랑 꽃을 가꾸고 있게나.

거기가 천상화원일세.

때가 되면 나도 달려 갈 테니 반갑게 맞이해 주구려.

그 화원 같이 가꾸면서 행복하게 살고 싶다네."

웃음꽃빛

추기(追記)

　이 책은 출판업자의 실수로 초판을 실패하고 다시 찍는 데 2년 여 틈이 벌어졌다. 웃음꽃은 변화가 생겼다. 노령으로 여러 가지의 질병들을 앓는 게 다반사다. 내게 생긴 변화는 기쁘게 잘 웃던 웃음을 잃어버린 것이다. 그걸 어디 가서 찾아야 할지 막막하다. 사람이 산다는 건 고행(苦行)의 연발이다. 웃음도 살아있는 사람에게는 소중한 보물인데 나는 걱정만 차지하고 산다.

웃음꽃빛

웃음꽃밭

초판 1쇄 인쇄 2018년 07월 06일
초판 1쇄 발행 2018년 07월 13일
지은이 차원재

펴낸이 김양수
편집 이정은
교정교열 박순옥

펴낸곳 도서출판 맑은샘
출판등록 제2012-000035
주소 경기도 고양시 일산서구 중앙로 1456(주엽동) 서현프라자 604호
전화 031) 906-5006
팩스 031) 906-5079
홈페이지 www.booksam.kr
이메일 okbook1234@naver.com

ISBN 979-11-5778-325-0 (03800)

* 이 책의 국립중앙도서관 출판시도서목록은 서지정보유통지원시스템 홈페이지
  (http://seoji.nl.go.kr)와 국가자료공동목록시스템(http://www.nl.go.kr/
  kolisnet)에서 이용하실 수 있습니다.
  (CIP제어번호 : CIP2018021378)

* 이 책은 저작권법에 의해 보호를 받는 저작물이므로 무단전재와 무단복제를 금지하
  며, 이 책 내용의 전부 또는 일부를 이용하려면 반드시 저작권자와 도서출판 맑은샘의
  서면동의를 받아야 합니다.
* 파손된 책은 구입처에서 교환해 드립니다.   * 책값은 뒤표지에 있습니다.